神様のカルテ 2

Sosuke Natsukawa 夏川草介

目次

プロローグ　5
第一話　紅梅記　21
第二話　桜の咲く町で　102
第三話　花桃の季節　167
第四話　花水木　241
エピローグ　307

神様のカルテ　2

プロローグ

信州に、古くから「王の頭」と呼ばれる土地がある。

標高は二〇三四メートル、正式には「王ヶ頭《おうとう》」と呼ばれ、松本、上田、長和の三つの土地にまたがる堂々たる山嶺《さんれい》がそれである。山を指して王の頭と名付けた古人の心持ちにあったのは、畏怖《いふ》であろうか、憧憬《しょうけい》であろうか。いずれにしてもその名を口にした人々は、この白雪の巨山を見上げて並々ならぬ情感に打たれたに相違ない。「美ヶ原《うつくしがはら》」というハイカラではあるがいささか興趣に欠ける呼称が一般化した現在でも、白雲を従えた壮麗な稜線《りょうせん》は古代と変わらず、松本平を睥睨《へいげい》している。

冬ともなれば山腹までもが一点の曇りもない白雪にうずもれる巨山の威風は、松本の市街地からも十分に感得することができる。

三月初旬の身も凍る冷気に包まれた松本駅ターミナルで、私は白い息をはきながら、かの麗山に目を細めた。

信州の豊かな自然と相対《あいたい》した時、ふと心に浮かぶ名文がある。

〝運命は神の考えるものだ。人間は人間らしく働けばそれで結構だ〟

躍進著しい明治の日本において、ひとり静かにそう記したのは、文豪、夏目漱石《なつめそうせき》である。

私こと栗原一止《くりはらいちと》は、かかる名文に感銘を受け、その著作ことごとくを習読し、口調だけはかくも古風になった孤高の一青年である。

もっとも、いかに口調が変じても中身は純然たる現代人であるし、いたずらに「孤高」と胸を張ってみても人と和することを不得手としている不器用な若僧にすぎない。無論、敬愛する漱石先生とはなんらの縁故があるわけでもなく、日々の職責は信州松本平を駆け回る一介の内科医である。

時節は弥生《やよい》、桃の節句を過ぎる頃。

年度末にあたるこの時期は、巷《ちまた》の社会人にとっては色々と多忙な時期であろうが、医療機関にとっては、寒気がゆるみ冬場の大量の肺炎患者たちの受診もようやく峠を越えて、一息つける時分である。

私の勤める本庄《ほんじょう》病院も例外ではない。「24時間、３６５日対応」などというろくでもない看板をかかげて、年中無休でフル活動をするこの一地方病院にとっても、貴重な季節なのである。

この時期に、私が突然の二日間の休暇を手に入れたのは、つい先日のことであった。

我が指導医たる内科部長の大狸《おおだぬき》先生が、四月以降も本庄病院で勤務を継続することが決定した私に、ささやかな贈り物をしてくれたのである。新年度が始まれば、慣れない新人たちが加わって、すぐに休みを取ることなど不可能になるから、受け持ち患者三十人を大狸先生の手にゆだね、ありがたく至福の二日間を頂くことにした次第だ。

医者になって丸五年、初めての休みらしい休みであった。

そんな私に、美ヶ原へ行かないかと声をかけてきたのは、我が愛すべき細君《さいくん》のハルである。

「美ヶ原？　いまは冬ではないか」

困惑とともに問う私に、しかし細君はにっこりと笑って応じたものだ。

「冬にしか見られないものがあるんです」

夏は高原美術館をはじめ、多くの施設が立ち並び観光客でにぎわう美ヶ原高原は、冬場は積雪のため、ビーナスラインを含めて、一般車両の進入自体が全面的に禁じられる。真冬であれば氷点下二十度をも下回る雪深い極寒の地でもあり、山岳写真家として世界中を駆け回っている細君であるならまだしも、私のような年中冷暖房完備の病院内で過ごしている人間に、たどり着けるような場所とも思えない。

「私はハルと違ってふつうの人間だ。登ったことがある山は、京都の嵐山くらいだぞ。それが冬の美ヶ原など……」

「嵐山は山ではありませんよ」

「冗談だ。いずれにしても二千メートルの冬山に登れるような人間ではない」

「それが行けるようになっているのが、王ヶ頭ホテルのすごいところなんです。そこでイチさんに、どうしても見せたい景色があるんです」

美ヶ原の頂上にある王ヶ頭ホテルが、冬場も営業を続けていることは、意外と知られていない。

かくいう私も知らなかったことであるが、特別なツアーに参加すれば、松本の市街地まで迎えの車が降りてきて、観光客をかの極寒の地まで連れて行ってくれる。雪があまりに深い場合は、迎えの車も途中でキャタピラ付きの雪上車に乗り換えるのだという。

なかば半信半疑ではあったが、院内では天下無双の内科医である私も、一歩外に出れば、その常識から教養に至るまで遠く細君には及ばない。せっかく手に入れた二日間であるから、全面的に細君に任せることにした。

かくして土曜日早朝、我々は、意気揚々と松本駅のターミナルから迎えのバスに乗りこんだ。バス自体は少しばかり車高が高いだけの普通のマイクロであるが、車上に厚く積もった雪と車体のあちこちにこびりついた氷の塊が、これから向かう場所が別世界であることを暗示している。

市街地を抜け、山道を揺られて上ること二時間、カラマツの林道を行き、眠そうな目をした鹿の群れをやりすごし、西方には徐々に全貌《ぜんぼう》を現す北アルプスの稜線を眺めやりながら、澄み渡った冬空の下、一面の銀世界広がる美ヶ原高原に到着した。

時刻は昼前であり、持参した軽食をすますと細君はさっそくスノーシューを持って私を雪原にいざなったのである。

ふわりとした雪の感触に、私は驚いた。

少しばかり乱暴に歩いてみたが、雪は優しく私の足を受け止めて深みにはまる感じがない。そのまま広大な雪原のただ中に歩をすすめ、戸惑いが高揚感に変わるころ、私はあとから追いついてきた細君へと目を向けた。

「これがスノーシューというものか」

「はい」

ほのかな微笑とともに細君がうなずいた。

空色のスキーウェアを着た細君は、サングラスをはずしてそっと私の足元にしゃがみ込み、スノーシューのベルトを確かめた。

「大丈夫ですね。ちゃんと固定されています」

「うむ」

鷹揚《おうよう》にうなずいてみるものの、胸中に立ち上る興奮はいかんともしがたい。

振り返ってみると、新品の半紙を敷き詰めたかのような真っ白な新雪の中に、私と細君が歩いてきた足跡だけが点々と続いている。二十分ほど前に出てきたばかりのホテルの赤い屋根は、白い稜線の向こうにわずかに見えるばかりになっている。

私は率直に驚嘆した。

普通の靴であれば容易に深みにはまり込みそうな新雪の上でも、このスノーシューをつけるだけでふわりと雪面に乗り、抵抗なく歩いていける。まるで雲の上を歩いているような、不可思議な感覚である。

「イチさんは、初めてですものね。気に入りましたか？」

「うむ、膝《ひざ》に優しくて良いな」

「いけませんよ、お年寄りみたいです」

細君は微笑《ほほえ》みながら、胸のポケットから小さな地図を取り出し、腰に下げていた磁石を取って方角の確認を始めた。

「そんなに慎重にならなくても、まだホテルは見えるぞ、ハル」

言いながら振り返って、私はまた驚いた。ついさっきホテルの屋根が見えていたはずの方角にまっ白な霧が立ち込め、屋根どころか稜線の形すらもわからなくなっている。次の瞬間には八方ことごとくが白雲に遮られ、一切の方向感覚がなくなって、私は絶句した。

「雪山はほんの数秒で霧が立ち込めて、視界がなくなることがよくあります。ましてスノーシューで歩くのは道なき道ですから、ちょっとした窪地《くぼち》に入って霧が出ると、あっというまに方角がわからなくなるんです」

「恐ろしいことではないか」

「ちゃんと準備をしていないと、恐ろしいことです」

地図を確認する細君の態度は、じつに落ち着き払ったものである。まことに心強い。

「ハルはすごいな」

「すごくなんかありません。イチさんがどんな患者さんが来ても、落ち着いて対応しているのと同じことですよ」

「私はいつでも冷や汗ばかりなのだがな」

苦笑まじりに応じながらも、またゆっくりと歩きはじめた。膝を柔らかく受け止める雪の感触と、サクリサクリと響く乾いた音が心地よい。歩を進めつつ、私は四方へと視線をめぐらせた。

世界は、一言で言うなれば神秘そのものであった。

ふいに濃厚な霧が立ち込めたかと思うと、突然視界が開けて前方に白く輝く丘が姿を現し、雪原に埋もれたカラマツの林が見えたかと思うと、たちまち湧《わ》き起こった雲に遮られる。日差しが途切れると、今度は身を切るような圧倒的な冷気が立ち込め、虚弱な若僧をからかうように貴重な体温を奪い去って行く。かかる千変万化の景色の中では、つい今朝まで我が家「御嶽《おんたけ》荘《そう》」の炬燵《こたつ》の中にいたことが夢のように思えてくる。

絶景に目を奪われて何気なく歩を止めれば、足元からはじわりと強烈な寒気が忍び寄ってくるのがわかる。十分な防寒具を着こんではきたはずだが、空気は寒いというより痛みを伴う攻撃的なまでの冷気に満ち、呼吸する鼻の中まで凍《い》てつくようだ。

寒気に身震いする我が心身に湧き上がるのは、感動とも恐怖とも捉《とら》えることのできない、情感の奔流である。普段の生活の中ではすっかり忘れていた、白然という得体の知れない存在に対する畏怖心とでも言うべき代物だ。

いつのまにか雪原の中央で立ち止まっていた私を、数歩先を歩いていた細君が怪《け》訝《げん》そうに振り返った。

「イチさん？」

その声に、私はなかば陶然として答えた。

「心配ない。感動しているのだ」

脈絡のない言葉に、しかし細君は微笑とともにうなずいた。

「標高二千メートルなのだな、ここは」

「はい、ここが冬の美ヶ原です」

細君の澄んだ声が雪の上に静かに染みわたって行った。


王ヶ頭ホテルの玄関を出てから一時間近く歩いたころであろうか。振り返っても、ホテルの屋根はまったく見えなくなったころ、数歩先を歩いていた細君が「休憩です」と言って足を止めた。

振り返った彼女は、汗をかいている様子もなく、息も乱れていない。モンブランやらマッキンレーやらを登る、山岳写真家のすごさを目の当たりにする思いだ。対するに、年中院内を走り回っているはずの私は、ずいぶんと息がはずんでいる。

「大丈夫ですか、イチさん」

気遣わしげな細君に、私は声音だけはいたずらに堂々と応じる。

「大丈夫だ。まだだいぶ歩くのか？」

「あと二十分ほどです。でもあまり大変そうなら、引き返してもかまいませんが」

「心配ない。せっかくハルが私に見せたい景色があるというのだ。ここまで来て引き返すという算段はないぞ」

どんと胸を叩《たた》く私に、細君はそっと水筒を差し出した。中身を一口飲んでおやと目を見張る。

「これはコーヒーではないか」

水筒に入れるものは茶と決めてかかっていた私の口中に、心地よい深煎《ふかい》りの香りが広がった。

「はい、雪山で飲むホットコーヒーはまた格別でしょう」

「まったく格別だ」

細かなことに一喜一憂を繰り返す私の横で、細君の方は手際よくスノーシューのベルトを再確認し、地図と磁石で位置を確かめ、雲と日を眺めて天気を推し量る。挙動のすべてが洗練されて、無駄がない。

再び歩き出した我々が、白い丘を二つばかり越え、枝の大半が雪に埋もれたカラマツの林を踏み越えたとき、ふいに視界が開けた。

一瞬目を細めたのは、明るさのためではない。突然眼前になにもなくなって、目を向けるべき対象を失ったからである。

「王ヶ鼻に到着です」

細君の静かな声に、改めて前方を眺めやって、私は凝然と立ちつくした。

私と細君は、中空に飛び出した断崖《だんがい》の上に立っていた。踏み越えてきたカラマツの林のある後方を除いて、三方には視界をさえぎるものはなく、はるかかなた前方、雲海の向こうに、巨大な山脈が連なっているのが見えた。稜線上に豊かな白雪を積もらせた悠々たる山並みが、まるで地平線のように世界を上下に分かっていた。

「冬の北アルプスです」

細君の澄んだ声が響く。

それは、文字通り巨大な壁であった。世界を支える長城であった。白く染め上げられた巨山の稜線が、不器用な凹凸を刻みながら、それでも全体としてゆるぎない一線をどこまでも左右に広げていた。

細君の右手がすっとのび、連なる峰々をなぞりはじめた。

「あの奥まった白いところが乗鞍岳《のりくらだけ》、そこから右側に少し離れて飛び出しているのが槍《やり》ヶ岳」

なるほど、槍とはよく言ったものだ。山稜《さんりょう》の中に、明らかに槍の穂先のように飛び出した突起が見える。

細君の声が雪の大地に染みわたって行く。

「右へいくと爺《じい》ヶ岳、爺ヶ岳のすぐ右側の猫の耳のように二こぶ見えるのが鹿島槍《かしまやり》、それから三つ並んだ白馬《はくば》三山……」

「常念《じょうねん》はどこにあるのだ」

「常念岳は、この高さまで来ると、アルプスの稜線より下になるので、かえってわかりにくくなるんです。あの槍ヶ岳の右下に三角にうずくまって見えるのがそれですけど」

心なしか細君の声も生き生きとして聞こえる。本当に山が好きなのであろう。その細い手が今度ははるか右手の方を示した。

「あの雲の隙間《すきま》にうっすらと見える白い所が妙高《みょうこう》ですから、そのすぐ向こうは日本海ですね」

「妙高まで見えるのか」

「はい」

と言って、細君は振り返り、今度はまったく反対の左後方を指差した。

「あちらに連なるのが八《やつ》ヶ岳、そのすぐ左手に富士山もかすかに見えます」

驚いて目を凝らせば、なるほど彼方《かなた》にある無骨な稜線のすぐ傍らに、絵葉書などで見たことのある日本一の名峰がかすかに見分けられた。

私は寒さを忘れて、その見事なパノラマに見入るばかりだ。二百七十度の視界のすべてに、堂々たる名峰が黙然と坐《ざ》して我らを取り囲んでいた。

ふいに私は乗鞍岳の左手の雲間に、場違いなほどの迫力で忽焉《こつえん》と屹立《きつりつ》する巨山を見つけて息を飲んだ。

「ハル、あの山はなんだ？」

私の質問を予期していたように細君が答えた。

「御嶽山です」

「あれが……」

私は、己の抱いていた印象とのあまりの違いに驚いた。

連なる木曾《きそ》の稜線から頭ひとつ飛び出した異様なその白い塊は、木曾山脈を傲然《ごうぜん》と見下ろす並はずれた存在感で雲間に坐していた。まるで中央アルプスを従えた山の王だ。王の嶽、御嶽とはまさしく言い得て妙である。

「三千メートル独立峰、御嶽山です。木曾路から見ると山に囲まれてかえって全体が見えなくなりますが、こうして離れて見るとすごい迫力ですよね」

私はただ黙ってうなずく。

木曾病院へは何度も働きにいっているが、灯台もと暗しとはよく言ったものである。木曾の山間《やまあい》にいると、御嶽山を直接見ることはできないため、御嶽信仰の意味合いを解することも容易でない。しかしこうして眺めてみれば、なるほどそれはまぎれもなく神の山である。

「私のとても好きな山なんです。とくに冬の美ヶ原から見る御嶽山が一番好きです」

「ハルが見せたかったのはこの景色だったのか」

「はい」

奇《く》しくも我々の住む下宿の名が「御嶽荘」でありながら、その姿を見たことは一度もなかったのだと気がついた。信州において御嶽の名は、ただの山以上の意味を持つ。神の山である。その言葉の意味を今初めて実感したのだ。

細君が目を細めて御嶽山を眺めつつ、

「夏に来ても霞《かすみ》がかかって御嶽様が見えることはほとんどありません。冬場はここまで来ること自体がとても大変なことです」

言いながら、リュックから小さなスコップを取り出し、足もとの雪をかき分け始めた。

「でも昔の人は、ここまで登って来て参拝したんです」

細君がそう言って顔をあげたとき、雪の洞穴《ほらあな》の中に、いくつもの小さな祠《ほこら》がうずもれているのが見えた。

「御嶽信仰の祠です」

私は感嘆の吐息をもらした。祠の中の小さな石仏たちは、ことごとくが御嶽山に向かって安置されている。

細君が立ち上がり、そっと御嶽山に向かって手を合わせる姿を見て、私もそれに倣《なら》った。

しばし沈思して顔をあげると、細君はまだ手を合わせたままの姿だ。顔をあげるまでには、さらにしばらくの時を要した。

「なにを祈ったのだ？」

何気なさを装って問う私に、細君はくすりと笑う。

「色々なことです」

「なんだ、それは」

「でも一番に祈ったことは、イチさんとずっと一緒にいられるように、ということです」

「祈るまでもない。一緒にいるではないか」

「いいえ、心配ばかりです」

告げた細君の目は、おもいのほか真剣である。

「イチさんは四月以降も本庄病院に残ることを決めました。五年間も一心不乱に働いてきて、大学病院へ移るという道もあったのに、あえて働き続ける道を選びました」

事実である。

昨年末、我が進路について散々に懊悩《おうのう》した末の結論は、本庄病院での続投であった。

その選択に、自信や確信があったわけではない。そんなものがあれば誰も最初から迷いはしない。私はただ、眼前の、傾《かし》いだ砂上の楼閣のごとき地域医療に背を向けて、白い巨塔へ登ることを肯《がえ》んじなかっただけである。

そんな私の生き方が、ハルにとって心配でないはずがない。迂闊《うかつ》といえば迂闊であった。

私はおもむろに口を開いた。

「すまんな、ハル」

「いいえ、イチさんが謝ることではありません。私、いつもそんなイチさんに励まされているんですから」

細君は遠く御嶽山を望みながら言葉を継いだ。

「山を登っていて辛《つら》くなったときは、いつもイチさんのことを思い出すことにしているんです。苦しくて前へ進めなくなったときは、イチさんも今一生懸命に険しい道のりを登っているときなんだって。するとなんだか急に元気が湧いてきて、次の一歩が軽くなるんです」

そう言って、細君は、胸元に手を当てたまま目を閉じた。しばし沈黙し、ややあって顔をあげ、

「イチさんが選んだ道であれば、私もついて行きます。でも進むことに疲れたときは、きっと足を止めて一休みしてくださいね。そしていつでもすぐ後ろには、私がいるということを忘れないでください。御嶽様の見守る前での約束です」

声には常にない強さがあった。ほとんど痛切な響きがあった。

私は静かにうなずいた。うなずいたとたん理解した。

ハルはその思いを伝えたくて、私をわざわざここに連れて来たに違いない。いつも彼女が一人で祈りを捧《ささ》げてきた山の神々に、二人そろって手を合わせたかったのだ。

そういう切実なまでの生真面目《きまじめ》さが、ハルには確かにある。

私はもう一度、今度は大きくうなずいた。

細君はほのかに微笑し、それから腕時計を見た。

「では戻りましょう、イチさん」

「もう行くのか？　まだ二時ではないか、急ぐことはあるまい」

「いいえ、冬の山は三時までには宿に入らねばなりません。夕暮れになるとあっというまに気温が下がってきますから。出遅れると命にかかわります」

私は急に現実に引き戻された。

ここは冬山である。患者が医師の処方に従うように、私も細君の言葉に従わねばなるまい。

私はもう一度かなたの御嶽山を振り返り、それから細君へと視線を戻した。

細君はポケットから磁石を取り出し、落ち着いた手際で方角の確認を始めている。この小柄な体のどこにこれだけの体力と胆力があるのか、まったくいつも驚嘆させられる。だがけして表に出さないその心中には様々な不安があるのだろう。そんな感情を精いっぱいの優しさで包んで、彼女はそこに立っている。

「ハル」

私の声に、細君が不思議そうに顧みた。

「御嶽山には確かロープウェイがあったな」

「はい」

「夏が来たら、一緒に登ってみるとしよう。機械の力を借りれば私の足でもなんとかなるかもしれん」
細君はびっくりしたように目を見開き、それから嬉《うれ》しそうにうなずいた。

第一話　紅梅記

四月になった。

年度が改まれば何かが変わるだろうなどと根拠のない楽観主義に堕していたわけではないのだが、謙虚な私の予想をはるかに超えて、現実は何も変わっていない。

私は、相変わらず温厚篤実の一内科医として不眠不休で働いているし、本庄病院は、外来・病棟、昼夜を問わず満員御礼の大繁盛だ。

どれほど大繁盛でも玄関わきの「24時間、365日」の看板は下ろすつもりはないらしく、草木も眠る深夜になってもその真っ赤な光だけは、煌々《こうこう》と市街地を照らしている。劣悪な労働環境は日ごとに威勢を増し、命を削って働く医師たちもそろそろ削る部分もなくなって、幽鬼のように院内をさまよい歩いている。

つまりは年度が改まっても状況は何一つ変わらず、睡眠不足と低血糖を左右に従え、足下にはびこる不条理と窮屈とを蹴散《けち》らして、病院という名の鬼ヶ島へ日参する日々が続いているのである。

「栗原先生、五分後、救急車入ります！」

若い看護師の良く通る声が、診察室まで聞こえてきて、私は軽く額に手をあてた。かすかに片頭痛の気配がしたのだ。

ちらりと時計を見れば、夜十一時、この日すでに三台目の救急車である。

夕方五時半から開始した救急当直で、すでに二十人を診察したはずだが、待合室の喧騒《けんそう》はいっこう静まる様子はなく、傍らに積み上げられたカルテもいたずらに高さを増すばかりだ。朝までまだ十時間もある現時点で、すでに青息吐息の救急部だが、当直の神様は愛の鞭《むち》をゆるめるつもりはないらしい。

胸中舌打ちしつつ、窓の外の真っ赤な看板を睨《にら》みつけたが、非力な内科医の一睨みで灯《あか》りが消えるはずもない。私は無駄な努力を放棄して、その日二十一人目の患者を呼びいれた。

入ってきたのは、いかにも仕事帰りに救急部に寄ったと思われる、スーツ姿の青年である。

「は……？」

彼が告げた言葉に、思わず間の抜けた声を発していた。慌てて咳払《せきばら》いにまぎらせつつ、

「すいませんが、今、何と言いましたか？」

「花粉症の目薬が欲しいんですよ。もうすぐ辛《つら》い時期が来るもので、早めにもらっておきたいんです」

椅子《いす》の上で足を組みながらそう告げる。ほとんどにこやかと言ってよい。

もう一度時計を確認したが、間違いなく十一時だ。敢《あ》えて補足するが昼の十一時ではない。夜の十一時である。診察室を一歩出れば、まだまだ診察待ちの患者たちが、待合室にひしめいている。この状況で夜中に堂々と花粉症の目薬を要求するのであるから、度胸だけは驚嘆に値する。

〝ばかばかしい〟

と思わず電子カルテに打ち込んだところで、あわててこれを消去し、改めて「点眼薬処方」と入力する。その傍らで、青年ははたと思い出したように手を打った。

「一本だとすぐなくなるんで、二本もらえますか。確かインタールでしたよね」

「ここは救急外来です。出せるのは一本だけです」

「そんなケチなこと言わないで下さいよ。僕だって忙しくて病院なんて来てられないんですから。二本くらい出してくれたって……」

「一本だと言っている」

じろりと一瞥《いちべつ》すれば、さすがに青年は沈黙した。

最近この手の患者が増えている。

夜中の救急外来にやってきて、腹が痛い、息が苦しいと言っている患者の隣で、平然とシップをくれだのコレステロールを測ってくれだの、ちょっと信じがたい要求をしてくるのだ。どうやら「救急外来」の頭の二文字が理解できないらしい。

こういう人々に、「救急」の意味について説明すると、たちまち「医療だってサービス業だろう」などと一端《いっぱし》の常識人ぶるから驚きである。議論をするより黙って薬を出した方が、ほかの患者を待たせずに済むというのが、私が学んだ結論だ。

目薬の処方箋《しょほうせん》にハンコなどを押している間に、かすかにサイレンの音が聞こえてきた。手早く目薬を処方し、不満げな青年を診察室から追い出してスタッフステーションへ戻る。

苦笑交じりに待っていたのは、救急部看護師長の外村《とむら》さんである。

「絵にかいたような〝コンビニ受診〟ね。先生の忍耐力には感心するわ」

「美人で有能の師長さんに感心していただければ、努力のしがいもあるというものです」

「ほめたって患者は減らないわよ」

外村さんは、苦笑交じりに新しい患者のカルテを差し出した。

外村師長は、長らく本庄病院救急部で働いてきた、ベテランの看護師である。彼女がいるだけで、二倍は速く仕事が片付くようになる。

「最近、夜中でも早朝でもあの手のコンビニ受診が増えて、みんな辟易《へきえき》しているわ。この前当直していた部長先生なんて怒鳴りつけて追い出したくらいよ」

「私はまだその器ではありませんからね。とりあえずコンビニの店員よりは、愛想のよい接客を心得たつもりです」

うそぶきながら受け取ったカルテに目を通せば、折しも搬入口に入ってきた救急患者のものである。

「六十二歳、男性。アルコール性肝硬変で、以前から当院に通院中の患者」

外村さんの声に耳を傾けながら、救急隊員からの連絡内容に目を通し、やれやれとため息をつく。

「〝また飲んだ〟ということですか？」

「そういうこと。夕方から酒を飲んでいて、途中で気分が悪くなって吐いたら、血が混じっていたらしいわ。びっくりして救急車を呼んだってわけ」

いささか気が滅入《めい》る。徹夜で働かされた上に、深夜の診療相手が花粉症やらアルコール中毒ときては、世も末である。

搬入口を一瞥すれば、止まった救急車からストレッチャーが下りてくるのが見えた。

「やあ、栗原先生、今日はよく会いますな」

飄然《ひょうぜん》たる声を響かせて入ってきたのは、壮年の背の高い救急隊員だ。松本平広域消防の後藤《ごとう》隊長である。四十代後半になる救急隊の最年長で、経験と実力にあふれた頼りになる人物だ。

「行ったり来たりと御苦労さまです、後藤さん」

「この六時間で三回目ですかね。やはり〝引きの栗原〟先生は新年度になっても健在ということですな」

口元に渋い微笑を浮かべつつ後藤隊長が付け加えた。

思わず顔をしかめる私の横で、外村さんが懸命に笑いをこらえている。

本庄病院救急部には〝引きの栗原〟というろくでもないジンクスがある。私が当直の夜は、普段の一・五倍の患者が来るという話である。なんの科学的根拠もないが、統計的には事実であるから、反論のしようがない。人一倍働かされたあげくに嫌がられる私にとっては、迷惑千万な話だ。

「健在ぶりをアピールできて感無量ですよ」

投げやりに応じたところで、突然、搬入口から悲鳴じみた声が飛び込んできた。

声の主はストレッチャーを押してきた若い救急隊員だ。ベッド上の患者がいきなり大量吐血をしたのである。バケツ一杯のトマトジュースを床にぶちまけたように、眩《まばゆ》いばかりの鮮血がまき散らされる。待合室の患者たちまで騒然となる。

「先生！」

と上擦った声が聞こえるのと、私が足を踏み出すのが同時だった。

「赤の一番へ！」

叫んだ私の声に、外村さんがすぐに反応する。

「赤の一番、吐血が入るわ！　手を貸して！」

「両腕にラクテックでライン確保。気道の確保と血圧の確認を最優先で」

力強く叫んだつもりが、疲れのためか、声はなかなか頼りない。おまけに看護師の半分はこの四月から加わったばかりの新人であるから、手際のよい対応など願うべくもない。それでも患者の移送から処置までがスムーズに進んでいくのは、外村さんと後藤隊長が迅速かつ的確に動いているからだ。こういう状況では、かかるベテランの存在がまことに心強い。

「今日も朝まで一睡もさせないつもりじゃないでしょうね、先生」

点滴を確保しながら、苦笑交じりに告げる外村さんの声が聞こえた。

「言ったはずですよ。〝引きの栗原〟は健在です、と」

ほとんど自棄《やけ》になって応じてから、今度は掠《かす》れる声を張り上げた。

「ラインが取れたら、血液検査、血液ガス、心電図、レントゲンをチェック。SBチューブも出しておけ」

長い一日が終わり、それよりも長い夜が始まった。


梅が咲いている。

朱の鮮やかな紅梅である。

医局の窓から病院裏手の川沿いを見下ろすと、一本の堂々たる梅の古木が見えるのだ。それが今や盛りとばかりに見事な紅を枝々に散りばめている。華麗な色彩が、早朝の淡い陽光を受けて輝き、ひと風ごとにゆらりと揺れて幻想的ですらある。

四月といっても信州はいまだ残寒の季節である。大阪や東京ではとうに桜が咲いているころでも、信州ではようやく梅が散るばかりだ。日中はいくらか陽気が満ちてくるものの、夜から明け方にかけてはまだまだ息の白くなるほどの冷え込みが続く。立ち去り際の冬将軍も、雪やら霜やらを駆使して、最後のひと暴れをすることに余念がない。

私は東の空にゆっくりと輪郭を現し始めた美ヶ原の稜線《りょうせん》を眺めつつ、大きくため息をついた。

結局昨夜の当直は朝の五時近くまで延々と患者が途切れず、〝引きの栗原〟の本領を遺憾なく発揮する結果となってしまった。師長の外村さんも最初は苦笑を浮かべて駆け回っていたが、明け方近くには笑う気力もなくなって、真顔で「いい加減にしてくれない、先生」などと言う始末。もちろん、私が謙虚な心もちで当直の神様にお祈りをしたところで、救急車の台数が減るわけもない。

明け方からしばしの仮眠をソファで取ったものの、くたびれきった頭は逆に冴《さ》えわたって熟睡することもかなわず、この奇妙な空白の時間に紅梅と美ヶ原を眺める結果となっているのだ。

医局は、古びたソファセットが中央に設置されている以外、ひたすら電子カルテ用のパソコン端末が壁に並んでいるだけの空間である。朝の七時では人影もなく、広々としている分だけ寒々しい。

午前中の外来まであと一時間半ある。どうしたものかと思案したところで、医局の扉がふいに開いた。

視線を向けて面食らったのは、入ってきたのが、我が指導医の大狸先生であったからだ。

「お、栗ちゃん、おはようさん！」

私を見るなり、いつもの満面の笑みで大きな手をあげる。

「なんだか久しぶりだな。元気だったか、栗ちゃん」

「元気に見えますか、先生」

徹夜明けの青白い顔で見返せば、大狸先生はいつのまにやら窓外に目を向けて、

「お、梅が咲いてるなぁ、いいもんだねぇ」

などと呑気《のんき》な構えで話頭を転じている。都合が悪くなると容赦なく話題を変えるのは、かの先生の得意技だ。

大狸先生は、本庄病院内科部長をつとめる偉い先生で、私にとっては、研修医時代からの指導医でもある。いつでも大きな腹をぽんぽん叩《たた》きながら満面の笑みで患者たちを魅了し、いか

なる逆境も自分で起こした追い風に乗ってひとっ飛び。診療から指導にいたるまで八面六臂《ろっぴ》の大活躍をする古今無双の大妖怪《ようかい》……否、大先生だ。

「どうしたんですか、こんなに朝早くに」

「なに、ちょいとした野暮用だ。新任の医者に院内を案内していたところでな」

「新任？」

「そうだ、四月から一人加わったんだ。そうか、栗ちゃんがいるなら丁度いいな」

言いながら、扉の方を振り返る。

「入ってきていいぞ」

その太い声にこたえるように姿を見せたのは、紺のスーツを隙《すき》なく着こなした一人の青年である。

「進藤辰也《しんどうたつや》先生、この四月から赴任してきた我が病院の新しい戦力だ。東京の有名病院で血液内科を専攻してきたエリートだぞ」

大狸先生の声に合わせて、青年医師が丁寧に頭をさげた。そして顔をあげたとき、その理知的な光をたたえた目がおや、と見開かれた。

「こっちは栗原先生、当院の病棟患者を一手に引き受けている内科のエースだ。漱石かぶれの変人内科医だが、フットワークと生まじめさは天下一品だ。困ったときは彼に相談すれば、血を吐いてでも解決してくれる」

大狸先生のわけのわからない紹介にかぶさるように青年がつぶやいた。

「栗原じゃないか」

「タツ、久しぶりだな」

私が答えながらも眉《まゆ》をゆがめたのは、眼前の青年に不快を覚えたからではけしてない。徹夜明けの頭痛がひどくなったからである。


「驚いたよ、栗原、まさかまだここで頑張っていたとはね」

言葉とは裏腹に、落ち着いた声で告げる旧友の前で、私はおもむろにポケットから頭痛薬を取り出し、二錠まとめて飲み下した。

「卒業後は医局にも入らずに本庄病院に就職したものだからずいぶん心配したけど、志は変わっていないんだね、さすがは栗原だ」

「買いかぶりというやつだ。大きな狸にだまくらかされて、辞める機会を逸しているだけだ」

「大きな狸？」と不思議そうな顔をする辰也に、なんでもない、と私は首をふった。

当の大狸先生は、私と辰也が旧知であると知った途端に「じゃ、あとよろしく」と手を振って去って行った。今では、スーツ姿の品の良い血液内科医と、頭痛薬を二回分まとめて飲んだ徹夜明けの消化器内科医がいるだけである。

「とにかく久しぶりだね、こうして直接会うのは卒業以来じゃないか」

「そうだな、五年ぶりということになる」

何でもないことのように答えたものの、心中の驚きは小さくない。

進藤辰也は私にとって、学生時代の数少ない友人のひとりであった。

彼は、松本城近くの路地裏にある老舗《しにせ》そば屋の一人息子である。生来の努力家であり、応対は紳士的で頭脳は明晰《めいせき》という模範的医学生であった。『草枕』を片手に始終校内をふらふらして「変人栗原」の名をほしいままにしていた私とは対照的である。

その対照的な二人がなぜだか親交を結び、学生時代の多くをともに過ごしたのは奇縁と言うしかない。卒業後は、私は信州の一病院に、辰也は東京の有名病院にとそれぞれ道は分かれたが、こうして顔を合わせれば、時の空白を埋める懐かしさが卒然として満ちてくる。

「信州に戻ってくるならば一報くらい入れてもよかろう。抜き打ちで驚かせるなど、お前らしくもない座興だ」

「すまない。まさか今も本庄病院でがんばっているなんて思わなかったんだよ。僕だってずいぶん驚いている」

さほどに驚いては見えない。昔ながらの穏やかな風貌《ふうぼう》に、人の好《よ》さそうな笑みを浮かべて、私の方が一方的にからかわれているような気分になってくる。

「世の中に携帯電話だの電子メールだのいうものがいくら発達したところで、用いなければ何の役にも立たんという典型的な症例だな」

「そういう栗原だって、電話をくれたのは何年前のことだい？」

「研修医が終わって一年が過ぎていたから三年前だ。ちょうどお前に子供が生まれたころだったか」

答えながら、「まあ座れ」と眼前のソファを示した。

「だいたい学部を首席で卒業し、東京の有名病院の研修枠を勝ち取って信州を出て行ったお前が、なぜこんな所にいる？　今頃はどこぞの内科医長くらいには出世していてしかるべきだろう」

「いろいろあってね」

辰也は微笑を苦笑にかえて、軽く肩をすくめて見せた。

わけあり、ということだ。多くは応じない旧友に、私も無暗《むやみ》とは問いかけない。我と彼とは古い友である。話したくもないことをあれこれ問うのは、友誼《ゆうぎ》に反する行為だ。

「よかろう。せっかくの再会を、腹の探り合いにしてしまっては面白くない。とりあえずは友の凱旋《がいせん》を、心から祝福しよう」

「出世も何もしていない身ひとつでの帰郷を凱旋などと言ってくれるのは、君くらいだよ」

「出世？　馬鹿め。世の中、出世などすれば、責任と義務と窮屈が増すばかりだ。肩書きなんぞというものはできるだけかなぐり捨てて、ただ人間でさえあればよい」

私の言動に、辰也は軽く目を見開いてから、楽しげに微笑した。

「相変わらずだ、栗原は変わっていない」

そう言って豊かな笑声を上げれば、本庄病院には不似合いな爽《さわ》やかな風が医局の中を吹き抜けていく。

あくまで怫然《ふつぜん》と構えたまま二人分のコーヒーを準備する私に、辰也はふいに右手の人差し指と中指を立てて、駒《こま》を打つ真似《まね》をして見せた。

「栗原、君と話していたらまた一局指したくなってきた。六年ぶりの再戦はどうだい？」

私は軽く眉を動かす。

学生時代、我々は将棋部であったのだ。

「それとも、もう僕の相手はしてくれないか？」

「それほど私は狭量ではない」

私は一瞥を投げ返してから、沸いたポットを取り上げつつ、あえて淡々と続ける。

「六年間ひたすらイメージトレーニングを休まなかった私の前に、たちまち兜《かぶと》を脱ぐタツの姿を見てみたいものだな」

辰也は小さく笑ってから、ふいに声音を低めてつぶやいた。

「……智に働けば角が立つ。情に棹《さお》させば流される」

「意地を通せば窮屈だ。とかくに人の世は住みにくい……。よく覚えているではないか」

「一局指すたびに、『草枕』を冒頭から聞かされたんだ。忘れようとしたって忘れられない。

ただ、僕たちの代で部が消滅したことだけは残念だけど」

「やむを得んことだ。もともと学部中の不熱心だけをかき集めてつくったような部だ。実動部員は私とお前くらいだったからな」

備品と言えば、端の欠けた古びた将棋盤がひとつ。部室すらなく、対局はいつでも医学部学生食堂の玄関わきにあるソファを占拠して行っていた。時々、通りすがりの学生たちが興味深げに覗《のぞ》き込んでいくことはあったが、入部を希望してきた者は一人もいなかった。当然と言えば当然かもしれない。

「懐かしいことだ。たしか五百二十戦、五百十九勝であったはずだな」

「僕が、だよ」

「わかっている」

卓上に二つのコーヒーカップを並べ、その一方を目の高さまで持ち上げた。

「いずれにしても旧友の到来を心から歓迎するぞ、タツ」

もう一方のカップに軽く打ちつけて、決まり文句を付け加えた。

「ようこそ、医療の底辺へ」


前日が二時間しか寝ていないからといって、翌日が休みになるわけではない。

当直の恐るべきところは、翌日も朝から通常通りの勤務が始まることである。夜勤の技師や看護師たちが「お疲れ様でした」などと達成感にあふれた顔をして帰って行くのを眺めながら、当直明けの医師は新たな一日と向き合うことになる。

ずいぶん乱暴な制度だが、世の病院の夜間救急の多くは、この「当直」という常軌を逸した制度の上に成り立っている。今のところ、この制度が消滅して医師も二交代制になるという話は聞いたことがないし、常識や良識をふりかざす世の知識人たちも、こと医療問題に対してだけは非常識の急先鋒《せんぽう》になるから救い難い。

とくに最近は、徹夜で働かせたあげくに寝不足で少しでも不注意が生じると、たちまち訴訟のやり玉に挙げられる世の中だから、世人一同がこぞって医師たちを血祭りにあげようと、虎《こ》視眈々《したんたん》様子をうかがっているような気分にすらなってくる。病院側は病院側で、患者に対して同意書やら承諾書やら無数の書類にサインをさせて、医師の身を守ることに汲々《きゅうきゅう》としているのが現状だ。

かくして医師と患者の間には、心ない書類の山ばかり築かれて、互いの歩みよりを一層困難なものにしているのだ。

まったくもって度し難い……、などと胸中でつぶやいた直後に、はっと目が覚めた。

顔をあげるとそこは医局の隅の、電子カルテの前である。

いつのまにやらキーボードの上に突っ伏して転寝《うたたね》をしていたらしい。見れば、モニター上にはわけのわからないアルファベットが何ページにもわたって延々と入力されている。伏した頭でキーボードを押し続けていたようだ。ちっと舌打ちをして全部を消去してから掛け時計を見た。

夜九時である。

日中の業務を何とか終えて、医局に戻ってきたのが八時頃であったはずだ。そのままカルテを開こうとして気を失っていたらしい。こんな時間の医局では、キーボードに突っ伏して爆睡している内科医に、かまうもの好きもいない。

「ずいぶん顔色が悪いですねえ、大丈夫ですか、栗原先生」

いきなり肩越しに、力のない声が聞こえて、飛びあがるほど驚いた。

振り返ると、いつのまにやら左隣に、青白い顔の痩《や》せた医師が座っている。

「そんなに驚くことはないでしょう」

血の気のない顔に穏やかな笑みを浮かべたのは、内科副部長の古狐《ふるぎつね》先生である。

「相変わらず気配がありませんね、先生は」

「当直明けですか？　なんだか魂が抜けたような顔をしていますねぇ」

誰よりも抜け殻のような風貌の古狐先生が、飄然と電子カルテを入力しながらそんなことを言う。

「外村さんに聞きましたよ。救急車六台にウォークイン三十六人ですか。盆か正月のように、他の病院がことごとく休みで、本庄だけが開いている時の当直なら、私も経験がありますが、平日の夜にその人数はちょっと普通ではありませんねぇ」

「私にとっては、ごくありふれた日常ですが……」

できるだけ平然と答えたつもりだが、どことなく負け惜しみめいていけない。

「先生こそ土気色《つちけ》の顔をしています。もう何日泊まり込みですか？」

「さて、三日ですか、四日ですか……、いや、五日でしたか……」

青白い顔を少しかしげて、微笑《ほほえ》んだ。

やせぎすで顔色の悪い先生は、病魔を撃退するためなら何日でも病院に泊まり込む習性がある。一見すると医師というより患者の風貌だが、大狸先生の片腕として、本庄病院を支える重鎮のひとりである。

ゆっくりと立ち上がった私に、先生が首をめぐらして問うた。

「やっと帰宅ですか？」

「いいえ回診です」

一瞬沈黙した先生は、やがて苦笑とともにひらひらと手を振った。

「お気をつけて」

二階にある医局を出て階段をひとつ上れば、そこが内科病棟たる南3病棟である。

病棟スタッフステーション内では日勤から夜勤の看護師への申し送りが終わったところであるようだ。業務を終えた看護師たちが三々五々散っていくとともに、夜勤の看護師たちが活発に働き始めている。

徹夜明けの内科医がひとり、ひどい顔色をぶらさげて入ってきたところで、彼女らの業務に差し支《つか》えることはない。そのまま入口脇のモニターの前に座ったところで、明るい声が降ってきた。

「大丈夫？　ひどい顔してるわよ」

病棟看護師の東西直美《とうざいなおみ》である。切れ長の瞳《ひとみ》が、いくらか呆《あき》れ顔で見下ろしている。

「日本語は正確に使ってもらいたいものだな。顔がひどいのではない。疲れがひどいのだ」

「どっちでもいいけど、いい加減休まないとただでさえ少ない医者が、患者になっちゃうじゃない」

東西は二十代で主任看護師にまでなった優秀なスタッフだ。とくに修羅場における冷静さには定評があり、いかなる逆境においても着実に仕事をこなす姿には、私もずいぶんと助けられてきた。

「そういうお前も日勤だろう。なぜこんな時間まで働いているんだ？」

「年度が変わったばかりだもの。主任会議とか新人看護師の研修会議とか、デスクワークばっかり。現場に戻ってくるのはだいたいこの時間よ」

軽く肩をすくめてから病棟奥の休憩室へと姿を消したが、戻ってきたときには一杯のコーヒーを持っていた。

「遅い時間に、回診、御苦労さま」

ことりと卓上におかれたカップからふくよかな芳香が立ち上る。一口を飲めばほどよい苦味と切れのよい後味だ。同じ原材料を用いているのに、私が淹《い》れるコーヒーとは全く別の代物になっているから不思議である。

「砂漠に井戸を見つけた気分だ。感謝する」

「珍しいわね、先生が素直にお礼を言うなんて」

「私はいつでも素直そのものではないか」

「〝つもり〟だけでまともに伝わってきた例《ため》しがないのよ。難しい言葉ばっかり使って、おじいちゃんみたいだもの」

「私がおじいちゃんなら、お前はおばあちゃんだ」

「……コーヒーいらないんだ?」

「冗談だ。東西は美人で有能で若々しい独身の看護師さんんだ」

「よけい頭にくるんだけど……」

冷ややかな目になった。それでも手先だけは要領よく動いて電子カルテを立ち上げ、検温表を打ち始めている。

「とにかくそれ飲み終わったら早く帰って休んで。これ以上患者が増えたら、私だって対応しきれないんだから」

「そうもいかん。夜の回診が……」

「みんな落ち着いているから大丈夫よ。それよりせっかく寝たところを起こされる方が、具合を悪くするわ」

有効かつ的確な指摘である。反論の余地がない。

とりあえず態度だけは偉そうに美味なコーヒーを傾けていると、デスクワークを続けながら、何気なく東西が口を開いた。

「そう言えば、新しくきた進藤先生って、先生の友達なの？」

「古い友人だ。なんだ、さっそく懸想《けそう》したのか？」

「冗談。夢中になっているのは若い看護師たちよ。あちこちの病棟で、進藤先生の噂《うわさ》ばっかり。かっこいいとか優しいとか理知的だとか」

辰也が妻帯者であることを、いちいち口には出さない。世の中というものは、妄想と勘違いで成り立っている。いずれはわかることを、わざわざ口にして不要な顰蹙《ひんしゅく》を買うこともない。

「詮ないことだ。あいつは学部の頃からずいぶんモテる男だった」

「珍しいわね、先生が一目置《いちもく》いているなんて」

「格別珍しくもない。日頃から頭も外見も悪い砂山次郎《すなやまじろう》のような輩《やから》と一緒にいれば、余人ことごとくに一目を置くようになる」

「おれがどうかしたって？」

いきなり頭上から聞きなれた声が降ってきた。

仰《あお》ぎみれば、話の渦中の黒い巨漢がにやにや笑って見下ろしている。

「俺の噂なんてして、どうしたんだ？　照れるじゃないか」

外科医の砂山次郎である。

私はたちまち眉をひそめる。

「外科医が内科の病棟に何の用だ？　ここには心臓の弱っているお年寄りもたくさんいるんだ。でかい図体でうろうろして、不整脈の種を蒔《ま》かんでもらいたい」

「部長先生の患者で、ひとり往診を頼まれた人がいるんだよ」

「では早く診てくるがいい」

「今診てきたところだ」

答えて私の隣にどっかりと腰をおろした。

砂山次郎は、私にとっては医学部寮に住んでいたころからの腐れ縁である。医学部三年のころにともに寮生となり、卒業までの四年間、常に隣室であった。北海道の酪農農家の生まれの大男は、どういうつもりか信州を気に入って住み続け、今ではすっかりこの地に根をおろして生きている。生き方のあらゆる点において私と正反対の男であるが、異郷の地からここを訪れ、信州に根を下ろしたという点だけは共通である。

「タツが来たって、ほんとか、一止」

電子カルテを開きながら、必要以上に大きな声でそう告げる。でかい声の一語一語が睡眠不足の頭に殴りかかってくるようで、まことにくたびれる。

「事実だ。血液内科として四月から赴任になった」

「こんな田舎《いなか》の病院に同期が三人もそろうなんてすげえ話だな」

「外見も行動も非常識などこぞの外科医と違って、タツは〝医学部の良心〟と呼ばれたほどの男だからな。昨今まれに接する朗報だ」

こういう小さな総合病院では、医者ひとりが増えるだけでずいぶんと状況が変わる。しかし次郎は、私の言葉にふいに沈黙して、複雑な表情になった。

「なんだ、寒い顔をしているではないか。頭の中が年中春の次郎にしては珍しい。気にかかることでもあるのか？」

「そういうわけでもないんだが……。ま、タツが元気ならいいんだ。気にするな」

「露骨に気になるセリフを吐く奴だな」

「いいんだよ。俺だってあいつに会えるのは久しぶりなんだ。楽しみだぜ」

そう告げたときには、先刻のかすかな憂色は完全に姿を消して、いつもの能天気な顔に戻っている。のみならず、ふいに東西に向かってにやりと笑みを投げかけた。

「ちなみに東西さん、一止が、なんでタツに一目置いているか知ってるかい？」

「なんでって、理由があるの？　砂山先生」

「実はあるんだよなぁ、これが」

「次郎、こんなところで油を売っていられるほど暇なのか？」

「暇なんだよ。実はな、東西さん。学生時代に、医学部中で有名になった〝将棋部三角関係事件〟ってのがあるんだ」

それまでさほどの興味も示さず平然とカルテをめくっていた東西が、急に態度を変えた。

「それってもしかして、栗原先生の恋話《コイバナ》？」

冷静沈着の東西が珍しく大きな声をあげ、同時に、先刻まで忙しげに立ち働いていた若い看護師たちが一斉に動きを止めて、私を見た。

とりあえず私がひと睨みをすると、また一斉に動き始めたのだが、明らかに聴覚だけはこちらに集中している。仕事にミスが出ないことを祈りたい。

「知りたいだろ？」

「それは興味深いわね」

にわかに身を乗り出して答える東西に、私はげんなりして口をはさむ。

「東西、やめておけ。ヤマもオチもないくだらん話だ。聞くに値せん」

「そんなことは関係ないのよ。先生って自分の昔話、全然しないじゃない。仕事以外の話っていっても、漱石しか出てこないし」

「当たり前だ。面白くもない自分の過去をいたずらに宣伝するくらいなら、漱石先生の著書について語り合っている方がはるかに建設的で興味深い」

「はいはい、でも私としては、漱石以外の話を聞いてみたいわ」

「お前が鷗外《おうがい》や芥川《あくたがわ》に興味があるとは思わなかったな」

「そういう意味じゃないでしょ」

いくらか声を荒げて答えたところで、東西はふいに我に返ったように口をつぐんで目を細めた。

「……またそうやって話題をすり替えようとする」

ちっ、と胸中で舌打ちをする。さすがは東西だ。この手の浅薄な手段は次郎くらいに単純な男でないと通用しないらしい。

「で、砂山先生、話の続き聞きたいわ、三角関係事件」

東西の声に、次郎がにっと笑って話しだす。

「あれは俺たちが医学部四年の頃だった。医学部には将棋部っていうどうにもマニアックな弱小クラブがあってな。そこに一止とタツがいたわけだ。というか正確には一止とタツのほかには誰がいるのかも把握できないようなわけのわからん部活だった。その将棋部に現れたのが……」

「やあ、水無《みずなし》さん、元気にしているか」

私がむやみに大きな声で、通りすがりの看護師を呼び止めた途端、次郎がおもしろいほど大げさにびくりと肩を震わせた。

私の声に足を止めた看護師は、栗色の髪をショートカットにした目もとの明るい女性である。笑顔で一礼し、すぐ横の次郎に気づいて少しだけ顔を赤らめた。

「砂山先生もいたんですね、お疲れ様です」

その遠慮がちな声を聞いているだけで、次郎が先刻までの話など完全に忘れたように満面の笑みになる。

「陽子《ようこ》、今日は何時くらいに仕事終わるんだ？」

「砂山先生、職場で陽子はだめっていつも言ってるじゃないですか」

「ああごめん、水無さん、なんか手伝えることがあれば手伝うよ。その点滴はおれが持ってやろう」

明らかに足手まといにしかなっていない無骨な動作で、次郎が点滴ボトルを手に取る。困ったような顔をしながら水無さんも幸せそうな様子を隠しきれない。

この黒い怪獣と明朗な女性の奇妙な組み合わせは、驚くべきことに現在交際中のカップルなのである。

かかる奇跡が起こったのは、つい昨年末のことだ。さすがに運命の神様の手違いであろうから、じき破局を迎えるだろうと温かい目で見守っていたところ、驚いたことに交際は順調なのである。町中《まちなか》で二人が手をつないで歩いているところも目撃されているくらいだから、もはや常人の理解の範疇《はんちゅう》を越えている。

自ら種を蒔いておきながら、かえってげんなりする私の前を、怪獣と美女のカップルは、仲《なか》睦《むつ》まじい様子で立ち去ってしまった。

あとには呆れ顔の東西が残るばかりである。

「うまく話をかわしたわね、先生」

「もう一度言っておくが、聞いたところで面白くもなんともない話だ。そんなつまらんことに、有能な主任の貴重な時間を浪費させたくはない」

「お心遣いには感謝するわ、先生」

答える東西がなにやらひとりで嬉《うれ》しそうな顔である。

「なんだ、その笑みは？」

「どっちにしても安心したのよ」

「なにがだ？」

「先生にも人並みに恋をする学生生活があったんだって」

さすがに抗議せざるを得ない。

「私をどういう目で見ているんだ」

「患者さんの病状と夏目漱石にしか興味のない文学オタク内科医よ」

「つまりは医師免許をとる以前は、ただの文学オタクということになるな」

「正解。でも砂山先生の話だと、それなりにエンジョイしていたわけね、学生生活」

「叶《かな》わぬ恋にうつつを抜かすことをエンジョイと表現するなら、そのとおりかもしれんな」

言ってから思わず舌打ちした。徹夜の頭では、言わなくてもいいことまで口に出してしまう。眼前ではますます東西が面白そうな顔をする。

「進藤先生と女の人を取り合ったんだ？」

「取り合ったという表現は正しくない。私は指をくわえて見ていただけだ。いずれにしてもタツがモテるのは自明の理というものだから、特段驚くに値しない」

「進藤先生が好青年だってことは認めるけど、〝引きの栗原〟だってなかなかのものだと思うわ。隠れファンだって結構いるのよ」

意外極まる答えがかえってきた。

「だとすれば、隠れていないで出てきてもらいたいものだな。この砂漠のような労働環境では、一輪の花でも一服の心休めになろうというものだ」

投げやりに応じる私を、東西はなにやら優しげな瞳で見下ろしている。何も悪いことはしていないのに、負けた気分になってくる。

やれやれとため息をついたところで、東西がふいにぽんと手を打って話題を変えた。

「大事なことを言い忘れていたわ。その好青年の進藤先生の話だけど、電話がつながらなくて困ってるのよ。今度会ったら気を付けるように伝えておいて」

「タツの電話が？　何かあったのか？」

「今日入院した患者さんの主治医になっていて、担当の看護師が聞きたいことがあって電話したらしいんだけど、全然つながらないんだって。今は受け持ち患者が少ないからいいけど、これから増えてきたら困るから」

赴任初日から病棟患者の受け持ちになっているらしい。相変わらず容赦のない職場である。さすがの良識のタツもばかばかしくなって電話の電源を切っているのかもしれない。

「わかった、伝えておこう」

「よろしくね。それから先生、せっかく仕事を片づけておいたんだから、せめて日付が変わる前に帰って休んでよ。あんまりこき使うと、隠れファンたちに私が恨まれるんだから」

「どうせなら、一人くらいファンの身元を聞かせてもらってもよいだろう」

「そうね」

東西は白いおとがいに人差し指を添えてから、莞爾《かんじ》として語を継いだ。

「306号の留川《とめかわ》トヨさん、先生の大ファンよ」

額に手を当てて る私を見て、東西が付けくわえる。

「ちなみにファンクラブの最高齢」

「九十二歳だからな。光栄なことだ」

言って私は立ち上がった。

夜十時。連続三十八時間の労働を、ようやく終えて帰路である。


松本城の北側に広がる閑静な住宅街の一角に、時代遅れの侍のごとく端然と座して、いたずらに辺りを睥睨《へいげい》している一軒の陋屋《ろうおく》がある。

私の住む「御嶽荘」がそれだ。

築二十年を越える日本家屋で、瓦《かわら》ははげ落ち、柱はひび割れ、明かりがついていなければ、廃屋と間違われること疑いない。かつては旅館として使われた建物であるから敷地、間取りはなかなかに壮麗な造りだが、今では各部屋をアパートとして貸し出しており、怪しげな人間が行き交うばかりで、往時の面影はない。入口脇にぶら下げられた「御嶽荘」の看板も、斜めに傾いて、寂然と夜空を見上げている。

そんな御嶽荘の玄関先には、阿吽《あうん》の仁王像のごとく、左右に紅梅と白梅が植えられている。

私は、軒先の飛び石の上で足を止め、二本の古木を眺めやった。

紅梅に先んじて散るのが白梅である。

言いかえれば白梅のあとに咲くのが紅梅である。

今、眼前の白梅はすでに散り、華やかな紅梅が、月光のもとにその色彩を惜しげもなく輝かせている。なかば家をのみこむように傾《かし》いだ古木は、夜風がひとつ吹くごとに紅を揺らし、そこに淡い月の光の蒼《あお》が差し込んで、陋屋たる御嶽荘まで幻想的で美しい。

この玄関口で、我が細君の出発を見送ったのは、わずか数日前のことであった。

写真家である細君のハルは、この時期になると毎年のようにカメラをかかえて桜の撮影に出かけていくのだ。元来は山岳写真家なのだが、桜だけは細君にとって特別であるようで、季節がくると他の仕事をすべて断って、長い時では一ヶ月以上も列島の桜前線を追いかけることもある。行き先は年によって異なるが、今年は高遠《たかとお》のヒガンザクラを開花前から散り終えるまで二週間かけてカメラに収めてくるのだと言っていた。

「では行ってまいります」とにこやかに細君が微笑したときには、まだ満開であった白梅が、今ではすっかり青葉に包まれ、代わって三分《ぶ》であった紅梅が、今は盛りと咲き誇っている。この紅がすべて散り、松本平の桜がほころび始めれば、細君も戻ってくるであろう。

春の訪れのひときわ遅いこの町では、まだまだ気の長い話である。

ふいに冷ややかな夜風がひとつ吹きすぎて、私は慌てて首をすくめた。

四月とはいえ信州の夜は寒い。梅の香を振り切って、私は玄関の戸をくぐった。

くぐったと同時に廊下の一番奥の襖《ふすま》がするりと開いて、室内の光がさっと廊下にあふれ出た。

そこに悠然と姿を見せたのは、古風なブライヤーをくわえた背の高い男性だ。

「久し振りだな、ドクトル」

我が盟友、絵描きの男爵である。

不敵な笑顔とともに、右手のスコッチのボトルを持ち上げた。

「むろん、飲んで行くのだろう?」

折しも夜の十一時。私はにこりともせず、首肯するのである。

男爵は、五年前に私がこの御嶽荘に住み始めた時には、すでに一階奥の「桔梗《ききょう》の間」に住んでいた正体不明の絵描きである。四十歳前後のはずだが、実年齢は定かでない。いつでも古風なブライヤーをくゆらせながら、スコッチを片手に絵筆をとっている謎《なぞ》の人物だ。

多くの人間が通り過ぎてゆくなかで、おそらくもっとも長くこの御嶽荘にいる住人であろう。

「珍しいこともあるものだな、ドクトル」

かちりと飛車《ひしゃ》を動かして、男爵が私を見返した。

「帰ってくるなり一局指そうなどと」

「期待もせずに声をかけてはみたものの、男爵に将棋の心得があるとは知らなかった。相変わらず遊びごとに関する男爵の博識には舌を巻く」

桂馬《けいま》を進ませながら答えれば、男爵は不必要に胸を張って、

「俺はかつて、キング・オブ・テーブルゲームと呼ばれた男だ。囲碁、将棋、チェスにマージャン、花札に百人一首、カタン、バックギャモンまで、なんでもござれだ」

言えば言うほど怪しさが増すばかりである。

「しかし将棋を〝知っている〟ということと〝指せる〟ということは意味が異なるようだな、男爵。王手飛車だ」

「む、王か飛車かいずれかを取ろうなどとは強欲な男だな。遠慮をしたまえ」

「遠慮もこれで四回目だ。ちなみに世の中では男爵の行為を〝待った〟と言って、最も恥ずべき行為のひとつに挙げている。恥を承知で〝遠慮〟を希望するのであれば、この一手は差し控えてやらなくもない」

「いや待て。恥と言われては貴族の沽券《こけん》にかかわる。よかろう、持って行くがいい」

では遠慮なく、と飛車を奪ったところで男爵が、

「ちなみに俺の飛車は敵に奪われたからといって、そうそう寝返る不忠者ではない。牢《ろう》に入れておくのはいいが、再び戦場に出そうとしても言うことは聞かんだろう」

「素直に、〝取った飛車を張るのはやめてほしい〟と言えば、考慮してやろう」

「取った飛車を張るのはやめてほしい」

「貴族も沽券も最初からないではないか！」

阿呆《あほう》な会話を繰り返しているうちに、決着はついた。

勝敗は言うまでもない。

男爵の王将が盤上で切腹をして果てたところで、さっそく卓上にショットグラスが二つ並び、タムナブリンの十二年が注ぎ込まれた。

「ドクトルに討ち取られる前に、自ら腹を切って果てた我が王将に乾杯だ」

「計八回の〝待った〟をかけながらも、あっさり敗北した男爵に乾杯」

カン、と澄んだ音とともに酒宴が開始となる。

一杯目をさらりと喉《のど》に流し込んで、男爵が水を向けた。

「相変わらず本庄病院は多忙なようだな、ドクトル」

「年度が変わったくらいで状況が変わるほど医療現場の問題の根は浅くないからな。かかる過酷な環境を、延々と飽きもせずに毎年繰り返している。それでも今年は、ひとり常勤医が増えたことが救いといえなくもない」

「その増えた常勤医が、かつての旧友であったというわけか」

「さよう、まったくの奇遇だ。頭のいい男でな、学生時代は、さんざんに朝まで将棋盤を囲んだものだ。東京に出ていたのに、どういうつもりかこの田舎の野戦病院に戻ってきた」

琥珀《こはく》の液体を口中に流し込めば、たちまち豊かな芳香が鼻孔を刺激して、陶然となる。どうひいき目に見ても、かかる陋屋の四畳半には似つかわしくない名品だ。まったく酒にだけは金をかけることをやめない、とんだ貧乏絵描きである。

「辰也は、名うての奇人変人が名を連ねる我が学年において、〝医学部の良心〟と呼ばれていた。老舗そば屋の長男で、秀才な上に、篤実な性格のなかなかできた男だ」

ふいに男爵がグラスを傾けたままにやりと笑った。

「その一件、どこかに女が絡んでいるだろう」

「……将棋の手を読む目は全くないのに、かかる問題に対する洞察は相変わらず見事なものだな、男爵」

半ば呆れているのである。

「ドクトルにもそんな時代があったのだな」

「定年後の隠居のようなことを言う。ほんの数年前の話だ。〝将棋部三角関係事件〟といえば、医学部の同期で知らぬ者はいない。漱石にしか興味がないと思われていた医学部一の変人が、女性に興味を持ったと、誰もが噂を交わしあったものだった」

幾分投げやりに告げてグラスを干せば、間髪容《い》れず、男爵が次を注ぐ。

「美しい女性であったのか？」

「私と辰也くらいしか出入りしないような弱小将棋部に、物おじもせずに顔を出す魅力的な女性だった。私が彼女の王将を奪うことに夢中になっているうちに、気づいたら辰也に彼女の心を奪われていたという始末だ。三段落ちにもなりはせん」

我ながら珍しく感傷に捕らわれて、昔話を垂れ流している。

男爵は卓上のブライヤーを取り上げて、マッチで火をつけた。イギリス産のきざみから、甘い香りが立ち上がる。

男爵の目がいささか細められて、ここではない何処かを見つめているような深みのある光を漂わせた。おおかた私の勢いに引きずられて、謎に包まれた自身の過去を振り返っているのかもしれない。

「まあ、誰しもが歩む青春というやつだな」

「願わくば、男爵の青春時代の話も聞いてみたいものだ」

「俺の青春？　やめた方がいい。成功と栄光に包まれた輝かしい俺の前歴を聞けば、誰もが嫉《しっ》妬《と》に胸を焦がすことになる」

「そうか、では遠慮するとしよう」

「なんだ、あっさり諦《あきら》めるものだな」

「男爵のことだ。言いたいことは自ら話すし、そうでないことは聞いたところで絶対に話さない」

「ご明察、痛み入るね」

にやりと笑って再び乾杯である。

ちょうどそのタイミングで、部屋の襖がノックされた。

おや、とさすがに驚かざるを得ないのは、深夜の十二時だからである。だが男爵は落ち着いたもので、

「お、来たかな。入ってくれていいぞ」

ついと右手をのばして襖を引き開けた。立っていたのは神経質そうな顔の、痩せた若者である。若者と一口に言っても、目もとにはまだ少年の名残りのような不安定さが垣間見《かいまみ》える若輩だ。トレーナー姿の若者は、部屋の隅に正坐《せいざ》すると軽く頭を突き出すように一礼した。

「どうも」

髪はぼさぼさであるし、不精ひげも生えていて一時代前の浪人生のような風貌である。いささか面食らって黙っているうちに、若者は遠慮勝ちに付け加えた。

「今年から信濃《しなの》大学の農学部に入学した鈴掛亮太《すずかけりょうた》っす。四月から御嶽荘に住むことになりまして。よろしくお願いします」

もう一度頭を突き出すように一礼した。

引き継ぐように男爵が口を開く。

「ということだ、ドクトル。鈴掛君は多忙なドクトルとなかなか挨拶《あいさつ》を交わすタイミングがなくて困っていたようでな。帰ってきたら呼んでくれと言われていた。部屋はこの隣の『銀杏《いちょう》の

間』だ」

なるほど、ようやく話が見えてきた。

「新しい住人というわけだな。これはめでたい話だ」

「どうも」とまた首を突き出す姿はまことに貧相であるが、外貌やら前歴やらに捕らわれないのが、御嶽荘の原則である。

「ドクトル先生の話は男爵先生から聞いてるっす。よろしくお願いします」

「どうでもいいが、ドクトルの呼び名に先生をつける必要はないし、男爵に至ってはおかしなだけだからやめたまえ」

「そうすか？　変すか？」

面と向かって聞き返されては、にわかに応じる言葉もない。当方とてさんざん変だと指をさされてきた側だ。本人が「自然」と主張するものを、ありもしない常識を押し立てて不自然と押し切る特段の理由もない。

「まあ好きなように呼ぶとよい。所詮、〝先生〟なんぞは、阿呆の別号だろう。先生、先生と言われるたびに阿呆、阿呆と聞こえてくるから、かえって愉快なくらいだ。さしせまって重要なことは、先生と阿呆の異同を語ることではなく、新たな友とうまい酒を酌み交わすことだろう」

それでこそドクトルだ、と笑った男爵が、スコッチのボトルを持ち上げる。

「喜ぶべきは鈴掛君が、新入生とはいえ二浪を経験して現れたということだ」

顔をしかめる私に向かって男爵がにやりと笑い、鈴掛君のグラスになみなみとスコッチを注ぎ込んだ。

「二十歳だ。酒が飲める」

「なるほど、まぎれもなく朗報だ」

たちまちグラスを打ち合わせ、乾杯と唱和すれば、鈴掛君は、受け取ったグラスをそのまま
するりと飲み干した。

「なんだ、ずいぶんな飲みっぷりではないか。成人したての若者にしては堂に入ったグラス運びだ」

「すんません。結構浪人中も飲んでたんす。おおっぴらじゃないっすけど」

ぼりぼりと頭をかきながら、苦笑いでそんなことを言う。

「ろくでもない浪人生だな。物事には順序というものがある。未成年が酒を飲むなど、漱石の数ある名著を読むのに、『こゝろ』から始めるのと同じくらい愚昧《ぐまい》なことだ」

私の言葉に、鈴掛君は興味深そうに目を見張った。

「『こゝろ』なら読んだことあるっすよ。ダメなんすか?」

「『こゝろ』がダメなのではない。『こゝろ』だけ読むのがダメなのだ。過程をすっ飛ばして結論だけ読んだ若者たちがこぞって〝感動した〟などとのたまうからバカバカしい。『こゝろ』にあるのは感動ではない、絶望だ」

「そうっすか。絶望っすか」

「感動か絶望かを論じる前に、その〝すかすか〟言うのをやめてもらえんか。実害はないはずだが、どうも酒の味が落ちる気がする」

「そうっすか。ダメっすか」

神妙な顔つきをする青年に、声を荒げるのも大人げない。ため息交じりに口調を改めた。

「……いい、好きにしたまえ」

そんなやりとりを、男爵は面白そうに眺めている。

「榛名《はるな》姫が不在だと、ドクトルは不機嫌だからな。鈴掛君、覚えておくといい」

「榛名姫って誰っすか？」

「ドクトルの奥方だ」

「マジっすか？」

目を丸くして私の顔面を見つめる。

好きにしたまえと言ったものの、やはり〝すかすか〟が耳についてどうも話の据わりが悪い。しかし口調がおかしいことに関しては当方も同様であるから、無下《むげ》に押しいるわけにもいかない。もちろん鈴掛君本人は一向頓着《とんじゃく》していない。

「ドクトル先生は結婚してるんすか」

「まるで私が結婚していることが、信じがたい奇蹟《きせき》であるかのような言辞だな。細君は今、高遠に出かけていて不在だ。桜が散るまでは戻らない」

言いつつ胸中の寂寥《せきりょう》を高級スコッチで押し流す。細君がいない宴会というのは、桜のない花見のようで味気ない。

また一杯を飲むうちに、男爵が口を開く。

「榛名姫は世界に名立たる写真家でな。天下第一の桜を撮りに出かけておるのだ。そして姫が不在の時のドクトルはしごく不機嫌だから気をつけるといい。おまけに日が経《た》ってくると、姫君が怪我《けが》をしていないか、病気になっていないかと、極度の心配症を発揮するから、一層気が短くなってくる」

「今回は目的地が冬の雪山でないだけ良い。春の高遠で遭難することはないのだ」

「なるほど、しかり」

笑ってグラスを軽くかかげて見せた。

「では新しい友の来訪と、榛名姫の無事を祈って乾杯といこうか」

私と男爵がスコッチの満ちたグラスをかかげれば、鈴掛君もまた自身のグラスを持ち上げた。

乾杯、と誰ともなく声を発して、酒宴は再開となったのである。


栗原ファンクラブ最長老の留川トヨさんの病状がよくない。

もともとは肺炎で入院となり、抗生剤でかなり改善していたのだが、数日前に食事を再開してから、また時々熱を出すようになっていたのだ。

「三日前にはいつもの笑顔を見せてくれていたのだがな」

ため息まじりに聴診すれば、両下肺野に明らかな雑音がある。

「午前中はまだ良かったんだけど、午後になってから呼吸状態が悪化しているわ」

告げたのは、東西である。

折しも小雨の降りだした日曜日。

午前中の回診を終えて、珍しく午後はのんびりできると帰路につきかけた刹那《せつな》、留川さんの呼吸状態が悪化していると東西から呼び出しを受けたのだ。

「せっかくの日曜日なのにごめんね、先生」

「お前が謝る問題ではないだろう。患者の具合が悪くなれば、出向いてくるのが主治医の仕事だ。休日だからといって、病魔も一緒に休みをとってくれるわけではない」

酸素投与量を4リットルに増やしながら、あえて無頓着に答える。

ベッド上では、痩せたおばあさんが酸素マスクの下で荒い息をしているのが、痛々しい。小さなトヨさんにとってはSサイズのマスクもずいぶん大きくて、顔の半分以上が埋まっている。

「トヨさんは、もういかんかね」

ぽつりとつぶやくように言ったのは、ベッドの横に座っていた同じくらい小さな老人だ。留川孫七《まごしち》さん、トヨさんの夫である。現在九十五歳。

トヨさんとは「トヨさん」「マゴさん」と呼び合う睦まじい仲で、トヨさんの病状が落ち着いているときは車椅子に乗せて、それをマゴさんが押しながらのんびりと病棟を散歩していたものである。

看護師が車椅子くらい押しますよ、と言ってもマゴさんは、

「自分の手で、トヨさんに山を見せてやりてえで」

とにこりともせずに答える。

トヨさんはトヨさんで、自分が患者なのに、

「マゴさん、疲れたでしょう。そろそろ代わりましょ」

と車椅子の上から告げる。そういう老夫婦だ。

「トヨさんは、いかんかね」

真っ白な眉の下の小さな瞳が、窺《うかが》うようにじっと私を見つめている。

こういうとき、気休めは意味がない。

「油断はできない状態です。検査を追加して、慎重に治療を継続します」

「そうかい」と眉の下に目が隠れた。淡々とした様子はいつものことである。

そばにいた東西が優しく声をかけた。

「ご主人も少しは休んでください。毎日毎日、ずっとそばについていて、マゴさんが体調を崩したら大変です」

「そうかい……」

白い眉の下で瞬《まばた》きが二度ほどあった。

「しかし、トヨさんのいない家に帰っても、することがないでなぁ」

朴訥《ぼくとつ》としたそのつぶやきに、言葉に収まりきらない深い思いが込められている。

私や東西のような若僧には、返す言葉がないのである。


「なんとかしてあげたいわね」

東西が気遣わしげにそう言ったのは、スタッフステーションに戻ってきたあとだ。私は、モニター上に撮影したばかりのレントゲン写真を呼び出して、眉を寄せた。

「数少ないファンクラブのメンバーだ、私としても同感だが……」

「よくないの？」

「よくない」

両側の下肺野に消えたはずの浸潤影《しんじゅんえい》が出ている。典型的な誤嚥《ごえん》性肺炎の所見である。

「喀痰《かくたん》培養と血液培養を再検する。ただし原因菌の特定を待っている余裕はないから、今日から抗生剤を変更だ」

了解、と応じた東西のもとに、若い看護師が困惑顔で駆けよってきた。色白で痩せた、なんとなく頼りない様子の看護師である。ネームプレートの「御影深雪《みかげみゆき》」という名前は初見だから、四月に入ったばかりの新人であろう。彼女のたどたどしい上申を聞いていた東西が顔をしかめた。

「どうしたのだ？」

「ほかにも具合の悪い患者がいるのよ。先生の患者さんじゃないけど、診てもらえると助かるんだけど……」

「診るのはかまわんが、主治医はどうした？」

「連絡がつかないのよ」

言いながら東西が差し出したカルテを見れば、「四賀藍子《しがあいこ》、二十五歳、女性」と書かれた下の欄に「再生不良性貧血」とある。血液内科の疾患である。

私が眉根を寄せるのと、東西がため息交じりに答えるのが同時だった。

「主治医は進藤先生よ」

「またタツと連絡が取れないのか？」

視線を御影さんに転じれば、おどおどした様子で、

「は、はい……、休日とか平日の夜とか、結構電話がつながらないことが多いんです。進藤先生が主治医の患者さんがもう十人以上いるので、いくらか問題が……」

「タツはいささか度がすぎるくらいにまじめな男だ。病棟に担当の患者がいて、連絡がとれなくなるようなことが、そうそうあるとも思えんが……」

困り果てた顔をする御影さんにかわって、東西が付け加えた。

「思えなくっても実際あるんだから仕方ないでしょ。先生の人を見る目を疑うつもりじゃないけど、最初の印象ほどまともな人じゃないみたいね」

珍しく東西が毒舌を吐いているからには、口に出して言っている以上にトラブルが多いのだろう。東西は、小さなことを大きく話すタイプの人間ではない。

我が胸中にあるのはむしろ意外の感である。

辰也とはともに働いたことはないが、志の高い男であることは間違いない。学部のころも首席を維持し、松本出身でありながら、勉学のために東京の専門病院に就職していったほどだ。何よりあの男の医療に向ける真摯《しんし》な態度を、私はよく知っている。

どうも風向きがおかしい。

「とにかくその患者の診察をしよう。何号室だ？」

問えば、御影看護師が緊張した面持ちで先に立って案内を始めた。

進藤辰也の評判が悪い。

赴任してきた直後の浮わついた噂話はなりを潜め、十日ほどの間に、ほうぼうで少しずつ、だが確実に苦情が聞かれるようになっていた。

昼間はあまり回診に来ない。夕方になるとすぐに帰ってしまう。夜は連絡が取れないことが少なくない。物腰はおだやかであっても、明らかに現場から距離を置いたような行動が、看護師たちの不信感をあおっているのである。

内科病棟たる南3病棟では、さすがに辰也も気を配っているのか、それほどトラブルは目立たないが、比較的接点の少ない他の病棟では露骨に評判が悪い。病棟によっては、主任や病棟長が私に直接、辰也の問題行動を訴えてくることもあるくらいだ。

当初は半信半疑で傍観を決め込んでいた私も、さすがに黙然と見ていることもできなくなり、いずれ問いただしてみようと機を窺っていたが、四六時中走り回っている身であるから、顔を合わせる機会自体がほとんどない。ようやく仕事にめどがつく夜半には、辰也の方が院内から姿を消しているというありさまだ。

かくして当惑のまま月日だけは過ぎ、桜も徐々に開き始める四月の下旬となっていた。


「どういうつもりだ、タツ！」

朝七時半の医局に響いたのは、次郎の声である。

早朝の閑散とした医局内に、険悪な空気が満ちている。出勤してきたばかりの私は、医局の扉をくぐったところで、足を止めた。

医局の隅で電子カルテを打っていた辰也に、次郎がえらい剣幕を向けているのだ。対する辰也は、落ち着きはらった様子で黒い巨漢を見上げている。

「泉《いずみ》さんはお前の患者じゃないのかよ」

「まぎれもなく僕の患者だよ」

「その患者が亡くなって、なんで主治医が来ないんだ？」

「泉さんは九十歳の高齢で、急変時にも延命治療は希望されないという方針だった。僕が来ても何かできるわけではないし、当直だった君に対応を頼んだからといって、不都合があったとは思えないけど……」

「そういう問題じゃないだろ。お前は主治医じゃねえのかって言ってるんだ」

「もちろん主治医だよ。そして主治医としての役割は十分に果たしているつもりだ」

平然と座したまま答える辰也の様子に、次郎はさすがに戸惑ったようだ。

「なんだよ、そりゃ。お前らしくねえだろうが」

論理的でない次郎の嘆息が、今回ばかりは私にもまったく同感だった。

「患者に何かあれば駆けつけるのが、進藤辰也ってもんだろう」

「砂山は変わっていないね……」

独り言めいたつぶやきの中に、私の知らない男の冷淡さが秘められていた。

「確固たる自分の信念に従って進む。でも自分と違う信念を持っている人間もいるということを忘れているんじゃないか、砂山」

「タツ……」

「僕には僕なりのやり方がある。手を抜いているつもりはない」

医局の入口に立つ私からは二人の顔まではははっきり見えないが、少なくとも次郎が間の抜けた顔で立ちつくしている様子はわかった。

しばしの沈黙は、奇妙な緊張をはらんでいた。私はただ眺めやるしかない。ほかに医局に誰もいないことが、せめてもの救いだ。

やがて沈黙を破ったのは、押し殺した次郎の声だった。

「タツ、お前が東京で勤めていたのは、帝都大学祈念病院だったたな……」

次郎の幾分唐突なその言葉は、思いのほか大きな効果をもたらした。電子カルテの入力に戻ろうとした辰也が、動きを止めたのだ。一呼吸を置いて、今度はゆっくりと巨漢を見上げた。

「そうだけど、帝都大学がどうしたんだ？」

「どうもしないさ。ただ……」

「なら僕にあまり構わないでくれないか、砂山」

冷ややかな声が遮っていた。

たじろぐ次郎に構わず、感情のない声が続く。

「学生の頃のように暇な身分じゃないんだ。仕事の邪魔だから、構わないでくれと言っているんだよ」

「なんだと！」

さすがの次郎も大声をあげた。ほとんど胸倉をつかまんばかりの剣幕だ。

「止めなくていいんですか、栗原先生」

いきなり耳元で声が聞こえて、私は仰天した。振り返れば、立っていたのは古狐先生だ。

「相変わらず気配がありませんね。いつのまに居たんですか」

「最初からです」

邪気のない笑みが応じる。

「早朝の七時から、延々と同じような口論をしているんです。理屈の問題ではなく哲学の問題ですから、折り合いがつくとも思えないんですがね」

右手の湯呑《ゆのみ》から、うまそうに煎茶《せんちゃ》をすする。

相変わらず食えない先生である。

視線を戻せば、ちょうど辰也が立ち上がるところであった。そのまま次郎の呼び声も黙殺して、厳然と背を向ける。去り際に一瞬我々の姿に気付いて驚いたようだが、結局ひと言も発せず、奥の扉から出て行った。

私が額に手を当てたのは、いつもの片頭痛の足音が遠くから聞こえてきたからだ。

ふいに目の前に、新しい湯呑がひとつ差し出された。

「栗原先生も飲みますか?」

心地よい茶葉の香りの向こうに、かすかに苦笑を交えた古狐先生がいる。

「煎茶は頭痛に効くんですよ」

私は黙然としてこれを押し頂いたのである。

本庄病院の裏手に小さな川が流れている。

かつては河岸に蛍も飛んでいた美しい川であったが、いまでは護岸工事が施され、自然の趣は失われた川である。それでも堤防上につらなる桜並木は十分に壮観で、すでに三分、五分と咲き始めたこの時期は、路上に薄紅色の色彩が揺れてなかなか美しい。

そんな河岸の叢《くさむら》で窅然《ようぜん》と立ちつくして一服吹かしているのが、進藤辰也である。夕暮れ時の薄闇《うすやみ》にタバコの光がちらちら揺れて、往時の蛍のようだ。これはこれで風流に見えるから、皮肉である。

「いつのまに煙草《タバコ》を吸うようになったのだ?」

声をかけた私に、辰也が少し驚いて振り返り、すぐに苦笑した。

「栗原。今朝はすまなかった。少し疲れていたみたいだ」

率直に詫《わ》びる辰也の様子に、特段変わったところはない。よく見知った旧友である。

私は隣に並んで、白衣のポケットから缶コーヒーを取り出した。

「酒も煙草もやらなかったお前が、いつのまにか喫煙家か? 如月《きさらぎ》がよく見逃しているものだな」

如月千夏《ちなつ》というのが、かつて将棋部に入部してきた魅力的な女性の名である。卒業と同時に進藤千夏と名を変えたはずだ。

セブンスターを指で挟んだまま辰也が苦笑する。

「こんなに早く見つかるとは思わなかったよ。栗原も吸うかい?」

「結構。せっかく神様から頂いた美酒を味わうための味覚を、いたずらに破壊する変態趣味はない」

「手厳しいね、相変わらず」

「加えて我が細君も、煙草の煙は苦手なのだ」

「いい奥さんを見つけたようだね、東西主任が言っていたよ。世界で一番おいしいコーヒーを淹れる奥さんみたいだって」

「天下の名品だ。いずれお前にも飲ませてやろう」

ふわりと煙を吐き出して、辰也が微笑とともにうなずいた。

視線をめぐらせると北アルプスの山嶺《さんれい》にまもなく日が沈まんとするころだ。華やいだ声が聞こえたのは、橋の上を若い女性の一団が過ぎていくからである。日勤を終えた看護師たちであろう。なにやらのどかな風景だ。

「言うまでもないだろうが……」

おもむろに私は口を開いた。

「私は細君のコーヒーを自慢するためにわざわざ出て来たわけではない。朝の一件もしかりだが、先刻は部長先生の呼び出しを受けた。あの血液内科医をなんとかしてくれとな」

冗談を言っているのではない。多忙な診療の合間に大狸先生の呼び出しをうけて部長室に行ってみれば、大きな書類の束をぶらぶらとつまみあげたまま、大狸先生が珍しく不機嫌な声で言ったのだ。

〝これ全部、苦情だ〟

どさりと卓上に放《ほう》り出した紙面を覗き込むと、病院の複数の部署からのクレームの書類である。

〝栗ちゃんのご友人は、仕事を減らすどころか増やしてくれてるんだよなぁ……〟

ぽつりとつぶやくように言った。

いつものようにぽんぽん腹を叩いたりはしない。口元には薄い笑みが浮かんでいるものの、目は笑っていない。冗談が通じない空気である。

患者のためとなると、あらゆる余事を放置して現場に駆け付けるのが大狸先生の哲学だ。その大先生の目に、辰也の素行がどのように映っているのか、想像するだに恐ろしい。

〝どうしたらいいと思う、栗ちゃん?〟

また難しい質問をしてくる。

〝放っておくわけにはいかねえ。だが俺は忙しい。もちろん栗ちゃんも忙しいが、俺と栗ちゃんと比べるとどっちがより忙しい?〟

要するに私になんとかしろと言っているのである。

諾否の余地はない。極めて困難なこの依頼を一礼とともに受諾して、逃げ出すように退室したのであった。

辰也は私の顔を見て、何かを察したようである。

「僕の知らない所で迷惑をかけているようだね」

「夜は呼び出しても来ない。休日は連絡すらつかない。ずいぶんなクレームがついている。おかげで前評判に比して、病棟でのお前の評価はなかなか最低だ。本来なら、お前の評判がいくら悪化しても私は痛くもかゆくもないのだが、あちこちでお前のことを信用できる人間だと吹聴した手前もある。放置しておけば、私の鑑定眼にも疑いの目が向けられる」

単純に部長先生が怖いのだということは、この際あえて口には出さない。

「つまりは栗原の期待を完全に裏切っているわけだね、僕は」

「平たく言うとそういうことだ」

私は直截《ちょくさい》に告げて缶コーヒーを傾けた。まことにまずい味わいが口中に広がる。

束の間《つかま》の沈黙が広がった。

辰也は、吸い終えたセブンスターを携帯灰皿に押し込んで、新たな一本を取り出しつつ、

「主治医ってなんだと思う、栗原」

突然、つぶやくように言った。

「禅問答をやるつもりなら寺にでも行くとよい。この町には味のある古刹がたくさんある」

「まじめな話だよ」

「主治医というのは、患者をむしばむ病魔を駆逐する存在だ。原疾患の治療を行い、苦痛があれば取り除き、不安があればその訴えを聞く。広辞苑にどう書いてあるかは知らないが、患者が熱を出しても来ない。亡くなっても看取りを当直医にまかせる。そういう態度は主治医のそれではない」

「狂っているとは思わないか?」

私が当惑して見返したのは、辰也の言葉の意味をはかりかねたからだ。だが、旧友の声はあくまで淡々と続く。

「僕らはただ医者であるというだけで、まともな食事も睡眠も保障されていないんだ。狂っているとは思わないか、栗原」

「今さら何を卒業したての研修医のようなことを言っている。そんな理不尽など百も承知で我々は医者をやっている。それが嫌なら……」

最後まで続けることはできなかった。旧友の目もとに、見なれない冷ややかな光が浮かんでいたからだ。それは私の知らない男の横顔であった。

私がなかば強引に口を開いたのは、立ち込めかけた沈鬱《ちんうつ》な空気を嫌ったためかもしれない。

「少なくとも次郎が怒っていた理由がわからないお前ではあるまい。たとえ為《な》すべき処置がなくとも、主治医が来るだけで、患者やその家族の安心感が違う」

「安心感か……」

今度はかすかに口元がゆがんだ。それが笑っているのだと気が付くのに、数秒が必要だった。

「愉快なことを言った覚えはないぞ」

「そんなもののために休みなく働いていられるほど、僕たちには余裕があるのか、栗原」

「そんなもの？」

「患者の安心感だなんて実体のないもののためにまで、駆けまわっていられるほど余裕があるのかってことだよ。東西主任に聞いたけど、君はこの一年間で三日間しか休んでいないらしいね。それでいいのか？」

「いいかどうかが問題なのではない。理不尽な環境のなかで、もっともマシな選択肢をとっているだけだ。わけのわからん理屈をこねている暇があったら……」

「君の奥さんは納得しているのか？」

唐突な言葉であった。

面食らう私の沈黙を突いて、さらに続ける。

「家族の気持ちはどうなるんだ。君はひとりで生きているわけではないだろう」

よどみない声が、よどみないがゆえに、ずっしりと響いた。

一瞬、梅の木の下で手を振る細君の姿が胸中をよぎった。よぎったが、今は感傷にひたっている時ではない。

「問題はない。過酷な職責であることは、結婚前からわかっていたことだ」

「そんな状況自体が、おかしいとは思わないのか」

「如月が、そういうことを言っているのか？」

だしぬけに問うた我が胸中に、かえって苦いものが広がった。

かつての想《おも》い人は、今は眼前の友の妻である。他意はなくとも、その名を口にすれば、どこか居心地の悪い思いを感じざるを得ない。しかし一旦口にしてしまっては、退くあてもない。

「私の知る限り、如月は聡明《そうめい》な女性であった。生まじめなお前と比べても医業に対する熱意と誠意は十二分に備えていた。その如月が、お前にそういうことを言っているのか？」

辰也は答えない。

「お前たちが東京の病院でどういう働き方をしてきたかは知らんが、少なくともここは東京ではない。ここでは……」

「すまない、栗原」

唐突に、かつあからさまに、辰也は腕時計を見やった。

「回診の時間だ」

それがすなわち、会話を打ち切る合図であった。

私の剣呑《けんのん》な視線を振り切るように、冷然と身をひるがえす。叢を踏んで立ち去ろうとする背を眺めた時、私はにわかに大きな声を発していた。

「良心に恥じぬということだけが、我々の確かな報酬である」

静かな河原に、場違いな声が響いた。

辰也が足を止め、わずかの間を置いて、肩越しに振り返った時、そこに小さな苦笑があった。

「セオドア・ソレンソンだね、懐かしいな……」

「お前の好きな言葉だったな」

私は目をそらすことなく、

「ケネディは戦争のためにこの演説をふるったが、我々は医業のためにこの言葉を用いようとよく言っていた。百万人を殺す英雄ではなく、一人を救う凡人であろうとな」

「よく覚えているよ」

「覚えているなら、私の言わんとしていることがわかるはずだ」

辰也は応じなかった。わずかの沈黙ののち、再び背を向けて、もはや振り返ろうとはしなかった。

久しぶりに再会した友が、すっかり変わっていたとき、人は時の流れという得体の知れない化け物の存在を実感する。もちろん実感したところで何かできることがあるわけではなく、ただ寂然として、缶コーヒーを飲み干すだけである。

例によって、片頭痛の気配を覚えて、白衣のポケットに手を突っ込んだが、頭痛薬は先日まとめて飲み干したと気付いて、一層沈鬱な気分になった。

ふいにざわりと新たな足音が聞こえて、常ならずびくりと振り返った。

「あら、珍しいわね」

そんなことを言って姿を見せたのは、救急部看護師長の外村さんである。

「先生も煙草吸うんだっけ」

言いながらフィリップモリスを取り出して、慣れた手つきで火をつけた。すでに四十に近い年齢のはずだが、その挙動には洗練された若々しさがある。

私としては煮え切らぬ胸中の苛立《いらだ》ちをそのまま吐き出すしかない。

「吸いません。それより今日の救急部は一服入れるほどの余裕があるんですか?」

「そりゃそうよ。引きの栗原先生が現場にいない日だもの」

応答は現場での処置と同じく、迅速かつ的確である。にわかに反論できない。

押し黙った私を一瞥してから、外村さんはくわえ煙草で大きく深呼吸をした。そのまま対岸の開花間近の桜並木に視線を向けて、

「進藤先生、なんだかすごく暗い顔していたわよ」

すでに日は沈みつつあり、並木の影が堤防の土手に伸び始めている。気温も急激にさがりはじめた感がある。

「……願ったりです。少しくらい悩んでもらわないと、私も立つ瀬がありません」

「何があったかは聞かないけど、友達は大事にした方がいいわ」

「言われるまでもないことです。だからこそ、不景気な顔をしてここに立っているのです」

ふいに外村さんが苦笑する。

「……なんだか青春ね、先生たち」

「御冗談を」

胸中に浮かぶのは、去り際に見せた辰也の冷ややかな目だ。ああいう目をする男ではなかった。少なくとも医療について語るとき、あの目には熱い炎があったはずだ。

釈然とせぬまま急速に暮れゆく空を見上げた私の眼前に、ふいにフィリップモリスが差し出された。外村さんが軽く片目を閉じてみせた。

「こういうときは、不良をやってみるのもいいものよ、先生」

一考したのち、いただきましょう、と答えて私はその一本を受け取った。

さしてうまくもない缶コーヒーを傾け、まとまりのつかない思考に翻弄《ほんろう》されたまま、ながなが と煙を吐き出して気付いたことは、煙草はやはり体に悪いものだということであった。


如月千夏という女性に、私が初めて出会ったのは、医学部三年の夏のことである。

出会いそのものは、まったく偶然の産物であった。

駅前の古本屋で、医学書とは何の関連もない文学書を購入し、信濃大学までのバスに乗り込んで、無心に読みふけっていた時のことだ。

すぐ前に座った若い女性が、しばらくごそごそと鞄《かばん》を漁《あさ》っていたのだが、やがて落ち着かない様子で、きょろきょろ辺りを見回し始めた。挙動不審である。当方としては挙動不審の女性より、漱石の著書の方が興味深いから、しばらくは顔も上げずに活字に集中していたのだが、女性の方はいっこう落ち着かない。

どうかしたのかとふと顔を上げたところで、女性と目が合った。合ったとたんに彼女は思い切ったように口を開いた。

「あのすいません。お金貸してもらえませんか?」

張りのあるよく通る声であった。

私が沈黙を守ったまま女性を見返したのは、唐突な申し出に戸惑ったからではない。その生き生きと輝く明るい瞳に、迂闊《うかつ》にも目を奪われたからである。

バスに乗ってから財布を見たら一万円札しかなかったのだ、と女性は困ったように説明したのち、自らを医学部二年の如月千夏と名乗った。すらりとした肢体をストライプのロングシャツにジーンズというシンプルな服装に包んだ女性である。日に焼けた健康的な肌と、まだ幾ばくかの幼さの残る顔立ちは、内からあふれるような眩《まぶ》しげな活力に満ちていた。

なるほど、バスの両替機では一万円は両替できない。私としては百九十円を貸し惜しむ理由もないから提供したのである。

バスを降りたところで「お金を崩してきます」と言って、大学生協の方へ駆け出していきかけたが、当方は午後から免疫学の試験を控えていたから、そうのんびりともしていられない。「後日でよい」と応じて背を向けた。名前も所属も名乗らずさっさと立ち去ってしまったことを考えると、初対面にして既に幾分舞い上がっていたのかもしれない。

かくして運命の赤い糸は一瞬で切断されてしまったかと思われたが、それから半年が過ぎた医学部四年の春、我々は再会を果たすことになる。

平日の昼間、午前中の講義を終えて、大学の外に足を伸ばした時のことだ。混雑の激しい学生食堂では、ゆっくり漱石も読めないから、昼になると近くの定食屋へと出かけるのが日課だった。何冊かの本を抱えて、いつもの路地を歩いていたところで、ふいに「あっ」と大きな声がして振り返ると、そこに立っていたのが如月であった。

「すいません、百九十円の人ですよね」

道の真ん中で、開口一番そんなことを言う。それから私が持っていた本の中に、漱石と芥川に挟まれた「標準外科学」の巨大な教科書を見て、もう一度驚きの声をあげた。

「医学部の先輩だったんですか」

半年前に比べていくらか髪が伸び、少し大人びた印象になっていたが、弾みのある声には、変わらない闊達さが含まれていた。

「まあそうだ」などと頗《すこぶ》る芸のない応答をしている私に構わず、如月はジーンズのポケットから財布を取り出し、

「私、せっかちなんです。バスに乗っていた時は夏目漱石しか持っていなかったから人文学部の人かと思っていました」

取り出した百九十円を、迷いのない動作で私の掌に押しつけた。その熱をもった滑らかな感触に、常ならず当惑しているところへ、如月は華やかな笑顔で付け加えた。

「本当に遅くなってごめんなさい。でもずっと探していたんですよ」

その一言で、文学オタク青年の無防備なハートが、あっさり撃ち抜かれたことは言うまでもない。

こんな路上ですれ違いざまに気づいたのであるから、探していたことは事実であろう。おまけに返金が遅くなったのは、当方が名乗りもせずに立ち去ったからであるのに、自分の落ち度であるかのように何度もすまなそうに頭を下げてから、

「先輩は、もうお昼ごはん食べたところですか?」

朗らかな声で問い、否と答えると、

「じゃ、せっかくですからご一緒しませんか?」

明朗な声でそう告げて、如月は目の前の店を指差した。首をめぐらせれば、「カレー屋メーサイ」という古びた木の看板が目に入った。

「日本で一番カレーのおいしいお店なんです」

「メーサイ」の名前は聞いたことがあった。

こぢんまりとしたカレー屋だが、味は確かなようで昼でも夜でもたくさんの学生たちで賑《にぎ》わう名店らしい。無論、静寂を求めて学食から出てくるような私が立ち寄る店ではないのだが、如月の晴れやかな笑顔の前には、冴えない文学青年の哲学など、飛車に睨まれた歩《ふ》であった。要するに何の役にも立たなかった。

誘われるまま店内に入れば、四人掛けのテーブルが三つとカウンター席が四つばかりあるだけの小さな店である。厨房《ちゅうぼう》にいた恰幅《かっぷく》のよい婦人が出てきてにこやかに如月の名を呼んで出迎

えた。

「常連客のようだな」と告げれば、如月は少しだけ恥ずかしそうに応じる。

「三日に一回くらいは来ます」

「それは盛んだ。友達と一緒に来るのか?」

幾分探りを入れるような品のない質問にも、如月は頓着しない。

「時々はテニス部の後輩と来ますけど、ほとんどひとりですよ」

「ひとり?」

「一緒に来てくれるような人でもできればいいんですけど、私ってすごくせっかちで慌て者で、結構トラブルメーカーなんです。今日も先輩にお会いしなければ、ひとりで入るつもりでした」

白い歯を見せて、如月はおかしそうに笑った。

表面だけは端然と構えつつ、私の脈拍が一割ばかり上昇したことを白状しておく。

如月は、医学部のテニス部で活躍するエースのひとりであった。のびやかな肢体から放たれる弾丸のようなサーブは、通りがかりに眺めていた私を驚嘆させるに十分であった。幾分そそっかしいところはあっても、聡明な感性と生来の前向き思考を備え、部活のムードメーカーでもあるまことに魅力的な女学生であったのだ。

そんなエースを相手に勝手に心を躍らせて浮足立っていたのであるから、無謀を通り越して奇矯であったかもしれない。

いずれにしても、如月と再会を果たしたその日から、私もまた講義や実習を終えると時折

「メーサイ」へと足を運ぶようになった。

　私を見て嬉しそうな顔をする後輩に、

「グリーンカレーが気に入ってね」

　などと知ったようなことを口にしつつも、目的がカレーでなかったことは言うまでもない。

　かかる下心いっぱいの「メーサイ」通いを続け、如月と言葉を交わす機会を積み重ねていったある日、「せっかくだから将棋部に来たまえ」などと、わけのわからない勧誘を試みたのである。ふとした会話の中で、如月の父が将棋好きだと知ったことがきっかけであったのだが、のちに「メーサイ」の女主人が言うところによれば、「あれは勧誘というより、ほとんど言いがかりだったわ」という酷評になる。

　もちろん、今さら反省を試みても詮無いことであるし、古今を問わず、色恋の類《たぐい》は、人間の行動原理を根本から変えてしまうものなのだ。

　将棋部は、当時から、大量の幽霊部員を抱え、ほとんどの部活は私がひとりで詰将棋をやっているだけという意味不明の部であった。普通に考えれば逆効果にしかなりえないこの誘いに、しかし好奇心の旺盛な彼女はまことに素直に興味を示してくれたのである。

「子どものころ、父から駒の動かし方くらいは教えてもらったんです」

「結構なことだ。将棋の好きな人に悪い人はいない」

「やっぱりそうですよね」

「やっぱり？」

「テニス部の先輩も言っていました。栗原は変な奴だが悪い奴じゃないって」

「良ければその先輩の名前を教えてくれたまえ。ぜひとも誤解を解いておきたい」

軽妙とは言い難い会話の結果、彼女はテニス部の活動が終わったあとに、ときおり将棋部の部室に顔を出すようになった。

部室とはいっても、大学の学生食堂のロビーにある古びたソファに「将棋部」という看板を一方的にぶらさげただけの場所である。

そんな所にも、彼女は常と変わらぬ明るい光を身にまとって現れ、しばしば私と差し向かい、真剣に一局を打ち交わすようになった。常日頃から私がひとりで漱石を読んでいるか詰将棋をやっているだけの空間に、女性の明るい声が響くようになったのだから、通りすがりの医学生たちの誰もが驚嘆したことは疑いない。唯一のまともな部員として三日に一度、姿を見せていた進藤辰也と彼女が出会ったのもこの時期であった。

以後の経過については完全な三文芝居であるから多くを述べるに及ばない。

文学オタク青年は、美しい後輩と将棋盤をはさんでいることに無上の喜びを覚え、そこで満足を覚えてしまったようである。彼が盤上で足踏みをしているうちに、秀外恵中《しゅうがいけいちゅう》の旧友がさらりと彼女をさらっていったという次第だ。

この一件は、次郎の言う〝将棋部三角関係事件〟として、上下二学年に亘って有名になった。だが事実を言うと三角関係というほどのことは何も起こっていない。神の祝福を受けたカップルの一方に、冴えない文学青年が横恋慕をしていただけのことである。二人の交際が発覚した時点で、スタンダールの『恋愛論』を寮の中庭で燃やしたことが、文学青年の唯一の抵抗であった。

折しも真夏の夜空の下。

夏休みも終わり間近の閑散とした学生寮の庭先で、むやみと赤い夾竹桃《きょうちくとう》が咲き誇っていたことを覚えている。


「珍しいですな、栗原さん」

カウンターの向こう側から降ってきた声に、私は思い出の底から現実に舞い戻った。

居酒屋「九兵衛」のマスターが、苦笑を浮かべて当方を見下ろしている。

「栗原さんが煙草を吸うなんて珍しい」

たった一本のフィリップモリスを三時間以上前に吸っただけだが、さすがは料理人である。

まことに的確な指摘だ。私は『飛露喜《ひろき》』の純米吟醸を傾けてから、軽く肩をすくめた。

「ずいぶん考え込んでいましたが、なにか悩みごとですか?」

「たいしたことではありません」

「その様子では榛名さんもご不在のようで」

「ご明察。梅が散るまで会えません」

そんないい加減な応答にも、マスターは特段気を悪くした風もない。

私はグラスを傾けながら、店内を眺めやった。

時刻は夜十時を回るころ。今宵は平日とは言いながらもなかなかに客入りがある。

居酒屋「九兵衛」は、市街地の小さな路地に目立たぬ戸口を構えた、日本酒居酒屋である。

最近は、美酒と美食の評判が広がって、客の数も増えているのかもしれない。

細長い店内には、若いカップルや中年の男性、老夫婦など五、六人の客がそれぞれのひと時を過ごしている。カウンターの隅でひとりで本を読んでいる女性はよく見かける常連客だが、ほかはそうでもなさそうだ。

「最近は『九兵衛』も人気店ですね、平日でも混んでいるときがある」

刺身を切り分けながら、マスターが苦笑する。

「水ものですよ。今日はいいですが、日によっちゃ一人も来ない日だってあります」

「一人も？」

「ええ、一人も」

マスターの筋肉質の太い腕が、繊細な動きで鰹《かつお》をおろしていく。苦しいことでもあっけらかんと応じる度量はさすがである。

「でもまあ最近は、砂山さんもよく来てくれますからね」

ろくでもない名前が出てきた。

「可愛《かわい》らしい彼女さんと二人で来てくれます。あの人は相変わらず『呉春』ばかり飲んでいますが、なにせたくさん食べてくれるもんで作りがいがありますよ」

「やつに『呉春』はもったいない。水で倍に薄めたってばれやしません。ぜひそうして下さい」

私はグラスに満ちた百薬の長を愛《め》でながら毒づいた。

マスターがまた笑う。

「殺伐としていますね。榛名さんがいないときの栗原さんは、元気がなくていけない」

そう言ってからマスターは、太い腕を動かして、杯をひとつ取り出し、一升瓶を傾けた。

「奥さんの代わりというには力不足ですが、今日はひとつお付き合いをいたしましょう」

「力不足とは異なことを。かかる豪傑が付き合ってくださるなら、浮き世の憂いも霧散しようというものです。まして……」

そこまで言って、マスターの持っている一升瓶に目を向ける。

「『信濃鶴』の新酒があればなおのこと」

「さすがに目は確かですね。栗原さんのお気に入りですから。探してきましたよ」

答えながら、マスターは新しい酒杯の上になみなみとこれを注ぎ、我が眼前へと提供する。

『信濃鶴』はその名の通り、信州の地酒で産は駒ヶ根である。小さな蔵でありながら質の高い特筆すべき逸品を醸している。出荷数も多くはないこの名酒を、わざわざ探してきてくれるマスターの心意気には感服するばかりだ。

では乾杯、とマスターが酒杯を持ち上げ、私も応じて一息に飲む。美味である。

マスターがかすかに微笑を浮かべつつ、ふいに「いらっしゃい」と告げたのは、新たな来客があったからだ。なんとなく振り向けば、客は痩せた初老の男性がひとりである。年季の入った古びたジャケットを着た紳士だ。

「おや」

と先方がつぶやくのと、私が軽く目を見開くのが同時であった。

「栗原先生じゃありませんか」

にこやかに告げたのは、古狐先生であった。

「妙なところで会いますねぇ、栗原先生」

私のすぐ隣に腰を下ろしつつ、古狐先生が告げた。

いつもながら顔色は悪いが瞳の光は澄み渡って温かい。よれよれの白衣姿しか見たことがなかったのだが、私服姿は私服姿で、町の小物屋の主人のように不思議な愛嬌《あいきょう》がある。

「それは私のセリフです、先生。長年この店には通ってきましたが、先生とお会いするのは初めてではありませんか」

「私がこの店に来るのは年に一、二度だけですからね。マスターの記憶にもあるかどうか」

ちらりと古狐先生が目を向けると、マスターが刺身を切りわけながら、眉ひとつ動かさずに答える。

「内藤《ないとう》さんが前に来てくれたのは戻り鰹の時期でしたから、七ヶ月ぶりです。待ちくたびれました」

「かないませんねえ、マスターには」

嬉しそうに古狐先生がやせた肩をゆらせた。

ちなみに内藤鴨一《かもいち》というのが古狐先生の本名である。

「ようやく帰りですか?」

「ええ、久しぶりに仕事が途切れましたのでね。院外に出るのは四日ぶりです」

冗談を言っているのではない。相変わらず連日泊まり込みで働いていたのだ。

「せっかくの帰宅の日ですが、ここ数日は妻が出かけているものでね。そんな時はこちらに寄せてもらうことにしています」

言いながら、「『杉の森』をひとつ、ぬる燗《かん》で」と穏やかに告げる。木曽の地酒で、歴史も古い名酒のひとつだ。信州にはうまい酒が多い。

届いた一杯に口をつけ、それから幸せそうに目を細めてほうっとため息をついた。

「それにしても、またずいぶんと冴えない顔をしていますねえ、栗原先生」

「そんなことはありません」

「ありますよ、進藤先生の件でしょう」

何も見ていないような顔をして、相変わらず先生の目は的確である。

「久し振りに再会した旧友がすっかり変わっていると、なにやら困惑せざるを得ません」

「変わっていましたか」

「タツの阿呆があれほど阿呆になっているとは予想外でした。説教のひとつもしてやりたくなりますが、何せ逃げ脚が速くていけません」

古狐先生は、楽しそうな笑みを浮かべつつ、『杉の森』を水のように飲みほして、お代わりを所望する。

「まぁ、あまり考えすぎてはいけませんよ。彼には彼の哲学があるのかもしれません」

「先生は相変わらず寛容ですね。私も見習いたいものです」

酒の勢いか、我ながら言葉に毒がある。引き換え古狐先生の方は、毒も薬も感じさせないまことに穏当な風情だ。

「彼にはあなたや砂山先生のような素敵な友人がいます。ひとりではないということは、とても重要なことです」

「私のように愚痴ばかりこぼしている変人や、次郎のように黒くてでかいだけの男が友人とは、タツも存外恵まれない男です」

私の言葉に、先生は声をあげて笑った。

「友人というのは、えてしてそういう曲者ぞろいですよ。私だって、大きなお腹《なか》をぽんぽん叩いて笑っている、底の知れない人が、最大の友なんですから」

意外な人物が出てきた。部長先生、つまりは大狸先生のことである。

「部長先生は、先生のひとつ上の先輩でしたね」

「まあ友人と言っては失礼かもしれませんが、学生時代からの付き合いですし、三十年近くも一緒に働いてきたんですからご愛嬌でしょう。マスター、『杉の森』をもうひとつ」

私が一杯を飲むうちに三杯が消える。

いくら飲んでも先生の顔色は、常と変わらず青白い。

「しかし三十年とは尋常ではありません。私が生まれる前から延々と働いてきたということになります」

「言われてみれば、そういうことになりますねえ……」

まるで今気づいたかのように目を細めた。

そのまま、「なるほど」などとつぶやきながら、三杯目をするりと飲みほす横顔は、昔どこかの屏風絵《びょうぶえ》で見た、仙人の風情である。その仙人が、なにやら感慨深げに、飲み干した酒杯を眺めている。

「先生と部長先生は、ずっと二人で本庄病院を支え続けてきたということですね」

「かの友人とは、大切な約束を交わしたんです。辞めるわけにはいかないのですよ」

「約束ですか？」

不思議な言葉に、私はそっと先生を見返す。古狐先生は、新たに酒を満たした酒杯を目もとまで掲げて、

「〝この町に、誰もがいつでも診てもらえる病院を〟。それが彼の口癖でした。そのために尽力しようと、学生のころに約束をしたんですよ。ま、本人が覚えているかどうかはわかりませんがね」

おかしそうに肩をゆらして笑う。どこまで冗談かは判然しないが、大狸先生の破天荒ぶりは今に始まったことではないらしい。それに応じる古狐先生も古狐先生だが、妖怪二人の奇行が目立つのは、今でも同じことである。

私が呆れていると、古狐先生はふいに目を細めてから静かに語を継いだ。

「部長先生はね、子供のころにお母様を亡くしているんですよ」

さんざん酒を飲んでもいっこうに赤くならず、むしろ青白さの増した古狐先生はどこか遠くを見るような目で続けた。

「先生が中学生のころ、まったく突然お母様が倒れられたんです。すぐに駆け付けた救急車内の心電図で心筋梗塞《こうそく》の診断はつきましたが、近くの病院には循環器の医師が不在でした。緊急カテーテル検査のできる信濃大学病院まで片道五十キロの道のりを搬送している最中に亡くなったんだそうです。途中にあった三ヵ所の病院も全部循環器医が不在。いないものは手の打ち

ようがありません」

痩せた手がそっと酒杯を持ち上げて口元に運ぶ。

私はむしろ手に取りかけた酒杯を卓上に戻した。

「そんなことが……」

「昔、酒の席で話してくれたことがありました。そんな残念なことは、もうナシにしたいんだ、と」

マスター、しめサバをひとつね、と骨と皮だけの細い指をたてて、古狐先生が告げた。理想を実現せんがために走り続けてきた大狸先生と、それを支え続けてきた古狐先生の姿が、ふいにある種の実感を伴って、胸の内に立ちあがった。ほとんど無意識のうちに言葉がこぼれた。

「先生方は、本庄病院という馬車を支える両輪です。どちらか一方が欠けても、馬車は進みません。馬車が止まれば、この町の医療が止まります」

「過大評価ですねえ。私には、そんな大きな車は支えられませんよ。それよりも……」

ふと目を細める。

「例えるなら、部長先生は美酒を醸し出す名杜氏《とうじ》。私はその酒に酔いしれるただの客……」

ふふっと楽しげに小さく笑う。

「杜氏と客ですか？」

「あの人の手からは絶ゆることなく、『理想的医療』という名の吟醸酒が醸しだされているんです。私はそれを気に入って飲み続けているただの酔っ払い。時々二日酔いになったり、もう飲み飽きてやめようと思ったり、そんなことはしょっちゅうです」

私はすぐに得心して笑った。

「でもしばらく飲まないでいると、また飲みたくなる。うまい酒とはそういうものですか」

「正解。意外にやめられないんですよ、これが」

そう言って、軽く酒器を持ち上げて微笑み、

「いずれにしても、厳しい世の中を生きていくのに友人というのは、まことにありがたい存在です。栗原先生も、あまりご友人を責めないことですよ」

その声に、日溜《ひだ》まりのような温かさがあった。

「先生」

私はにわかに告げて、古狐先生の注意を喚起した。

「愉快な気持ちになってきました。今日はもうしばらく付き合ってください」

「奇遇ですね、私も今、同じことを言おうとしていたんです」

ほのかに笑ってうなずいた。

次の一杯を、と顔を上げれば、マスターの無骨な笑みが見えた。

「『飛露喜』の初しぼりが入りましてね」と薄緑の一升瓶をカウンターの上に持ち出す。

「もうそんな時期ですか。いや、院内に泊まりこんでいると季節感などというものがすっかりなくなりましてねえ」

古狐先生は嬉しそうに、うんうんとさかんに首を上下に振っている。

私はマスターが注いでくれた新酒の杯をそっと取り上げた。古狐先生と、せっかく献酬《けんしゅう》の機会を得たのである。タツの阿呆に気をもんで、美酒に苦味を加えても詮無いことだ。あの男と

は、いずれどこかで将棋の一局でも指せば、わからぬ話もわかるようになるだろう。

気づけばすでに古狐先生が、さもうまそうに初しぼりに舌鼓《したつづみ》を打っている。私もまた、すみやかに酒杯をかかげ、先生にならって一息に飲み干した。


「困ります、進藤先生」

気弱な声が南3病棟のスタッフステーションに響いた。

四月も末の、ある平日の夕方のことだ。

日中の業務で疲労困憊《こんぱい》して、なかば朦朧《もうろう》と窓外を眺めていた私は、首だけ回してそっと振り返った。病棟の隅に辰也と御影看護師の姿がある。

カルテを打っていた手を止めた辰也と、青白い顔で立ちつくしている御影さんの間には、ただならぬ緊張がある。とは言っても、辰也の前の御影さんでは、ほとんど蛇に睨まれた蛙《かえる》である。

「別に君が困る話じゃない。明日でいいことは明日に回せばいいんだ」

「でも四賀さんのご家族、とっても不安がっているんです。病状を先生にお聞きしたいって……」

御影さんが答えている最中から辰也は、すでに迷惑そうに眉をゆがめている。時折時計に目を向けているが、まだ午後六時半である。

「診断は、再生不良性貧血だ。輸血を継続しても貧血の進行が止められない以上、免疫抑制剤による治療が必要になる。簡単に説明できる内容ではないんだよ。説明は明日の朝九時から。さっきもそう言ったじゃないか」

「でもご家族は少しでも説明を聞けないかって、今も待っているんです、だから……」

言いながらもその声がしりすぼみに小さくなっていく。見ているだけで歯がゆい。

とうとう見かねて口を挟んだのは、近くにいた水無さんだ。

「先生、ご家族へのＩＣ（インフォームド・コンセント）だって先生の大切な仕事だと思います。少しくらい時間をとって、説明してあげてもいいんじゃないでしょうか」

「僕も忙しいんだ。今日は無理だよ」

辰也のにべもない返事に、水無さんが栗色の髪をゆらして、語調を強めた。

「進藤先生、毎日どういうおつもりなんですか。夕方になるとすぐ帰ってしまいますし、夜には連絡がとれないことだって少なくありません。その上、ちょっとしたＩＣの時間さえ取れないなんて言われては、私たち看護師だって納得できません」

「なにか問題が起きたときの指示はすべて出してあるはずだ。トラブルは生じていない」

「生じてからでは遅いんです」

水無さんの張りつめた声が、病棟内に響いた。

あとに来るのは、息詰まるような沈黙だ。他の看護師たちも手元の仕事に目を向けてはいるが、誰もが辰也と水無さんの方に注意を向けている。ステーション内の険悪な沈黙が濃度を増していく様子が肌で感じられる。

私は軽い頭痛を覚えて、額を押さえた。

水無さんの態度は確かに手厳しい。東西であればこういう言い方はしないだろう。だが最大の問題は、辰也の冷淡な対応だ。どういうつもりか知らないが、これでは看護師たちが納得するわけがないし、苦情も束になって当然だ。〝医学部の良心〟の肩書きは残念ながら返上である。

暗然として天井を仰いでも、無愛想な蛍光灯が瞬くだけで、妙案が書いてあるわけではない。東西がいてくれればなんとか収まりもつくかもしれないが、こういう時に限って主任会議とやらで病棟を離れている。

しばし沈思していると、ふいにしゃくりあげるような声が聞こえた。

「でも先生……四賀さん、まだ若いのに再生不良性貧血だなんて難しい病名を聞かされて……すごく落ち込んでいて……」

御影さんがぽろぽろと大粒の涙をこぼしている。

「先生だって大変なことはわかっています。でも……少し話してあげるくらいいいじゃないですか」

「少しで済むなら今からでも話す。だけど半端な説明は誤解と不安を生むばかりだ」

「それでも患者さんは……」

「いい加減にしてくれないか」

さらに冷ややかになった声が響いた。

「治療は予定通り遂行《すいこう》する。説明も明日だ。わかったら患者と家族にはそう伝えてくれ」

言い終わらぬうちに完全に御影さんは泣き出してしまった。

泣く方も泣く方だが、辰也も辰也だ。

再び訪れた沈黙の中に、御影さんのしゃくりあげる声だけが聞こえた。水無さんがそっと御影さんの肩を抱きながら、懸命に辰也を睨みつけているが、当の辰也は電子カルテに向かって忙しげに手を動かすばかりだ。看護師たちも困惑のなかに憤りを交えて血液内科医の背を見つめている。

ちらりと廊下に目を向けたが、まだ東西は帰ってこない。帰ってこない以上は、東西以外の誰かが口を挟まなければ、この空気は収まるまい。

私はもう一度額に手を当てて、嘆息した。

それからすっかり冷めたコーヒーカップを持ったまま、ゆっくりと立ち上がった。

カルテの記載を終えて立ち上がろうとした辰也が、そのまま動きを止めたのは、私が眼前に立っていたからだ。

私を見上げて、さすがに少し戸惑いを見せた。

「……なにか用かい、栗原」

「用というほどのことではない」

「言いたいことがあるのはわかるけど、今日は時間がないんだ」

「そのようだな。しかし少しくらい旧友と話す時間はとれるだろう?」

私がわずかに目を細める。それを見上げる辰也もまた目を細めた。

「今日は無理だ」

「そうか、残念だ」

言って、私はおもむろにカップを持った右腕を前方に差し出した。

あっ、と短く叫んだのは、水無さんと御影さんだ。私が、右手のコーヒーカップを辰也の頭上でくるりと回転させたのである。

次の瞬間、重力に従ってこぼれ落ちた黒い液体が辰也の頭髪にかかり、そのまま顔面にそって流れ落ちる。ステーション内の全スタッフがあっけにとられる前で、ぼたぼたと辰也の顎《あご》から滴《したた》り落ちるコーヒーの音だけが、異様に大きな音で響いていた。

わずかに遅れて濃厚なコーヒーの香りが広がる中、私は静かに口を開いた。

「大脳皮質に作用して精神機能、知覚機能を刺激する結果、眠気や疲労感を取り除き、思考力や集中力を高める効果が指摘されている」

「……カフェインの効能について説明を求めた覚えはないんだが……」

コーヒーをかぶったままの辰也から、淡々とした声が聞こえてきた。

見下ろせば、黒い液体をかぶったまま、辰也は真っ直《す》ぐな瞳を私に向けている。

私もまた静然と応じる。

「すまんな、あまりお前が寝ぼけたことを言うものだから、目を覚まさせてやろうと思ったのだ」

私はカップの中に残っていたわずかのコーヒーをゆっくりと飲みほした。

「効能は実感できたか？」

旧友の目がじっと私を見つめている。その目に動揺はない。

辰也はこういう時に激情に駆られて挙措《きょそ》を乱すタイプの男ではない。何を為すべきか、ひとり黙考する男である。

無論、私は動じない。動じる理由がない。

人間にはそれぞれの哲学というものがある。

その哲学を櫂《かい》として、多事多難な世の大海をこぎ進んでいくのが人生である。

人生がはなから不条理でできている以上、渾身《こんしん》の力を櫂に注いでも進めぬときがある。進めぬときに余人の船に体当たりをかまして突進するのは、禽獣《きんじゅう》の道である。我々は人間である以上、互いを慮《おもんぱか》って櫂を休めねばならないときもあるのである。

辰也が自分の船をどこへ向けているのかはさっぱりわからないが、少なくとも船を進めるときに、前方に向かって道をあけてくれと叫ぶことは必要な義務である。それをおこたっているということが、彼の驕慢《きょうまん》なのだ。

ゆえに彼には二者択一しかない。

「看護師たちに事情を説明して帰るか、患者のもとに顔を出してから帰るか、いずれかを選びたまえ」

静まり返った病棟に私の声が、まるで他人の声のように朗々と響いた。

看護師一同声もなく成り行きを見守っている。御影さんに至っては、先刻までの涙など忘れたようにあっけにとられて口を開いたままだ。

辰也は今しばらく沈黙を保ったのち、静かに口を開いた。

「どっちも時間のかかる話なら、患者の方を優先させることにしよう」

言って立ち上がった。

「水無さん、すまないがタオルと代えの白衣を持ってきてくれ」

水無さんは、はじかれたように奥の休憩室へ駆けていく。その後ろ姿を眺めやりながら、辰也が再び語を継いだ。

「相変わらずだね、栗原。君の破天荒ぶりはいつも予測を越えている」

「変人扱いは慣れている。今さら驚くに値しない」

「そういうところも相変わらずだ。なんだか懐かしくなってきた。急にあのころを思い出したよ」

「聞き捨てならんセリフだな。それではまるで、今まで忘れていたかのようではないか」

辰也は少しだけ目を見開いた。

私はあえて厳然として告げる。

「私は一度も忘れたことはない。無論お前との友情も、だ」

静まり返った病棟内に私の声が消えたとき、辰也はかすかに苦笑を浮かべた。

「呆れた奴だ。だけどひとつだけ、はっきり言っておくよ」

濡《ぬ》れたネクタイをはずしながら、辰也は静かに語を継いだ。

「クリーニング代は君持ちだからね」

私は大仰《おおぎょう》に頷《うなず》いたのであった。


「どういう神経してるのよ」

開口一番そう言ったのは、主任会議から戻ってきた東西である。水無さんから事情を聞いた東西が、さっそく私に問いただしに来たのだ。

時刻はすでに夜の八時を回っている。

「病棟で同僚の医師の頭にコーヒーをかけるなんて、普通の人のやることじゃないでしょ。いくら変人の栗原だからって、度が過ぎるわよ」

今回ばかりは反論の余地はない。しかし済んだことをあれこれ述べても仕方がない。

「お前がいればこんな騒ぎにはならなかったのだ。若い看護師とタツがぶつかりあっていれば、見て見ぬふりというわけにもいかんだろう」

「だからってやってることは進藤先生以上に無茶苦茶じゃない。いつでも穏便にまとめてきた私の努力が水の泡でしょ」

告げる東西の眉根に険がある。

なるほど、他病棟で辰也の悪評が多い割に、南3病棟ではトラブルが目立たなかったのは、辰也が気を配っていたというより、東西がうまく切りまわしていたからなのだ。この有能な主任の手腕を見逃していたとは、迂闊であった。

「それで進藤先生はどうしたのよ」

「ICが終わったら、早々に帰ってしまった。ほんの十分ほど前のことだ」

七時から始まったICは、辰也の言うとおり一時間以上に及ぶ長いものであった。

三十分程度はステーションで待っていた私も、さすがに張り付いているわけにもいかず、回診へと出かけたところ、ちょうどすれ違いにカンファレンスルームから出てきた辰也はそのまま帰宅したらしい。声をかける暇もあったものではなかった。

「進藤先生、よく怒らなかったわね」

「私の誠意が通じたのだろう。ネクタイとワイシャツをクリーニングに出せば、許してくれるそうだ」

「本当？」

「そうあって欲しいものだ」

私がうそぶいたすぐ横で、東西は深々ともう一度ため息をついた。

「進藤先生にだって立場ってものがあるでしょ。看護師の前でそんな扱いを受けたら、収まるものも収まらないわ」

「そのとおりだが、看護師の側にだって立場があるし、なにより、あいつの友人である以上私にも立場というものがある」

「全然意味がわからないんだけど……」

東西が額に手を当てて肩を落としたところで、御影さんがそっとこちらにやってきた。私の前に来ると、いつものごとくおどおどした様子で、それでもぱっと頭をさげた。

「ありがとうございました、先生」

「別に礼を言われるようなことは何もしていない。むしろ医者にあるまじきことをしたおかげで、東西に怒られているところだ」

嫌味を言わないでよ、と呆れ顔でつぶやく東西の横で、御影さんが懸命に言う。

「で、でも先生のおかげで、進藤先生が説明をしてくれて、患者さんたちもすごく喜んでくれて……、きっといろんなことがうまくいったんです」

　基本的には何も解決していないのだが、先刻まで泣いていた看護師が嬉しそうな顔をしていることは、とりあえずは結構なことなのだろう。

「それに、進藤先生のこと、誤解していた自分に気がつきました」

「誤解？」

「先生のＩＣ、すごく丁寧で、優しくて、わかりやすくて、患者さんの質問にもひとつひとつ答えてくれて、隣で見ていて、なんだか胸が温かくなったんです」

　頰《ほお》を紅潮させた新人看護師が、まっすぐな目でそんなことを言う。

「ひどい先生だって思っていましたけど、あんな説明ができる先生が、悪い人のはずがありません。私、もっと進藤先生のことわかるように努力します」

　言うなりもう一度頭をさげて、駆け出して行ってしまった。

「どういうことだ、あれは？」

「若い看護師にはありがちなことよ。気にしなくていいわ」

　肩などすくめつつ東西が言う。

「孤立無援のタツに一人くらい味方ができるのは結構なことだが……」

「味方ができたからって、問題の解決にはならないでしょ。連絡がとれない主治医じゃ困るんだから」

「……相変わらず冷静かつ正確な洞察だな」

　にわかに片頭痛が悪化してくる予感がして、こめかみを指で押さえた。

そんな私を見て東西はさりげなく一笑する。

「だからって先生がひとりで抱え込む話でもないわ。同僚にコーヒーかけるような医者がいる病院だもの。進藤先生くらいの人がいても、なんとかなるものでしょ」

「前向きなのか後ろ向きなのかわからん意見だな。だいたい、この病棟でなんとかなっているのは、お前が骨を折ってくれているからだろう。他の病棟ではそうはいかん」

「高く評価してくれてるのね、働きがいがあるわ」

静かに笑った東西が、妙に老成して見える。

「ま、少なくとも南3病棟のことは心配しなくていいから」

「ありがたいことだ。礼がわりに、栗原ファンクラブに入会させてやらなくもない」

「あら、変なこと言うのね。ファンクラブの会員ナンバー1番は私なのよ」

笑顔で平然と東西は答えた。

いささか動揺する私に、東西は「知らなかったの?」などと笑顔で答えるくらいだ。完璧《かんぺき》に一本取られている。

「だからお礼してくれるなら、焼き肉おごってくれた方が嬉しいわね。せっかくだから水無さんと御影さんも連れて」

「ずいぶんな肉代になりそうだな」

再び軽く額を押さえた。

以前に一度、東西と水無さんの二人を焼肉に連れて行ったことがあったのだが、二人の女性は高級カルビを四人前食べて私の財布を泣かせたものである。

「好きなだけ食わしてやるから期待しておくがいい」

とりあえず精一杯の虚勢でそう答えて立ち上がった。

すでに夜間灯だけとなった廊下に出ると、窓外が明るいことに気がついて足を止めた。真っ青な月光のもと、堤防沿いの桜並木が思いのほかはっきりと眺められる。数日前まで四分、五分と咲き始めていた桜が、いまでは七分八分と花開き、雪のような淡い色彩を月下にさらしている。

ふいに大風がひとつ吹きぬけ、木々が揺れたと見えたとたん、真っ白な花びらが音もなく川《か》面《も》に舞い躍った。

待ちわびた細君が帰宅したのは、それから数日後のことであった。

第二話　桜の咲く町で

初春の信州の町並みが、ひときわの活況を呈していた。

日頃はさほどに人の行き来の目立たない松本駅前から大通りにかけてが、今は、多種多様な人々でにぎわっている。

巨大なリュックサックを背負った登山家らしき若者たち、釣り道具を片手に行きすぎる親子、背の高い西洋人のカップルもいる。最近はこんな田舎《いなか》の都市にも外国人の旅行者が増えてきた。

五月の連休に入ったのだ。

四月はまだ冬の名残りの寒風が吹きすぎていた信州も、この頃になるとさすがに気温が上がってくる。夜はまだ肌寒くとも、快晴の昼ともなれば、暖かな陽気があふれ、にぎやかな往来とあいまって、見渡す景色のそこかしこに春がある。

そんな春景色の大通りから、ひとつ南へくだった路地の先にあるのが、深志《ふかし》神社である。

住宅街に埋もれるように位置する小さな社殿の神社であるが、歴史は古い。なにより背後にひかえた鎮守の森が、突然家々の間に姿を現すところは、にわかに別世界の入口に出くわしたような不思議な感動がある。

四季折々の往来を見せる大通りとは対照的に、ここだけは季節を問わず、いつ訪れても、静まり返った境内に、清浄な空気が満ちている。

「まあ……」

石畳の参道にさしかかったところで感嘆の吐息をもらしたのは、我が細君のハルであった。

拝殿脇に、咲き誇る桜の大木を見つけたのだ。社殿に薄紅色の影を落とす数本の桜が、今は盛りであった。

種は皆エドヒガンである。

ソメイヨシノに比べれば幾分色の濃い堂々たる花びらが、待ち侘《わ》びた春を謳歌《おうか》するように鮮やかに花開いている。

細君はしばし立ち止まって見上げていたが、やがて惹《ひ》きこまれるように境内の方へと駆け出した。鶯《うぐいす》色のワンピースが桜の下に軽やかに翻《ひるがえ》る。石畳をはずむように踏み越え、鳥居をくぐり神楽《かぐら》殿のそばまで行ったところで立ち止まって、大きく深呼吸をした。それから振り返って大きく手を振る。

「イチさん、満開ですね！」

涼やかな声が森閑とした境内に響いた。

我が細君は森の人である。

この感覚は余人には伝わりにくい。

室内にいるときは端然として物静かに日々を過ごす細君であるが、ひとたび自然の中に飛び出すとたちまち木々の中に溶け込んで、自らも躍動する不思議な輝きを発する。驚くべきは、木々もまた、これに応じて活力を増すかのように見えることだ。梅の古木はのびのびと枝を空に伸ばし、沈丁花《じんちょうげ》の花はにわかに香り立つ。なかでも桜の木の下にある細君は、まるで我が家に帰りついた花の精のようで、ふと足をとめて、眺めていたくなるほどに生き生きと輝いて美しい。

私はあえてゆっくりと石畳を歩いて細君に追いついた。

「数日前には七分咲きであったのだが、たちまちにして蕾《つぼみ》のことごとくが花開いた。ハルが帰ってきてくれて、桜も喜んでいるらしい」

告げれば、小さな細君は嬉《うれ》しそうにうなずいた。

それから拝殿に向き直り、二礼二拍手一礼をしてから、細君、桜、空へと視線をめぐらせる。

雲一つない快晴である。

細君が、長い撮影旅行から帰ってきたのは、今朝のことであった。

ゴールデンウィークとはいえ朝八時前の松本駅前はさすがに静かなもので、始発の飯田線普通列車が松本に到着すると、降りてきたのは、細君ひとりであった。

自分の身の丈ほどもある大きなリュックとともに車両から降り立った細君は、改札前で所在なげにたたずんでいる私を見つけて、精一杯に手を振った。それから御嶽荘に戻り、荷物を置いたのち深志神社に出てきた次第だ。

帰宅の挨拶《あいさつ》のためにここを訪れるのは、細君の欠かさぬ慣習である。

「高遠はどうであった?」

「素晴らしい桜でした。コヒガンは少し色が薄くなったという人もいますが、まだまだ見事なものです。写真を撮るのも忘れるくらい。天下第一というのは本当ですね」

にっこり笑ってそう告げる。

「いつか一緒に行けると良いですね、イチさん」

「そうだな。しかし来年の高遠より今年の御嶽山だ。夏が来れば是が非でも登るとしよう。無論ロープウェイでな」

細君の明るい笑声が響き、応《こた》えるように樹上から数羽の鶺鴒《せきれい》が飛び立った。

「今日は、お仕事は大丈夫なんですか?」

「今のところ呼び出しはないな。意地の悪い病魔も、ハルの帰宅の日くらいは気を使ってくれるのかもしれん」

細君はまた微笑する。

「それより土産《みやげ》話のひとつも聞きたいものだ。ハルのことだから二週間高遠にこもっていたわけではないのだろう?」

「はい、清内路《せいないじ》に足を延ばしてきました」

「清内路?」

「伊那《いな》路《じ》と木曾路の中間に位置する山間《やまあい》の小さな村です。黒船桜というちょっと類を見ないくらい素敵なしだれ桜があるんです。最近は行く機会がなかったものでしたから、この機会に久しぶりにと思って……」

生き生きと話す細君の顔を見ているだけで、当方には十全の幸福感がある。

「でも心配なのは、木曾路を染めるソメイヨシノです。数年前までは本当にきれいな桜並木が何キロも続いていたのに、今では天狗巣病《てんぐすびょう》が広がって、ずいぶん様相が変わりました。あと数年もするとみんな枯れてしまうかもしれません……」

形のよい眉《まゆ》を寄せながら、桜の病状を我がことのように嘆いている。天狗巣病とやらがどういうものか知らないが、桜が枯れるのは残念なことであるし、なにより細君が悲しんでいるのは遺憾なことである。しかし、相手が人間の病気であれば古今無双の力を発揮する私でも、桜の病気は管轄の外である。手の打ちようがない。

参拝を終え、並んで帰路につかんとしたとき、丁度鳥居をくぐって境内に入ってきた初老の夫婦の姿が見えた。

紺の古びたジャケットに身を包んだ痩身《そうしん》の男性と、藍《あい》の松本紬《つむぎ》をたおやかに着こなした和装の婦人である。

私が足を止めたのと、先方の男性と目が合ったのが同時であった。

「副部長先生」

私の声に、先方も笑顔を浮かべた。古狐先生である。

「おや、最近は珍しく院外で会いますね」

「喜ぶべきことです。始終院内で会うよりは極めて健全なことです」

なるほど、とうなずく先生に、細君が丁寧に頭をさげた。

「栗原榛名です。いつも夫がお世話になっています」

「ああ、あなたが世界で一番おいしいコーヒーを淹《い》れてくれるという栗原先生自慢の奥さんですか。いつもいつも噂《うわさ》は聞いていますよ。お会いできて光栄です」

穏やかな声に、細君は頰《ほお》を赤らめてもう一度頭をさげた。

「可愛《かわい》らしい奥さんですね」と落ち着いた声で告げたのは、傍らの着物の婦人である。

「お初にお目にかかります。内藤の妻の千代《ちよ》といいます」

藍染めの松本紬が良く似合う。古狐先生の細君ということは五十を越えているはずだが、ゆったりとした挙措の中にも凜《りん》とした空気がある。背丈は古狐先生と同じくらいだが、気品ある立ち姿のためか、すらりと高く見えるくらいだ。

美しく年をとるというのはこういうことを言うのであろう。昔中宮寺で見た弥勒菩薩《みろくぼさつ》像の持つ空気に似ていると言えば、いささか大げさであるかもしれない。

私は、弥勒様に向かって一礼した。

「副部長先生には、医者になって以来お世話になりっぱなしです。いずれは恩をお返ししたいと念じながら、微塵《みじん》も果たせていないのが現状ですが……」

「主人からはいつも栗原先生の噂を聞いていますわ。先生がいてくださるから、自分も続けていられるんだって。感謝しています」

「それは私の言うべき言葉です。きっと先生は徹夜続きの疲れで主語を取り違えたに違いありません」

私の言葉に、夫人は細い眉を少しだけ上げて、それから破顔した。

「聞いていたとおり、とても愉快な方ですね、栗原先生は」

初対面で「変人」ではなく「愉快な方」と言われるのは珍しい。人を見る目がある人物というのはやはり違う。

私は視線を古狐先生に戻しつつ、

「今日はお二人揃《そろ》って散策ですか？」

「病棟が落ち着いているようですからね。年が明けてから昼間に院外を歩ける日など一日もなかったですから。こういう日は大切にしたいのですよ。久しぶりの休日が、ちょうど桜の時期とは、ありがたいものだね、千代」

そう言って古狐先生は、連れ合いを顧みた。千代夫人が微笑《ほほえ》んで頷《うなず》きかえすそのささやかな一動作が温かい。長く連れ添うがゆえに培われた、揺るぎない呼吸がある。

心なしか、いつもは土気色の古狐先生の顔まで血色よく見える。人に活力をもたらすのは結局人だということなのだろう。

「休める時にのんびりなさってください。最近、ひときわ痩《や》せているように見えます。これ以上痩せては、医者をやる前に患者になってしまいます」

私の声に答えたのは、傍らの夫人の方だ。

「栗原先生こそお忙しいでしょうけど、仕事もほどほどにしなければいけません。うちの主人くらいに年を経た人ならまだしも、先生のように若い方が、こんな可愛らしい奥さんを放置していては罰《ばち》があたります」

「放置だなんてとんでもない！」

弥勒様に罰だと言われては動揺せざるを得ない。

慌てて手を振る横で、細君がはにかみながら口を開いた。

「内藤先生ががんばって働けるのは、奥様のような素敵な方がいらっしゃるからなんですね」

「奥様なんて改まらなくて、千代でいいですよ、榛名さん」

千代夫人は、ちょっといたずらっぽい目を細君へと向けて、

「お医者さんというのは、病院に呼ばれた途端そのほかのことなんて全部忘れてしまう人たちなんですから、少し乱暴なことを言うくらいがちょうどいいんです」

「こらこら千代、栗原先生たちを困らせてはいけないよ」

「心得ています。あんまり気持ちのよいご夫婦でしたから、少しいたずら心が出てしまいました」

澄ました顔でそう言ってから、袖《そで》で口元を覆い、小さく笑った。

「春の陽気に当てられたのかもしれませんわね」

ただ優しげなだけでなく、芯《しん》の強さが垣間《かいま》見《み》える。長年古狐先生を支えてきた確かな自負がそこにある。いつもは深みのある光をたたえた古狐先生の瞳《ひとみ》も、弥勒様の手のひらの上では、気の良い好々爺《こうこうや》だ。

「今日はお互いのんびりした一日になると良いですね、栗原先生」

古狐先生が言ったところで、にわかに我が懐中の携帯電話がけたたましい音を響かせた。着信を見れば、言わずと知れた本庄病院である。電話に出ると、糖尿病の患者の今朝の血糖値が五百を越えているということだ。さすがにこの値では、昏睡《こんすい》やアシドーシスのリスクが出てくるから様子を見に行かざるを得ない。

「苦労ですねえ、栗原先生」

「いつものことです」

私の声に重なるように、今度は古狐先生のポケットで携帯が鳴り響いた。

「おやおや、私もですか」と細い目をさらに細めて巧笑《こうしょう》する。

「せっかくですから一緒に行きましょうか、栗原先生」

「光栄です」

一礼してから顧みると、心配そうな細君の眼《め》とぶつかった。

午後は松本城の桜でも見に行こうかと算段していたばかりだ。いつものことながら、休日は電話一本で崩壊する。

胸中に立ち込めかけた暗鬱《あんうつ》を、しかし細君の涼やかな声が吹き飛ばした。

「がんばってください、イチさん」

ぎゅっと拳《こぶし》を握りしめた細君を見れば、たちまち胸中を清風が吹き抜ける。

「任せておけ」

無闇《むやみ》と大きな声で答えて歩き出した。

見上げれば天上ことごとくいたずらに快晴で、春の日和《ひより》が燦々《さんさん》と心地よい。この陽気を振り切って冷暖房完備の薄暗い院内へ突入するのだから、馬鹿さ加減もいっそ愉快というものだ。

深志神社の鳥居を抜ければ、民家のかなたに白い病院の建物が見えてくる。３６５日の赤い看板が、今日も悠々とそびえ立っていた。

一般成人の正常空腹時血糖は百未満である。随時血糖でも二百が上限だ。それが五百というのは尋常でない。患者は四十歳の男性で、一週間ほど前に糖尿病が悪化して教育入院となったばかりであった。

「何も食べてませんよ、先生」

病室に入るなり、会田《あいだ》さんがベッドの上で意味もなく胸をそらして答えた。意識レベルは問題ないようだ。とりあえず胸中でそっと胸をなでおろす。

「昼食前の血糖値が五百二十と連絡がありました」

「でも僕は何にも食べてません。先生に言われたとおり、出てくる食事以外は食べていませんよ」

ちょっと不機嫌そうな顔だ。少し背が低めで丸顔の会田さんは、そういう不機嫌な顔になっても、どことなく愛嬌《あいきょう》がある。気勢がそがれていけない。

会田さんの血糖値は、入院して最初の二、三日はコントロール良好であり、ここ数日で急激にまた上がり始めていたのだ。経過を考えれば、食事制限がつらくなって、隠れて食べるようになったと考えざるを得ない。だがこれを証明するのはなかなかに困難である。

糖尿病のもっとも難しい点は、本当に危険な状態になるまで自覚症状が出ないということだ。だからこそ教育入院という、元気なうちの入院管理が重要なのである。

「何も食べていませんか」

「食べていません」

丸い肩をそらしてはっきりと答える。

「最近の糖尿病関連の血液検査はずいぶん進歩していましてね」

とりあえず聴診器なんぞで胸の音を聴きつつ、

「食事マーカーという項目を検査すれば、何をどれくらい食べたかすぐわかるんですよ」

何気ない私の言葉に、会田さんがわずかに頰をひきつらせた。

「パンやケーキやおにぎりといった食べ物の種類までわかるんです。嘘《うそ》をついていても、簡単にわかりますよ」

ちらりと目を向けると、完全に動揺している会田さんの目とぶつかる。

「……ほ、ホントですか?」

「嘘です」

冷ややかに答えた。

会田さんが、ぐっと言葉につまり、何か言い返そうとしたが、やがてしょんぼりと頭《こうべ》を垂れた。

「……すんません」

「治療したいと言ったから入院にしたんです。次に食べたら治療放棄と見なして退院にしますからね」

口調だけは厳格に述べて私は病室をあとにした。これでもずいぶん甘いのである。部長先生なら、患者を三階の窓から外に放《ほう》り出して、整形外科に転科させるかもしれない。

廊下に出ると隣が留川トヨさんの病室であることに気づいた。

そっと中を覗《のぞ》くと、日当たりのよい窓際のベッドで、大きな酸素マスクをつけて眠っているトヨさんがいる。その横にちょこんと腰かけたまま、のんびりとトヨさんを見つめているのは、言わずと知れた夫のマゴさんである。

マゴさんは、ときおり思い出したように首を動かして、窓外の空を見上げて、それから眼下に咲き誇る桜並木を見下ろし、再びトヨさんへと視線を戻す。そのゆったりとした動作を、ずっと一日続けている。

「少し休んでくださいって言っても、相変わらずあんな感じなの」

廊下を通りかかった東西がそんなことを言った。

「トヨさんのいない家にいても寂しくていけないって。なんだか辛《つら》い話のはずなのに、マゴさんあんまり自然に言うものだから、こっちとしてもそれ以上なにも言えないのよ」

私は無言でうなずくばかりだ。

留川夫婦は結婚して今年で七十年になるという。生まれて七十年ではない。夫婦になって七十年だ。その時間の長さは、もはや我々の想像できる範疇《はんちゆう》を越えているのである。

そのままスタッフステーションまで戻ってきたところで、反対側の廊下から足早に歩いてくる白衣の男に出会った。驚いたことに辰也である。

白衣の下のジーンズにワイシャツという格好からも、呼び出しを受けて飛び出してきたということがすぐわかる。

「連休中に病棟に出てくるとは驚いた変化だな。どうしたのだ、タツ」

皮肉をこめて水を向ければ、苦笑まじりに答える。

「人をろくでなしのように言わないでもらいたいね。来なければ来ないで説教をされ、来たら来たで嫌味を言われては、僕としても立つ瀬がない」

「自業自得というやつだ。重症がいるのか？」

「例の再生不良性貧血の患者さんだよ。ようやくシクロスポリンが効き始めて、貧血も戻りつつあるんだけど、昨日の夜から妙な熱が出ている」

「なるほど、昨夜御影さんがお前と連絡がつかないと嘆いていたのはそのためか」

「心配ないよ。発熱時のオーダーは、抗生剤まで全部出している。ほかにできることがあるわけでもない」

端然として応じる旧友の顔には、血液内科医としてのゆるぎない自信がある。

「利口な進藤先生のことだ。さぞかし万全の手を打っているのだろうな」

そんな皮肉を返すのがせいぜいだ。

辰也は苦笑を浮かべつつも、丁度ステーションに戻ってきた御影さんを呼び止めて、細かな指示を出し始めた。必死になってメモをとる御影さんの様子はなかなか健気《けなげ》なものである。やがて指示受けを終えた御影さんは、薬剤をとりに駆けだして行った。

「今日は一日病院にいるつもりか、タツ？」

「まさか。指示を出し終えれば帰るよ」

「相変わらず忙しいようだな。しかしまだ午前十一時だ」

私の意味ありげなひと言に、辰也が立ち去りかけた足を止めた。

私は人差し指と中指をまっすぐ伸ばして、卓上に当てた。

「医局に将棋盤がある。一局どうだ？」

辰也が大きく目を見ひらいた。

「そんなに驚くことではあるまい」

「あの秋以来、もう僕と対局する気はないのだと思っていたんだけど……」

「それほど狭量ではないと言ったはずだ」

辰也の卑小な気遣いを私は一笑に付した。

「もちろん私に恐れをなして逃げ出すと言うのであれば、諦《あきら》めざるを得ないがな」

「そこまで言われては断れない。どうせ一時間もあれば決着はつくだろうし、六年ぶりの再戦といこうか」

「減らず口だけは切れ味を増したようだな。医療に対する心構え同様、将棋の腕も鈍《なま》っていないことを祈るとしよう」

悠然と立ち上がりながら、付け加えた。

「三十分後が楽しみだ」


三十分後である。

「何が楽しみなんだい、栗原」

医局に辰也の涼しげな声が響いた。穏やかな、それでいて切れのある笑みが見える。

燦々と春の日差しが差し込む医局も、祝日の昼ともなれば人影はない。ソファに向かいあって私と辰也が睨み合うばかりだ。

互いの間に置かれた小さな将棋盤の上では、整然たる陣形をたもった辰也の軍勢と、総崩れの様相を見せる我が軍が向かい合っている。

「容赦のない男だ。これくらい診療の方もがんばってくれれば私としても何の憂いもない」

「いちいち引っかかる言い方をしないでくれ。とかくに人の世は住みにくい。そう言ったのは漱石先生だろう。不都合や不条理なんて山ほどあるものさ」

ちっと舌打ちして、私は腕を組んだ。

一矢を報いんと敢闘してきたが、当方すでに惨憺《さんたん》たる有様だ。王将の退路にも寝返ったばかりの角将が控えている。そのまま数秒沈思してから、私は声音だけは堂々と応じた。

「投了だ」

「六年ぶりというのに、あっけないね。もう少しねばっても構わないよ」

「ふん、久しぶりの〝空城の計〟だったが、やはり勝てないことだけは変わらないな。新しい策が必要であるらしい」

時計を見れば、指し始めてから一時間もたっていない。もう一度軽く舌打ちをして顔を上げたところで、辰也の真剣な目とぶつかった。

「なんだ?」

「……何も聞かないんだね、栗原」

「飛車の行方《ゆくえ》についてか?」

「東京で何があったか、だよ」

駒を片づけようと盤上に伸ばした手を止めて、私は友を一瞥《いちべつ》した。辰也のじっと見つめる眼の奥に、うかがうような光がある。

「聞いてほしいのか?」

「そのつもりで将棋に誘ったのだと思っていた」

「……そのつもりが、まったくなかったと言えば嘘になる」

再び盤上の駒を片付けながら、

「しかしよく考えてみれば、話したがらないお前に聞くくらいなら、如月に直接電話をした方が早いと気がついた」

何気ないふりを装って投げ込んだ爆弾に、辰也はかすかに動揺を見せた。

「携帯電話には番号が残っているし、如月とは二年も対局を重ねた、気心の知れた先輩後輩の仲だ。久しぶりに電話をしてやれば、喜ぶだろう」

「栗原……」

「ただ、今のところ診療が多忙を極めて、電話をかけている暇がない。残念なことだ」

最後の銀将を箱に収めたところで、私は顔を上げた。

辰也はただ黙って私を見返している。思案、逡巡《しゅんじゅん》、当惑、そういったものがないまぜになった目だ。

たっぷり一呼吸を置いてから、しかし、と私は付け加えた。

「お前が話したくなったときはいつでも話すといい。それくらいの暇は都合してやらなくもない」

安っぽい将棋盤を二つに折りたたみ、その上に駒を収めた箱をことりと置いて、立ち上がった。

将棋というものは不思議なもので、盤上の局面などは全く覚えていなくても、指していた最中の風景だけは濃厚に記憶に残っていることがある。

今も克明に記憶にあるのが、辰也が〝医学部の良心〟の名を確固たるものにした五年の夏の一局であった。

時候は八月の半ば、折しも大学は夏休み真っ只中《ただなか》だ。

普段は多くの学生が行き交う大学周辺は一転閑散として、平日の昼でも静かな空気に包まれている。県外からの入学者が多い信濃大学においては、この時期学生のほとんどが帰郷してしまうためである。

一方でそんな時期に、私がいつものごとく漱石やら鏡花《きょうか》やらを片手にさげて、静かなキャンパスをふらふら歩いていたのは、わざわざ帰郷するのが面倒であったからにすぎない。我が実家は、信州松本から帰るには丸一日かかる遠方であったのだ。

毎日のように朝九時には人気《ひとけ》のない学生食堂のロビーにやってきて、勝手に「将棋部」の看板を立て懸け、黙々と詰将棋をやっている私の姿というのは、相当奇矯であったらしく、この頃には医学部の夏の風物詩と化していた。

真夏の炎天下の信州はまったく呆《あき》れかえるほどに暑いのだが、一歩日陰に入ればふいに気温がさがってまことに過ごしやすくなる。接客用のソファがあるだけの広々とした食堂前のロビーは、卓上扇風機ひとつを涼として、十分に心地よい空間なのである。

午前中に十の詰将棋を解決し、その合間に缶コーヒーを飲みながら、古本屋で手に入れてきた泉鏡花《いずみきょうか》の『春昼《しゅんちゅう》』を、二度ばかり復読したころには午後となる。この頃には、実家の蕎麦《そば》屋の手伝いを終えた辰也が顔を出し、たちまち一戦を交えることになるのが日課であった。


「すっかり夏だね。夾竹桃《きょうちくとう》が咲いている」

飛車を進めつつ、辰也が穏やかな口調で言う。

声に誘われて、玄関脇の生垣を眺めやると、午後三時とはいえ思わず目を細めてしまうほど眩《まぶ》しい。薄暗いフロアから眺めると、快晴の外はまばゆく輝き、その鮮やかな光に照らされた濃緑色の生垣の脇に、鮮やかな深紅の花が見えた。

「あれは、毎年手入れもせんのに見事に咲くのだ。医学部の七不思議のひとつだな」

「七不思議ならひとつ聞いたことがある。毎日ひとりで延々と詰将棋をしている栗原が、いまだに僕には一勝もできないというのも、そのひとつだそうだ」

「頗《すこぶ》る浅薄な見解だな。孫子《そんし》の兵法を知らんのか。百戦百勝は善の善なるものにあらず。戦わずして勝つことが最善なり」

辰也は、なるほど、などとどうでもいい応答をしつつ、打つ手だけは容赦がない。その長い指が、我が陣中で角を馬へとかえす。

「今年はいつ実家に帰るんだ、栗原」

「さてな。いまのところ決まっていない。せっかく学内が森閑《しんかん》として過ごしやすい時期なのだ。

わざわざ長旅を耐えて暑苦しい西国に向かうこともない」

「しかし、たまには帰ってやらないと家族もさみしがるだろう？　できるうちに孝行すべきだよ。親だって、いつまでも生きているわけじゃない」

辰也の言葉には重みがある。彼が父を亡くしたのは医学部に入学した直後のことだ。病名は膵癌《すいがん》であり、発見された時にはすでに進行期であった。

いまでは母と二人暮らしになった彼の胸中には、ときおり言葉にならない哀感が頭をもたげるようだ。ときに寂然と空を見上げていることがある。かかる友の懊悩《おうのう》に捧《ささ》げる言葉など持たないから、私は勢いよく桂馬を進めるのみである。

「〝医学部の良心〟が言うと説得力があるな。心しておこう」

「なんだい、それは」

「皆がお前のことをそう言っている。お前は、殺伐とした医学部に残された最後の良心だそうだ」

「唐突な話だね」

「唐突ではない。お前がまとめてきた講義室への暖房器具設置の件だ。学年を越えて、皆がお前の快挙に喝采《かっさい》しているぞ」

言えば、辰也は「たいしたことじゃないよ」と苦笑を浮かべた。

信濃大学は歴史の古い大学でその講義室も老朽化が進んでいる。なかでも問題なのは、暖房器具の故障であり、真冬であれば、昼でも氷点下の続く信州において、暖房の故障した講義室というのは、ほとんど地獄のような冷気に蝕《むしば》まれる。講義中に吐く息が白いのを想像してもらえば、いくらかその無茶ぶりも理解できるであろうか。

かかる過酷な環境の改善を、長年学生会が大学事務局に求めてきたのだが、経費の問題からなかなか実現せず、簡易ストーブの設置という焼石に水の対応だけがなされていたのだ。

その状況を一変させたのが、辰也である。

自ら各教室の教授や事務局の幹部に面会を求め、滔々《とうとう》と理を説き寄付を募り、弁舌をふるって徐々に風向きを変えていったのだ。もともとは地に足のつかない学生運動のような趣があり、教授陣も相手にしない風潮があった中で、辰也の篤実な性格と諄々《じゅんじゅん》と説く声が、明らかに往年の活動とは異なる印象を与えたようであった。

約半年に及ぶ地道な活動はやがて実を結び、ついにこの夏、主だった講義室で新しい暖房の設置工事が始まったのである。夏休みが終わるころには、工事のすべてが終わっているはずだ。

辰也は長い指で金将を進めながら微笑した。

「僕は、かじかむ指でノートを取らなければいけないのはおかしいと思っただけだよ。信州生まれの僕ならまだしも、暖かい町から来た人たちにとっては、あまりに過酷な環境だったからね」

「たしかに四国からこの地にきたときは、驚嘆したものだ。西国で三月に散った桜が、信州では五月に咲く。年に二回も花見ができると喜んでいたのもつかの間、真冬にはキッチンに置いていた味噌汁が凍りついていた。あの時は、本気で逃げ出そうかと悩んだものだった」

辰也は微笑を苦笑にかえつつ、

「それにこの件は僕だけの功績じゃないだろう。教授室に挨拶に行くときは、君だっていつも付き合ってくれたじゃないか」

「私は物見遊山《ゆさん》で出かけて行っただけだ。腕を組んで眺める以外には何もしていない」

「そうでもない」

盤上に非の打ちどころのない居飛車《いびしゃ》穴熊を組みあげてから、辰也が顔を上げる。

「生理学教室では大活躍だった。最大の難関だったあの教授をやりこめたんだから、栗原の腕前はたいしたものだ。〝医学部の良心〟の看板は君に進呈するよ」

そう言って愉快そうに声をあげて笑った。

第三生理学の教授は信濃大学のあまたいる奇矯な教授たちの中でもひときわの変人として高名な人物であった。我々が談判をしに行った時もまったく人を小馬鹿にしたような薄笑いを浮かべるばかりで、一向に取り合う様子を見せなかったのだ。いわく、

「これまでの学生たちはみなその環境で学んできたのだ」と。

新しい意見に対して過去の忍耐を例にあげて反論するのは、思考の硬化した老人の所作である。もはや議論も交渉も成り立たない。

さすがに気落ちして帰途についた旧友を見て、私はしばし熟考し、やがて一計を案じた。帰り際に、生理学教室の暖房装置に通じるガス栓のことごとくを勝手に閉めて立ち去ったのである。

折しも十二月の真冬日。いつのまにか全暖房が停止した教室内はたちまち極寒の地と化した。すぐに医局員のひとりが原因に気がついてガス栓は開かれたのだが、呼び戻された私がすさまじい剣幕に遭ったことは言うまでもない。同時に、その後から生理学の教授がいくぶん軟化を

しめしたことも、事実であった。

先人たちが耐えてきたはずの寒さに、教授御自《おんみずか》らは耐えることができなかったというわけだ。

「君のやることはいつも予測ができない。興味もなさそうな顔をしているかと思えば、いきなりあんな危ない橋をひとりで渡ったりもする」

さらりと伸ばした手が、敵陣で孤立していた私の角将をあっさり奪い取って行く。

ちっと舌打ちしながら、

「セオドア・ソレンソンの名言を座右の銘としているお前に、私も少なからず感化されたのかもしれんな」

〝良心に恥じぬということだけが、我々の確かな報酬である〟

この名言を辰也が口にしたのは、折しも暖房器具設置交渉が難航し、学生会の誰もが問題を投げ出していた頃のことだ。友人から相談を受けた辰也は、自ら交渉役を買って出たのである。

かかる活動とは一線を画し、いつでも傍観者を決め込んで眺めるばかりであった私も、さすがに驚き、その軽挙をいさめたのだが、彼が返答のかわりによこしたのが、この名言であった。

「殺伐とした今の世の中に、そんな絵空事を実践している男がいることに、ずいぶん驚かされたものだ。見物人を決め込むには、お前という男はまっすぐすぎていけない」

「父の好きな言葉でね。子どもの頃から、よく聞かされたものだよ。ま、そんな思い出話より……」

ふわりと辰也の手が伸びた。

「ずいぶんな不手際じゃないか。記念すべき五百戦目にしてはあっけない」

今度は飛車が奪われてしまった。我が陣営は崩壊の一途をたどっている。私は腕を組み、しばし盤上を睨《にら》みつけた。

「先輩!」

ふいに明るい声が飛び込んできて、双方ついと顔を上げた。

玄関口に日に焼けた明るい女性の笑顔が見えた。言わずと知れた三人目の部員、如月千夏である。テニスの試合を終えてきたばかりなのだろう。肩のあたりまで伸びた黒髪は今は頭の高いところで結んである。

「やっぱりここにいたんですね」

ショートパンツの下の伸びやかな足を惜しげもなくさらして、なにやら外より眩しげだ。自ら輝くようなこの美しい後輩の前には、盛りの夾竹桃まで脇役である。

私は胸中の高揚感などおくびにも出さず、堂々たる声で答えた。

「テニス部は大丈夫なのか、如月。秋の東医体の特訓の時期だろう」

東医体というのは、東日本医科学生総合体育大会の略である。ずいぶん仰々《ぎょうぎょう》しい名称だが、要するに医学部運動部の東日本大会だ。

「今日は早上がりです。将棋部があるからって言って出てきました」

弾むようなその声だけで、薄暗い食堂内がいくぶん明るくなったような心地である。

額に手を当てる私の横で、辰也が苦笑まじりに我が心情を代弁してくれた。

「あまり将棋部将棋部と言うものじゃないよ、如月。栗原がテニス部の部長にうらまれているんだ。うちのエースをそんな根暗なものに誘わないでくれってね」

「大丈夫です、栗原先輩っていろいろ言われているわりに、先輩たちの中で結構信用があるんですから」

「なんだそれは……」

「第一、将棋部に誘ってくれたのは栗原先輩じゃないですか。丸一年通い続けてきた真面目《まじめ》な部員を追い出すつもりですか？」

そんなことを言われて、私はかえって当惑する。

なるほど、私が「メーサイ」で言いがかりまがいの勧誘をしてから、いつのまにか一年が過ぎていた。この一年、如月は辰也以上の頻度で部室通いを続けてきたのだから、貴重な正規部員であることは疑いない。

そばまでやってきた如月が、肩越しに盤上を覗き込むように顔を突き出した。結んだ黒髪が揺れて、将棋部には不似合いなラベンダーの香が流れた。

「相変わらず進藤先輩の穴熊は堅いですね。栗原先輩のこれはどうなってるんですか？」

「勉強の足らぬ部員だな。美濃囲いに決まっているだろう」

「これって美濃でしたっけ？」

「崩れたあとの美濃だ」

堂々と腕組して答えれば、如月は呆れ顔になる。

その横で辰也がすました顔で口をはさんだ。

「如月、馬鹿にしてはいけない。これはこれで栗原得意の〝空城の計〟というやつなんだ」

「クウジョウの計？」

「どこからでも攻められる隙だらけの陣形だから、どこから攻めてよいものかかえって攻め手は困惑するんだよ」

「なんだかすごいですね」

二人して私をバカにしているとしか思えないが、この際委細には構わない。

「空城の計というのはかつて蜀《しょく》の諸葛亮《しょかつりょう》も用いた秘策中の秘策だぞ。使いこなすには相応の経験がいるのだ」

私はいたずらに悠々と告げてから、「投了だ」と付け加えた。

「いいのかい、まだずいぶん先の手はあると思うけど」

「四百九十九敗に一敗が加わったところで、私は痛くもかゆくもない。それよりもせっかく、有望な後輩がテニス部を投げ出してきてくれたのだ。相手になってやらねばならんだろう」

「なるほど、道理だね」

笑って辰也が席を立つ。

すぐさまそこに、如月が座った。

「駒落ちはどうする？　飛車でも角でも好きな方を落とすぞ、如月」

「いいえ、今日は駒落ちなしでお願いします、栗原先輩」

真剣な顔でそんなことを言われると、かえって当方の身が引き締まる。

如月は、父から教わった程度の技量と言っていたが、どうしてなかなかの腕前であったのだ。最近では迂闊《うかつ》に駒落ちでやると、きわどい混戦になることも珍しくなかった。

「あまり調子づかせてはいかんようだな」

「あ、先輩、本気出しちゃだめですよ」

「なんだそれは。戦に本気も嘘もあるものか。参るぞ、如月」

「よろしくお願いします、栗原先輩」

明るい声が、広々としたフロアに響き渡る。その心地よい声に耳を傾けながら、ゆっくりと駒を手に取るひと時が、私にとっては至福の時間であった。


六年ぶりの対局を敗北で飾った私が、ようやく残りの病棟業務を終えたのは、夕暮れ時のことである。

いつもの帰路を松本城へと辿《たど》ってゆくと、ゴールデンウィークの二の丸は、あまたの観光客で大変なにぎわいだ。カシャカシャと軽薄な音が聞こえてくるのは、誰もが夕日を受けて輝く黒衣の城を、携帯電話のカメラに収めんとしているからだ、しかし真の絶景が拝めるのはその背後の方角であるとは、多くの人が気づかない。

私は堀端で足を止め、城に背を向けて、彼方《かなた》の北アルプスに目を向けた。

常念岳の左肩にかすかに槍ヶ岳の威容が見える。五月のこの時期は、槍の頂点にまっすぐ日が沈む時間があるのだ。行きかう観光客に交じって、ところどころに、三脚を据えて、城とは反対の方向にカメラを向けた人たちがいるのはそのためである。むろん目を凝らさなければ見えないし、あまり凝らすと眩しくて目を痛めるから気をつけなければいけない。

額に手をかざし目を細めて眺めやると、沈みかけた夕陽《ゆうひ》の下辺に、屹立《きつりつ》する槍の穂先がうっすらと見えた。

御嶽荘に帰着して「桜の間」の襖《ふすま》を開けたところで、私は思わず目を見張った。見慣れたはずの和室に、着物の女人が佇《たたず》んでいたからである。

漆黒の織の着物に身を包んだ小柄な人影は、その半身が茜《あかね》色に染められて、一瞬夕日の中に浮かぶ火の精のように幻想的に見えた。思わず部屋をまちがえたのかと戸惑ったが、そうではない。振り返ったのは、まぎれもなく我が細君であった。

「おかえりなさい、イチさん」

見返り美人図のごとく肩越しに振り返った細君が、驚いている私を見てすぐに頬を赤らめた。

「どうしたのだ、ハル」

「すいません」

「謝ることではない。よく似合っている」

口をついて出た言葉に、また細君が赤くなる。

すぐに足元に置いた小物や小箱を片づけながら、細君が答えた。

「今日は一日千代さんとご一緒して、とても楽しい一日だったんです」

細君が言うには、今朝がた深志神社で別れたあと、千代夫人とふたりして町中の散策に出かけたということだ。桜咲く松本城公園を歩き、中町通りの小道具屋を訪ね、ともに昼食まで摂《と》ったという。

「会って初日にそこまで仲良くなるとは、ハルは相変わらず類《たぐい》まれなる特質の持ち主だな」

「私じゃありません。千代さんがとっても優しくていろんな話をしてくれるものですから、ついつい楽しくなってしまって……。着物のことも色々と教えてくださったんです」

ハルは言いながら帯を解こうとする。

「せっかく着たのだ。慌てて片付けることもないだろう。よい紬だ」

「母の形見です。東京を出る時に、ずっと仕舞っていてくれた叔母《おば》様がくださいました。なんだか手を通すのがもったいない気がしていましたけど、今日千代さんにそんなお話をしたら、着物は着てこそ長持ちするのだと言われて……」

桐箱を片付けながら、細君は恥ずかしげに微笑んだ。

我が細君は孤高の人である。

幼いころに両親を亡くし、遠い親戚の家で育てられてきたのだ。ハル自身も両親の顔にはほとんど記憶がなく、断片的な思い出が残るばかり。その中でこの大島紬を母が着ていた姿だけは、かすかに覚えているのだという。

ハルの両親がどのように亡くなったのか、私は多くを知らない。母が病死した直後に父が交通事故で亡くなったのだと聞いているが、彼女はほとんどを語らないのだ。語らないものを問わないのは私の主義であるが、いささか心配になることもある。

「東京に帰りたくなったか、ハル」

私の何気なさを装った問いに、細君はむしろ不思議そうな顔をした。それからほのかな微笑を浮かべて、

「私にとって帰る場所は、イチさんのいるこの御嶽荘だけです。東京に居場所はありません」

「それでは叔父さんと叔母さんに申し訳ないではないか」

「叔父様も叔母様も優しい方ですが、いつまでも血縁を理由に頼り続けるわけにはいきません。しっかり自立することが一番の恩返しです」

相変わらず自分に厳しい細君である。

こういう哲学は立派といえば立派であるが、手放しに称賛できることではない。人に頼るということも人間の持つ大きな美質のひとつである。

「あまり片意地を張らずともよい。何でもひとりで抱え込んでしまうのがハルの唯一の欠点だ。ハルはひとりで生きているわけではないのだぞ」

細君は少し驚いたように私を見つめ返してから、やがて嬉しそうに頷いた。

「そう言えばイチさん。千代さんが、今度はぜひとも二人で家に遊びにおいでとおっしゃってくれたんです。一緒に行ける日があるでしょうか?」

「先生の家にか?」

「千代さんは、イチさんにもまた会いたいんだそうです。朝話してとても楽しかったって」

なるほど、人の縁とはいつでも唐突かつ不思議なものである。わかった、と返したところで、いきなり聞きなれた大きな声が飛び込んできた。

「ドクトル、珍しいな、部屋にいるのか」

言うまでもなく男爵だ。

「開いているぞ、男爵」と答えれば、がらりと襖が開いて、パイプをくわえた絵描きが顔を出した。すぐに眼前の細君を認めて目を丸くする。

「お、こりゃ驚いた。榛名姫が本当のお姫様じゃないか」

「男爵様は相変わらずお上手ですね」

「嘘がつけないタチでね。こいつはいかん、姫に見とれて用件を忘れてしまった」

「どうせ、暇なら呑《の》もうという程度の用件であろう」

「正解だ」

にやりと笑う男爵は相変わらずである。

そのすぐ後ろにはひょろりとした体軀《たいく》の鈴掛君が立っている。

「屋久杉君も一緒に夕餉《ゆうげ》の宴を張ろうと思ってな」

「なんだ、その屋久杉君というのは？」

「鈴掛君のゼミの研究課題だそうだ。行ったことも見たこともない屋久杉についてまとめるように言われて、おおいに迷惑をしているとのことだ。ちょうどいい。帰還したばかりの榛名姫に、まだ顔を通していなかっただろう」

「はあどうも」と気のない返事をした鈴掛君が、例の浪人生のような風貌《ふうぼう》を室内につきだし、細君を見たとたんに、顔を赤らめた。

めざとく気づいた男爵がにやりと笑って口をはさむ。

「何を赤くなっているんだ、屋久杉君」

「い、いえ、べつに……」

「さてはあんまり可愛い姫君に驚いたか」

勝手にどぎまぎする鈴掛君を見て、男爵は実に楽しそうだ。

「どうやら、酒の道はフライングしていても、女の道は出遅れているようだな。こりゃ屋久島の杉を研究する前に、修めなきゃならん研究課題がありそうだ」

「男爵、日の暮れぬ前からあまり品のない話をするものではない」

「すまんすまん。最近すっかり閑散としていた御嶽荘が久しぶりに賑《にぎ》やかなもので嬉しくなったのだ」

わはははと男爵の笑い声がこだまする。

細君がすぐに明るく微笑みながら、

「では食事の支度をしますね」

「ハルが働くことはない。旅疲れもあろうから少し休みなさい」

「いいえ、せっかくです。なんだか腕をふるいたくなってきました」

袖をまくって右手で力瘤《ちからこぶ》などつくってみせる。細君は男爵の笑い声が好きなのだ。男爵で、もろ手をあげて快哉《かいさい》を叫んでいる。この二人は不思議なところで波長が合う。

「じゃ、じゃあ、俺も手伝うっすよ」

「お、屋久杉君、気が利くじゃないか。そういうのは大事だぞ。なら俺とドクトルは酒の支度だ」

「男爵、支度をするのと痛飲するのとは意味が違う。いつも取り違えているが大丈夫だろうな」

「まかせておけ」と勢いだけは十全の、甚だ心もとない応答だ。

「ついでと言ってはなんだがドクトル。酒の支度をしながら、一局どうだね。先日の仇《かたき》を取りたいのだ」

やはり最初から呑むつもりである。

「構わんが……」

容易《たやす》く仇は取らせんぞ、と言おうとして、先に男爵が口を開いた。

「むろん、ドクトルには飛車と角を落としてもらう。その上での堂々たる決戦だ」

〝堂々〟の意味について語るより、飛車角落ちで勝った方が早いと、私は判断した。


医学部五年の秋。

それが学生時代、私が辰也と打ちあった最後の対局であった。五百二十戦目にして、唯一の勝利を記録した一局でもある。

秋九月、とは言ってもまだまだ夏の気配の濃厚に残る時節だ。

二ヶ月間の夏休みもようやく終わろうとするころで、昼間はまだまだ陽ざしがきつく、ときに炎天と称してよいほど照りつけてくる。それでも日が傾き始めるとにわかに気温がさがって過ごしやすくなるから、将棋部としては居心地がよい。学食にもちらほらと実家から戻ってきた学生たちが行き交うようになっていた。

いつもながら辰也と差し向かい駒を進めつつ、私は悠々と声を響かせた。

「今日はずいぶんと手が甘いようではないか、タツ」

盤上の我が軍は、鉄壁の布陣を維持し、対する辰也の方はすでに陣を為《な》していない。常と正反対のまことに珍しい光景である。普段、涼しげな顔をして仮借のない攻め手を打ってくる辰也が、この日はまったく精彩を欠いていた。

「夏の最後の思い出に花を持たせてやろうなどと、つまらんことを考えているのではあるまいな」

奪った飛車を手中で弄《もてあそ》びながら告げる。

「今度こそお前の連勝街道に土をつけられそうだ。かかるめでたい日に如月がいないとは口惜《くちお》しい」

辰也は相変わらず顔を上げもせず盤上を見つめている。やがてそのままの姿勢でつぶやくように言った。

「……栗原、君に話さなければならないことがあるんだ」

「劣勢の言い訳なら聞かんぞ」

なおも軽口を投げかける私に、辰也はやっと顔を上げた。迷いのない澄んだ目がある。その目の奥に、私を気遣うような、奇妙な陰りが見えた。

にわかに胸中に粟《あわ》立つものを覚えて、私は笑みを収め、同時に辰也が続けた。

「千夏の……、いや、如月のことなんだ」

千夏、という聞きなれない音が耳を打った。

その瞬間、私は唐突に多くのことを直感した。直感はしたが口には出さなかった。その出さなかったことを、辰也が吐き出した。

付き合い始めたんだ、と。

いつもよりずいぶん冷える夕暮れだと思った。

「わざわざ人に宣伝するようなことじゃないけど、栗原にだけはちゃんと伝えておかないといけないと思って……」

「……特段、報告を求めた覚えはないが……」

「千夏は……」

一瞬声を途切らせた辰也は、すぐに語を継いだ。

「千夏はずっと、栗原に憧《あこが》れていたから」

盤上に日没寸前の夕日が差していた。

私が組みあげた優美な美濃囲いが、鮮やかな朱に染まり、凹凸のある影を盤上に描いていた。

「僕も君たちを応援するつもりでいた。だけど……」

「王手」

私の手が静かに駒を進めていた。我ながら無駄のない優《すぐ》れた一手だと感心する。わずかに狼《ろう》狽《ばい》を見せた辰也がすぐに王を逃げ道へといざなう。

「だけど、一年間、君は千夏とただ将棋を指すだけだった」

「王手」

将棋を指すだけ、とは驚いた。如月と対局をすることに無上の楽しみを覚え、それ以上の何かを求めるということをしなかった己の甘さが、唐突に眼前に露呈した。

辰也がそっと王を動かし、それから顔を上げた。

「栗原、僕は千夏が好きだ」

決然たる声だった。

「そして君は僕の友人だ。だから、伝えておかなければいけないと思ったんだ」

「まったく暑苦しいセリフだ」と、笑おうとした言葉が、喉《のど》から先に出てこなかった。飛車を握りしめていた自分の手が一度だけ小さく震えたのが見えた。

どれほどの沈黙があったか、定かではない。ただ私は、抑揚のない声で応じていた。

「めでたいことではないか」

「栗原……」

辰也がわずかに肩の緊張を解いたのがわかった。

「君なら祝ってくれると信じて……」

「お前のことではない」

握りしめた飛車を、ゆっくりと辰也の王の傍らに置いた。

「私が初めてお前に勝ったことを祝っているのだ」

王手、と言って、渾身《こんしん》の一手を放った。彼と打ち始めて五年のうちで、おそらく最高の手であった。間違いなく決着の一手であった。

「まったくめでたいことだ」

秋の日は暮れるのが早い。すでにひと気のないロビーの片隅に夜の気配があった。

「こんな不手際な将棋を指す男では、如月を任せるにはあまりに心もとないな」

「栗原……」

「だが、めでたいことはめでたいものだ……」

ようやく伝えることのできた言葉であった。

なにが正しくてなにが間違っているのかなどわかりはしない。だが私はこの時この眼前の真《ま》っ直《す》ぐな男を祝福しようと、なかば本気で思ったのだ。

美しい後輩を前にして、自身に好意を持っていたことには微塵も気づかず、一年近くをただ将棋の相手だけさせて満足していた私に比べれば、かの生まじめなかつ篤実な朋友《ほうゆう》こそ、如月にとってつり合いの取れる相手ではないか、そんな感慨すら覚えていた。

視界の片隅で、辰也が声もなく、ゆっくりと頭を垂れたのが見えた。

「将棋部は解散だな」

静かに私は告げた。

暮れなずむ窓外を見やったまま、

「休みが明ければ卒業試験が始まる。我々もいつまでも遊んでいるわけにはいかん。如月も幽霊部員が相手では、対局することもできまい」

再び盤上に視線を戻せば、非の打ちどころのない完璧《かんぺき》な勝利がそこにあった。にもかかわらず、喜悦も感動も生まれなかった。

まだ何か言おうとする辰也を追い返し、医学部寮に帰って来たのは、日もとっぷりと暮れた夜半である。

玄関をくぐると、実家から帰ってきた何人かの学生たちが一階の食堂で宴会を繰り広げていた。一同が上半身裸でビールを重ねているのはいつものことであるし、そこに変人の栗原が、加わらないのもいつものことだが、この日ばかりは私は黙って宴席に交わり、さしてうまくもない缶ビールを手に取った。

「一止、めずらしいじゃねえか」

能天気な声を発したのは、学年一黒くてでかい、奇怪な風貌の大男であった。砂山次郎というその男は、寮の隣室だというまったくの偶然だけを理由に、私のことを親友だと吹聴してははばからない奇人であった。

「なんだか暗い顔してるじゃねえか、どうしたんだ?」

「暗いも何もない。これが生まれもっての自前の顔だ」

愛想のかけらもなく答えてから、缶ビールを一息に飲み干した。

空《す》きっぱらにビールが染みて、にわかに世界が揺らぎ始める。

「砂山、今日は朝まで付き合いたまえ」

私の言葉に、黒い巨漢がちょっと驚いたような顔をして、それからすぐににやりと笑った。

「いいぜ、いくらでも付き合おう。しかしひとつ条件がある」

新しい缶ビールを私に手渡しながら、

「砂山なんて他人行儀でいけねえ。次郎って呼んでくれや、一止」

満面の黒い笑みに、一瞬妙な感情がこみあげる。私はにわかに缶ビールを掲げて大声をあげた。

「乾杯だ、砂山!」

二本目も一息に飲み干して、ふと寮の中庭に目を向ければ、盛りを終えた夾竹桃が、淡い月光を受けて、ゆっくりと夜風に揺れていた。

医局のソファで、大狸先生と古狐先生が将棋盤を囲んでいる。

夜半の医局に戻ってきたところで、そんな珍しい光景を見つけて、さすがに私は足を止めた。

古びた将棋盤をはさんで、恰幅《かっぷく》のよい大狸先生とやせ細った古狐先生が向かい合っている様は、なかなか奇景である。閻魔《えんま》と死神が、あの世の差配を相談しあっているかのようだ。

「よお栗ちゃん、いつもお疲れさん」

豪快な笑い声とともに大狸先生が片手を挙げる。ちらりと盤上を覗き込んで、また当惑した。

「挟み将棋ですか？」

「挟み将棋だ」

盤上には十八枚の歩が、互いに入り乱れたまま睨みあっている。

「机の上に将棋盤が置いてあるのが目に入りましてね。ひとつ部長先生と指そうという話になりました」

「久し振りだよな、内藤。学生の頃から散々指してきたから、かれこれ五百戦くらいにはなるか？」

「何を言っているんですか、先生と将棋を指したことなんて一度もないじゃないですか」

大きな狸の笑い声に、古い狐が端然と微笑を返す。

狸と狐の化かし合いは、いつものことながら何を目的としているのかさっぱりわからないが、真面目に関わると疲れるだけだから、適当なところで話題を転じた。

「副部長先生、先日は細君がお世話になりました。一日ずっと千代夫人にお付き合いをしていただいたようで……」

「いえいえ、こちらこそ千代が楽しい時間をありがとうと言っていましたよ」

細い指で歩を進めてから、

「うちには子どもがいませんからね。私にしても千代にしても、榛名さんを見ていると、まるで娘を見ているような気持ちになるのです。今度はぜひ、二人そろってうちに遊びに来てください」

「嬉しい限りです。そのためには、まずはお互い家に帰れるようにならなければいけませんが……」

私の言葉に古狐先生は苦笑する。

「なるほど、自宅にも帰れない状況では、招待するのも応じるのも無理な話ですね」

「内科医がひとり増えたというのに、患者はそれ以上に増えているというのが現状です」

「その増えた内科医が、最近じゃ、結構遅くまで頑張ってるみたいじゃねえか」

口を挟んだのは大狸先生だ。

「夜中でも病棟で見かけることがあるぞ」

「若い女性のアプラ（再生不良性貧血）がいるんです。さすがに専門領域の治療については、他人に丸投げするほど阿呆《あほう》ではありませんから、走り回っているのでしょう」

私が言えば、大狸先生と古狐先生が同時にそれぞれの笑みを浮かべた。にわかに不気味である。

「なんですか？」

「いやぁ、なんだかんだ言っても、栗ちゃんは進ちゃんのことを心配しているんだな、と思ってな」

「心配して当然です。奴が働くか否かで我々の仕事量も変わるのですから。だいたいなんですか、その進ちゃんというのは」

私の抗議に構わず、古狐先生が口を開く。

「先生のおかげで進藤先生も少しは変わったのではありませんか？」

「買い被《かぶ》りです。私は別に何もしてはいません」

「頭からコーヒーをかけておいて、何もしていないとはたいした度胸ですねえ」

にこにこ笑いながら核心をつくことを言う。

「まああまり辛口になるのも考えものですよ。進藤先生は時間通りに出勤し、時間通りに帰って行く。異常なことをしているわけではありませんから。おまけに彼が優秀な内科医であることも確かです」

意外な応答が返ってきた。

古狐先生の目に映る辰也の姿は、私の見ている姿とはずいぶん異なるらしい。

「なんだ、内藤、ずいぶん進ちゃんを高く買っているじゃねえか」

「そういうわけではないんですが……。ほら、先生、油断しているものだから、ひとつ頂きますよ」

古狐先生の手がふわりと動いて、大狸先生の歩をひとつ盤上から取り去った。

狸と狐の挟み将棋に見とれているわけにはいかない。

病棟廊下を歩いて回診を始める。

心不全、心不全、肺炎、肺炎、肺炎、尿路感染、心不全、腎不全、肺炎……。手前の病室の患者ことごとくが八十歳以上だ。そんな高齢社会の縮図の中を歩き回り、留川トヨさんの病室の前まで来て、私は足を止めた。中から、しわがれたかすかな歌声が聞こえてきたからだ。

「木曽のナーアーアー、中乗《なかのり》さんはー」

懐かしいような切ないようなその旋律は、民謡「木曽節」の一節である。

けして大きな声ではない。だが不思議と胸を打つ深い響きがそこにある。

そっと病室に足を踏み入れると、付き添いの孫七さんが、トヨさんのベッドの横で、いつものようにちょこんと腰かけ、白い眉の下に目を伏せたまま、ゆっくりと小柄な身を前後にゆすっている。歌っているのは孫七さんなのだ。

「木曽の御嶽、なんちゃらほい、夏でも寒い、ヨイヨイヨイ……」

これが九十五歳の老人の声かと驚くような味わいのある響きである。

絶妙な節回しとその上げ下げ、途切れるかと思えば続く声。古寺の大鐘のように隠々《いんいん》と響く抑揚には、一世紀を生きてきた老人の人生そのものがある。

私は入口脇で足を止めたまま、耳を澄ませた。

寝たきり高齢者ばかりの動きのない四人部屋に、孫七さんの声が静かに染みわたっていく。

いつもは痰《たん》がらみの危険な咳《せき》を繰り返している他の患者までが、耳を澄まして聴き入っているかのようだ。

一番を歌い終えたところで、トヨさんが小さく咳をし、孫七老人がそっと目を上げた。と同時に私に気づいて、小さく頭をさげた。

「先生かい。すまないね。トヨさんは歌が好きじゃったもんで」

「かまいません。私も思わず聞き入ってしまいました。マゴさんが歌っているときは、ほかの患者たちもおだやかな顔に見えます」

「家にいる頃からよく歌って聞かせたもんだでね」

ふいに老人の骨ばった肩が小さく揺れた。笑っているのである。

「木曾節はトヨさんも一番好きな歌じゃったよ。去年は木曾路の桜を眺めながら一緒に歌ったもんじゃ。今年はひとりになってしもうた」

ほうと小さくため息をついて、

「もう一緒には歌えんじゃろうかね」

淡々としていながら、その根底に哀愁が沈滞していた。

私が何か答えるより先に、さて、と一声あげて、マゴさんは立ち上がった。

「いつも遅くまでありがとうございます。また明日来ますで。よろしくお願いします」

そう言って、マゴさんはそのままひょこひょこと病室を出て行った。

床上のトヨさんは酸素マスクの下でかすかな寝息をたてている。酸素状態は悪くはないが、痰の量が多く、レントゲンもけして改善しているとは言い難い。どこまでがんばれるか正直心もとない病状だ。

それぞれの時間の流れがここにある。

私はただ、過ぎゆく命とともにこの時間の流れを共有することしかできない。

内科医には武器がない。

外科医や婦人科医のように、いざとなったらメスが出てきて滞った現状を打破してくれることはない。あるのは、ただ病室を訪れる二本の足だけである。その二本の足を互い違いに踏み出して、遅々たる歩みを続けるのが内科医なのである。

三十人の回診を終えて、医局に戻ってきたのは、夜九時を過ぎるころだ。さすがに大狸先生と古狐先生の姿はなく、ずらりと並んだ電子カルテの端末が、淡い光を放っているばかりだ。

その片隅に見なれた巨漢の外科医を見つけて、私は足を止めた。

思わずついたため息は安堵《あんど》のため息である。こんな夜は、この黒くてでかい背中を見つけるとなにやらほっとする。無論、表には出さない。

「疲れてるじゃねえか、一止」

医局に堂々たる大声が響き渡った。

「言うまでもない、疲れている」

憮然と応じてソファに腰をおろせば、すっくと立ち上がった次郎が、キッチンに入ってコーヒーの準備を始めた。

「ずいぶん高齢者を多く抱え込んでいるんだってな。陽子が言っていた。栗原先生も少し参っているんじゃないかってな」

「観察力にすぐれた恋人がいて結構なことだ。次郎にも少しは見習ってほしいものだな」

「なんだ？　じゃ、俺も一止を見るたびに神妙な顔をして〝大丈夫ですか、栗原先生〟とか言ってみようか」

「一度でもそんなことを口にしたら、胃カメラでお前の頭をたたき割った上に、壊れたカメラの請求書も送りつけてやろう」

わははははと能天気な声をあげながら、キッチンから出てきた次郎が私の前に一杯のコーヒーを置いた。どれほど多忙でも、いかなる逆境においても、この男が弱音を吐いたところは見たことがない。この一点だけは私が次郎に及ばないところである。

胸中嘆息しつつ、コーヒーを一口飲めば、身の毛もよだつすさまじい味わいが口中にあふれた。

「……相変わらず砂山ブレンドは健在のようだな」

絶句とともにつぶやけば、次郎は勝手に勘違いして嬉しそうに笑っている。

次郎特製のコーヒーが、本庄病院名物の「砂山ブレンド」である。

作り方はしごく簡単である。どこにでもあるコーヒーカップを一つ取り出し、そこに信じがたい量のコーヒー粉末と、さらに大量の砂糖を放り込んで熱湯を注ぎこめば完成だ。一杯飲めば、三日三晩の過労も吹き飛ぶ劇薬であるが、まれになけなしの健康まで吹き飛ばされることがあるから要注意である。

毒薬をうまそうに飲む次郎にげんなりしつつ、私はソファにもたれかかった。

「外科もなかなか多忙なようだな。今日も緊急か？」

「ついさっき救急部にヘルニアの嵌頓《かんとん》が来たんだ。たぶんオペになるだろうな」

「連日の緊急オペには恐れ入る」

「外科だけじゃねえんだよ。循環器もここんとこ毎日夜中に心カテが入ってるみたいだ。どこも厳しいよな」

心カテというのは、心臓カテーテル検査の略で、この場合は主に心筋梗塞《こうそく》の患者の、詰まった血管を広げる処置を意味している。

「AMI（心筋梗塞）は一刻一秒を争う疾患だからな。迷っている暇すら惜しいから、どうしても先手を打ってコールせざるを得なくなる。呼びだしを受ける循環器の方は大変な話だろうが……」

「呼んだかね」とふいに降ってきた声に、振り返れば、噂の渦中の人が立っていた。循環器内科の自若《じじやく》先生である。いつでも泰然《たいぜん》自若としているから自若先生と呼んでいる。心疾患のエキスパートだ。

「久しぶりだね、栗原先生、砂山先生」

深みのあるバリトンを響かせながら、静かにソファに腰をおろした。次郎が「お疲れさまです」と大声で答えながら、キッチンに入っていった。自若先生にも砂山ブレンドを奉ずるつもりなら、適当なところで止めなければならない。

自若先生はというと、連日の緊急カテとは言いながら、少なくとも外面上はその泰然たる態度に微塵の揺らぎも見えない。

「同じ院内にいて久しぶりというのも妙ですが、確かにお久しぶりです、先生。大丈夫ですか？」

「患者の容体かね？」

「先生の体調です」

「問題ない」

これが自若先生の口癖である。

「しかし久しぶりに会った医者同士の会話が、患者の容体より互いの体調を慮《おもんぱか》ることに用いられるというのは妙な話だな」

「同感です」

自若先生は悠々と腕時計を見やる。私が水を向ける。

「まだ処置があるんですか？」

「あと二十分で胸痛の患者が救急車でくる。場合によってはカテになる」

「……過酷ですね」

「二十年前から同じだ。問題ない」

静かに応じたところで、キッチンからコーヒーカップを持った次郎が出てきた。

「先生、お疲れさまです。コーヒーどうですか？」

「すまない、いただこう」

あっさり答える自若先生を見て、慌てて私は制止の声をあげたが、いささか怪訝《けげん》な顔をした自若先生は、

「問題ない。私は味覚にはうるさくない人間だ」

静かに応じて一口を飲んだ。とたんにそのまま凍りついた。ゆうに三秒は置いてから、ゆっくりとカップを離すと、今度は穴があくほどそれを見つめた。

押し殺した声が医局に響く。

「……問題がある」

やがて次郎へと顔を向けた。

「砂山先生、これは何かな？」

「これですか？　ただのコーヒーですよ」

答えながら、次郎が平然と飲みほすのを見て、自若先生は怯《おび》えたようにかすかに肩をふるわせた。丁度窓外から救急車のサイレンが聞こえてきて、先生は救われたように立ち上がった。

「患者が来たようだ。失礼する」

泰然自若の先生にしては珍しく、あわただしい様子で医局を出て行った。

「大丈夫かな、先生。なんか顔色悪かったけど、相当疲れてるんだろうな」

「顔色が悪かったのは、疲れのせいではないだろう」

「じゃあ何のせいなんだ？」

「……なんでもない」

私もまた反論する気力を失って口を閉ざした。

次郎の無神経の前には、私のなけなしの気力も自若先生の非の打ちどころのない落ち着きも、なんの役にも立たないらしい。

再びソファに腰をおろした次郎が、思い出したように口を開いた。

「そう言えば、陽子から聞いたぞ、病棟コーヒー事件。とうとうやらかしたな、一止」

「どうも勘違いが多いようだから言っておくが、私が誤ってコーヒーをこぼしたら、偶然その下に辰也がいただけだ」

「なんだ、そうだったのか」

冗談の通じない男である。

「でもタツも少しはまともになったんじゃないか。来ない来ないと苦情ばっかりだったけど、最近じゃこの時間でも病棟で見かけることがある」

「重症がいるのだ。アプラの骨髄移植まで検討しているとなると、消化器内科医には手の出しようがない」

「そりゃそうだな」

ぼりぼりと頭を掻《か》きながら、次郎がつぶやいた。くたびれた私が軽く肩をすくめただけで天井を見上げていると、何気ない様子でそのまま語を継いだ。

「いろいろ言われてるけど、タツも大変だよなあ。せめて千夏ちゃんが一緒にいてくれれば何とかなるだろうに、彼女、すっかりおかしくなっちまったって話だからなあ」

一瞬意味をはかりかねて、私は天井を見上げたまま数秒を過ごし、それからゆっくりと頭をもたげて次郎を見返した。

とたんに次郎が自分の失言に気づいて口を手で覆ったのだが、それがかえって私の聞き間違いではないことを決定づけていた。

「なんの話だ、次郎」

私は首を起こしたまま、静かに、できるだけ静かに問うた。

「如月がおかしくなっただと？」

「いや、そりゃ……」

「タツと如月の間に何かがあったらしいことは察していた。貴様が何かを知っているということも、気づいていた。だが今の言葉は聞き捨てならん話だぞ」

ゆっくりとソファから身を起こす。

巨漢はあからさまに狼狽し、目をきょろきょろさせていたが、私が常にない険悪な目で睨みつけると諦めたように深くため息をついた。

「別に隠してたわけじゃねえんだ。俺も大学の医局に顔を出したときに偶然噂を聞いただけで、詳しいことは知らねえんだよ」

決まり悪そうに頭を掻いてから、

「帝都大学から信濃大学の外科に来た奴の話だ。千夏ちゃんて小児科医だろ。なんかすげえ猛烈に働いているらしくって、ＩＣＵとかに子どもが入院すると、何日でも泊まり込んで家にも全く帰らないらしいんだ。医者としては優秀なのかもしれないが、あれじゃ旦那もたまらないんじゃないかって話してた……。旦那が嫁さんを置いて信州に逃げ帰った気持ちも、わからなくはないってな」

次郎の言葉が、実感を伴って頭に入ってこない。なにやら奇怪な記号のように私の頭上を通り過ぎて行く。

「……如月は辰也とともに帰ってきたわけではないのか？」

「今も帝都病院の小児科にいるって話だ」

目の前が真っ暗になる思いがした。必死に頭の中を整理しようとしても、如月の日に焼けた笑顔が過ぎていくだけだ。

「大学にいる同期の奴らはみんな知っている話だ。何も知らないのは、医局に入っていない一止くらいだよ」

呆然《ぼうぜん》としているうちに、次郎の院内ＰＨＳが鳴り響いた。

「すぐ行く」と答える次郎の声が、水の底で聞くように、遠く不明瞭《ふめいりょう》に耳を打った。


「ひどい顔してるわ」

聞き慣れた声が降ってきて、私は頭上を振り仰《あお》いだ。言うまでもなく東西である。

「前にも言ったはずだ。ひどいのは顔ではない。疲れだ、と」

はいはい、と答えながら、いつもの手際の良さで書類を片付けていく。

電子カルテ上には大量の入院患者の名前が並んでいる。医局でしばらく自失しているうちにこれではダメだと病棟のスタッフステーションまで出てきたものの、思考はいっこうまとまらず、無為に時だけが過ぎている。

「タツはまだいるか？」

「さっき白血病の患者さんの部屋にいたから、もうすぐ戻ってくるはずよ」

そうか、と答えて私はゆっくりと立ち上がった。

「タツが戻ってきたら連絡をくれ。あいつに聞きたいことがある」

告げれば、東西は何かを察したように、黙って首を縦に振った。

そのままステーションに背を向け、廊下に出たところで、ちょうどエレベーターのドアが開いて、病棟に入ってきた人影に出くわした。

小さな子どもの手を引いた、初老の女性である。夜の病院という慣れない空間で少し戸惑ったように立ち止まり、私を見つけて丁寧に頭をさげた。

私が思わず足を止めたのは、その面貌に何か見知ったものを感じたからである。女性が遠慮がちに声を発した。

「すいませんが、進藤辰也はおりますでしょうか？」

私はほとんど無意識のうちに頷いていた。


「進藤せつといいます」

足元の落とし物でも拾うつもりかと思うほど深々と頭をさげた女性は、東西に問われるままに丁寧に付け加えた。

「進藤辰也の母です。こんな時間に申し訳ありません」

私はにわかに合点した。辰也の母には学生時代に何度か会ったことがある。しかしあの頃と比べてずいぶん髪が白くなり、すぐには気づかなかったのだ。

珍客の出現に戸惑いつつ答えたのは東西である。

「今ちょっと回診に出ていますが、もうすぐ戻ってくると思います」

「遅い時間にすいません。どうしてもこの子がパパに会いたいってぐずるもので」

辰也の母が、右手に引いた女の子に優しげな目を向けた。

「夏菜《なつな》ちゃん、ごあいさつは？」

問われた女の子は祖母の足にしがみついたまま、じっと私を見上げている。目が真っ赤なのは泣きはらしたせいだろうが、今はむしろ好奇心がまさって涙は見えない。物おじしない性格のようだ。

祖母に促されるままに、少女は首だけ少し動かして「ナツナだよ」と答えた。慌てて私も名を名乗ると、少女は、大きな目を見開いて告げた。

「クリハラって知ってる。パパのお友達」

思わぬ力強い返答だ。

「よく知っているな。パパの友人の栗原だ。よろしくな」

しゃがんで生真面目な顔で告げれば、かえって少女はびっくりしたように祖母のスカートの後ろに隠れた。「怖がらせてどうするのよ」と東西の声が降ってくる。丁度そのタイミングで、廊下の向こうから辰也が歩いてくるのが見えた。

ほとんど同時に、女の子が「パパ！」と叫んで飛び出した。

「夏菜、どうしてここに」

驚きながら、駆けてきた少女を抱き上げる辰也の姿はまるっきり父親の風情である。そのまま女の子をかかえて歩いてくると、母の姿に気づいて二度びっくりする。

「母さんまで……」

「夏菜ちゃんがどうしてもお前に会いたいと言って聞かなくてね」

柔らかな苦笑を浮かべつつ、

「ここのところ毎日帰りが遅かったから夏菜ちゃんもずいぶん我慢していたみたいだけど、今日はどうしてもって聞かなかったんだよ」

辰也はそっと娘を首から離そうとしたが、娘は娘でしっかりとしがみついて離れない。

「こら夏菜。わがままはいけないって言っただろう」

「わがままじゃないもん」

思いのほか強い声が答えた。少女は父親の首にしがみついたまま、ぐずついて離れない。

「ナツナ……わがままじゃないもん……」

一層力をいれてしがみつく娘はほとんど涙声になった。

辰也は戸惑いを隠しきれないまま、それでも諭《さと》すように言った。

「夏菜、パパはまだ仕事が終わっていないんだ。だから……」

「心配ない。パパの仕事なら今、丁度終わったところだ」

にわかに口を挟んだのは私であった。突然の闖《ちんにゅう》入者に辰也と母と東西が振り返る。少女までもが泣きはらした顔を少しだけ私に向けた。

「タツ、お前は父親だろう。血迷ったことを言っている暇があったら、娘のそばにいてやればよい」

「栗原、だけど……」

「仕事がなんだ。医者がなんだ。もっと大事なものがあるだろう」

「いつもと言っていることが逆だよ、栗原」

「逆でも順でも構わん。少なくとも夜中の病棟業務なら私で代用が効くだろうが、娘のそばにいてやることはお前にしかできんことだ」

無茶苦茶な論法に、東西が呆れ顔になっている。

辰也は、困ったような顔で、それでも苦笑を浮かべたあと、母へ目を向けた。

「母さん、迷惑をかけてごめん。まだ少しだけ時間がかかるから、夏菜は僕が連れて帰るよ。先に帰ってて」

息子の言葉に母は、少し心配そうな顔をした。

「栗原と話もあるんだ。連れてきてもらいながら、勝手なことを言って悪いけど」

口調はおだやかに、それでもはっきりと告げる息子の姿に、母もそれ以上反論しようとはしなかった。


夜空に月が出ている。

まばゆいばかりの光を放つ上弦の月である。春の月には霞《かすみ》が多いが、今夜は格別雲もなく鮮やかな月光が路地へと降り注いでいる。

とぼとぼと帰路をゆく私のすぐ前方を歩いているのは、娘を背負った辰也である。こうして暗がりで見ると怪しげな誘拐犯のようにも見えるが、正真正銘の親子である。娘の夏菜は、病棟で待ちくたびれたあげくすっかり眠ってしまい、今は父親の背中の上で心地よげな寝息を立てている。

黙々と歩く私を、辰也が肩越しに振り返った。

「冴《さ》えない顔だね、栗原」

「誰のせいだと思っているんだ」

怫然《ふつぜん》として応じても、辰也は苦笑を浮かべるばかりだ。

縄手通りを越えた先に見えてきたのは、暗がりに佇む松本城である。国宝の名城も今はライトアップもなく月光を受けて粛然とそこに控えている。堀の前まで来たところで、辰也はそばのベンチに腰を下ろした。

その額にすこしばかり汗が浮いている。

「三歳にもなるとすっかり重くなっておんぶも大変だよ」

そんなつぶやきが漏れた。

私はすぐそばの自販機でコーヒーを二つばかり買い込んで一方を辰也に手渡すと、辰也は苦笑まじりに答えた。

「もう勘弁してくれよ」

「何がだ?」

「コーヒーは飲むものだ。かけるものじゃない」

「ずいぶん根に持つ男だな」

ぼやきながらその横に腰かける。ちょうど私と辰也の間に寝ぼけ眼《まなこ》の娘をはさみ、我々は月夜の松本城を見上げた。

堀の水面には淡く青白く城がうつり、ときどきそれがゆらりと揺れる。小さな突起物が水面を動いていくのは、亀の頭であろうか。波紋を引くように、ゆっくりと堀の中央を行き過ぎ、やがて水面下に没した。

ようやく冬の名残りも消えて、今夜はこうしていてもさほど寒くはない。

私は月下の城を見上げつつ、大きくため息をついた。

すでに時刻は十時を過ぎていた。

辰也が病棟業務を終えたのは、九時半ころであり、夏菜はすっかり安心してしまったのか、スタッフステーションの簡易ベッドですやすやと寝息をたてていたのである。辰也は夏菜を慣れた動作で背負いあげ、三人で帰路についた次第であった。

「色々と聞きたいことがある」

「……そうだね」

ようやく告げた私に、辰也はかすかな声で答えるばかりだ。

しばしの沈黙ののち、私は再び語を継いだ。

「如月がおかしくなったと聞いた。事実か？」

「事実だよ」

ふいにふわりと舞い降りてきたのは頭上に広がる満開の桜の花びらだ。風に舞う桜花が、月光を受けて青白く光り、一瞬蛍の飛翔のように見えた。

見とれるように眺めながら辰也が言った。

「栗原にだけは、伝えなければいけないことだった。でもそれができなかったのは、僕の弱さだ」

私は答えない。そんなことはたいした問題ではない。

「……いやな話になる」

「今さらめでたい話を聞こうとは思わん」

数刻の沈黙ののち、黒衣の城に目を向けたまま、辰也がそっと口を開いた。


「僕と千夏が勤めていたのは東京の第一線の病院だった。血液内科も小児科も、高度な専門医療を維持し、日本中から難病が紹介されてくるような病院だ。仕事は過酷だったけど、遣り甲斐《がい》はあった。忙しくても幸せだと思える毎日で、三年目になる頃には夏菜が産まれた。今思えば一番幸福な時期だったのかもしれない」

「私に手紙をくれた頃だな」

辰也がそっと頷いた。

小さな命を抱え込むようにした如月と辰也の写真は、今も私の机の引き出しにおさめられている。無限の輝きと可能性に満ちた一家族が、小さな一枚の中で最高の笑顔をみせていた。

「千夏も、夏菜が産まれて一年は育児休暇を取ったけど、そのあとは第一線に戻ってまた働き始めた……」

でもね、と辰也はふいに眉をゆがめた。

「僕の気がつかないところで、いつのまにか千夏は、少しずつ追い詰められていったんだ」

ふいに遠くからわっと小さな歓声が聞こえた。

二の丸庭園のどこかで、若者の一団が花見をやっているらしい。風にのって抑揚とともに聞こえてくる歓声が、なにやら遠い祭囃子《ばやし》のようだ。

「育児休暇なんて簡単に言うけど、医療の世界は日進月歩だ。一年ぶりに戻ってみれば自分の知識はとっくの昔に過去のものになっている。それでも立場だけは新人というわけにはいかないから大きなプレッシャーがかかっていたんだろう。ただでさえ過酷な労働環境は千夏にとって、尋常でない重圧をもたらしたのかもしれない。不安、焦燥、苛立《いらだ》ち、そういったものが彼女の心を急速に蝕んでいったんだ。その心の闇に、おそらく千夏自身が気づいていなかったんじゃないかと思う。だからこそ、誰にもそんな様子を見せなかったし、僕も気がつかなかった。そんなある時、現場復帰してからずっと主治医を続けていた白血病の子どもの化学療法中に、彼女が体調を崩して一日だけ休んだことがあった……」

ふいに辰也は言葉を切った。

風もないのに、薄紅色のひとひらが、はらりと眼前を舞い降りた。と思ったとたん、颯《さつ》と強い風が吹き抜けて無数の花びらが舞い上がる。

堀の水面に映る城がかき消えて、桜色のさざ波になった。

「休んだ日の翌日のことだ。病み上がりをおして病室に出向いた彼女に向かって、子どもの両親が言ったんだ。〝患者のために命がけで働くのが医者の務めじゃないか〟ってね。たった一日休んだ千夏を家族は罵倒《ばとう》したんだ。お前に主治医の資格はない、交代だって」

急に気温がさがったように寒気を覚えて、手中の缶コーヒーを握りしめた。

「家族はその日のうちに、主治医の交代を病院に申請し、夜の診療会議で、千夏が治療チームから外されることが決定した。丸一年一日も休まず、必死になって治療してきた少年の診療からあっさり外されたんだ。その日の夕方、病棟で見かけた千夏は、見たこともないほど真っ白な血の気のない顔をしていた。大丈夫かって聞いた僕に、彼女は抜け殻のような乾いた微笑を浮かべただけだった……」

視線を落とし、すぐに語を継ぐ。

「それ以来だよ、千夏がおかしくなったのは。毎日病院に泊まり込むようになり、ほとんど家に帰ってこなくなった。いつでも病院中を駆け回り、まるで何かに追われるように命をすり減らして働くようになったんだ」

深いため息がもれた。立ちこめた沈黙を振り払うように私は問うた。

「いつの話だ？」

「ちょうど一年前。夏菜が二歳になったばかりのころ」

一年……。

胸中で重いつぶやきが漏れた。

「家に帰ってくるのは週に二回ほど、夜中に着替えを取りに帰るだけ。どんなに忙しくても休まなかった夏菜の保育園の迎えも一切しなくなった」

私は青白い顔で院内を駆け回る如月を想像しようとしたが、うまくいくはずもない。

「最初は一時的なものだって思ってたんだ。辛い経験のせいで我を忘れているだけだろうって。だからしばらくは僕が仕事を切り詰めながら、夏菜の世話をしていた。だけど二ヶ月が過ぎても、千夏は元に戻るどころか、何かに取り憑《つ》かれたように働き続けた。病院で会った時に話しかけても上《うわ》の空で、一度心療内科にかかろうと相談を持ちかけたこともあったけど、いつも熱に浮かされたような眼で『大丈夫』って言うだけだった。そうこうしているうちに、僕の立場も難しくなってくる。夏菜の迎えやご飯の支度でどうしても早く帰らなければいけない。そんな状態で臨床がつとまるはずもない。ある時医局長に呼び出されて言われたよ。『育児の片手間で、医者が務まると思っているのか』ってね」

辰也の口元に自嘲《じちようてき》的な笑みが浮かんだ。

「それまで築き上げてきた信頼も何もありはしない。ベビーシッターを頼んだって限界がある。夏菜が熱を出して帰るたびに、無責任な奴だと後ろ指を指された。嫁は患者のために泊まり込んでいるのに、お前はさっさと帰宅する。子どもが産まれてから進藤はダメになった。そんなことを面と向かって言われたこともある」

「如月はお前の苦境に気づかなかったのか?」

「気づいていたかどうかすらわからない。いずれにしても……」

「もとの如月には戻らなかったんだな」

「戻らなかっただけじゃなかった」

辰也の声がかすかに震えて聞こえた。

「去年の末の話だ。夏菜が百日咳でひどく弱った時期があってね。何日か仕事を休んで夏菜のそばに居たんだけど、千夏は一日も帰ってこなかった。もともと僕がそばにいれば、あまり泣かない夏菜が、その時だけはママに会いたいって散々泣き叫んだんだ。咳もおさまらないから、直接、帝都大学病院の小児科に連れて行くことにした。診察をしてもらう合間に少しくらい千夏に会う時間ができるだろうって。……だけどそれでも会えなかった」

辰也の手がそっと伸びて、上着にくるまれた娘の頭をなでた。

「救急外来の受付から連絡をとってもらったら『今は忙しい』って、人づてに返事がきただけだ。連絡してくれた看護師の申し訳なさそうな顔だけは、今でも克明に覚えている」

深いため息が聞こえた。

心の奥底まで冷え冷えとするため息だ。

「その夜、咳きこみながら、いつまでも泣いている夏菜を見て、決めたんだ。このままではだめだ。夏菜のために信州に帰ろう。全部やりなおそうってね」

辰也が痛々しい微笑を浮かべた。

「そうやって、僕は東京から逃げ出してきたんだよ……」

声が途切れた。

もはや祭囃子は聞こえてこなかった。

あれほど舞い上がっていた花びらでさえ、ふいに姿を消したようだった。

「なあ、栗原」

再び淡々とした声が聞こえた。

「昼も夜もなく働き続ける千夏を見て、みんなは何て言ったと思う？　『立派なお医者様ですね』だってさ」

乾いた笑声のただ中に痛切な響きがあった。

軽く目もとに手を当てたのち、辰也は、孤独な光をたたえた目を堀の彼方へと向けた。

「……狂っていると思うんだよ、僕は」

「タツ……」

「医者は、患者のために命がけで働くべきだという。この国の医療は狂っているんだ。医者が命を削り、家族を捨てて患者のために働くことを美徳とする世界。夜も眠らずぼろぼろになるまで働くことを正義とする世界。主治医？　馬鹿を言っちゃいけない。二十四時間受け持ち患者のために駆けずり回るなんて、おかしいだろう。僕たちは人間なんだぞ。それでもこの国の人々は、平然と中傷するんだ。夜に駆け付けなかった医師に対して、なぜ来なかったのかと大声をあげるんだ。誰もが狂っていて、しかも誰もが自分が正しいと勘違いをしているんだよ。違うか、栗原」

血を吐くような言葉の連なりであった。

大きな声ではなかったが、それはまぎれもなく激昂《げっこう》であった。その憤りの波動が切々と夜の樹間に響き渡っていった。

にわかに私が慄然《りつぜん》としたのは、脳中に細君の笑顔を浮かべたからだ。

ようやく高遠から戻ったハルとまともにすごした時間はどれほどあったであろう。旅から帰ってすでに一週間近いが、食事すらほとんど一緒に摂れていない。いつ何時《なんどき》に戻っても端然と座して微笑する細君の姿に、気付かぬまま胡坐《あぐら》をかいている自分が確かに見えた。当たり前のように繰り返されてきた日常が、急に平均台の上のきわどいバランスのように見えた。

無言で視線をめぐらせれば、城の堀端を、先刻騒いでいたらしい花見客の一団が移動していくのが見えた。音は聞こえず、月光を受けた影の集まりだけが静かに移動していく姿は、死者の葬送のようだ。

「良心に恥じぬということだけが、我々の確かな報酬だ」

ふいにつぶやいたのは私である。

出口の見えない葛藤を背負った辰也に、どれほど意味がある言葉であるか、私にもわからない。だが我々をつなぐ言葉は、このほかに何もなかった。

「いい言葉だな、タツ。我々が夜、何をやっているのか。盆や正月に家族を置いて、どこにいるのか。誰も気づかない。だがそれが何だと言うのだ。お前はつねに胸の内に秘めた確然たる良心に沿って、己が筋を通してきたではないか」

超然たる我が声が、中空に響いた。

「いかな逆境においても、ただ良心に恥じぬということが、我々のすべてだ」

いつのまにか私を見つめていた辰也が、かすかに微笑んでいた。

優しげな苦笑であった。

「……相変わらずだね、君は。あの頃から本当に変わっていない」

「人間がそうそう変わるものか。お前だって同様だ」

「僕が？」

「伊達《だて》に五百戦も駒を打ち合ってきたわけではない。将棋の一手は棋士の心中を表すと言う。お前の居飛車には散々な目に合わされてきたが、先日打ち合った時も、その勢いに一寸の陰りも見えなかった。つまりお前はこんな所で膝《ひざ》を屈する男ではないということだ」

「栗原が言うと、無理やりな話でもなんだか説得力を持ってくる」

「通らぬ無理なら、腕力をもって押し通せばよい。さすれば転じて道理となるのが世の中というものだ」

「生理学教室の暖房を止めて、教授をやっつけたようにだね」

「そのとおりだ」

もう一度辰也は、今度ははっきりと笑った。それから上着にくるんだ娘を背負いあげた。

「行くのか？」

「夏菜をいつまでも夜風に当てるわけにはいかないからね。明日も朝から外来がある」

歩き出そうとした刹那《せつな》、肩越しに振り返った辰也の目が一瞬泣いているように見えた。私はほとんど反射的に旧友を呼び止めていた。

「辰也、ひとつだけ言っておく」

三度春風が吹き抜けて、花びらが夜空に舞う。

「また一局を指そう。そのくらいの時間はあるはずだ」

私にとってはそれが精一杯の励ましであった。

少し間を置いて、辰也が静かに微笑した。見知ったいつもの涼しげな笑みに見えた。わずかにその孤独な瞳に体温が通ったように思われた。

「……帰ってきて正解だったよ……」

強い風音にかぶさるようにかすかな声が続いた。

「本庄病院に来れば、君に会えると思っていたんだ」

一瞬戸惑い、その言葉の意味を解した時には、辰也はすでに背を向けて歩き出していた。

おい、と声をかけても立ち止まらない。歩調をゆるめぬまま、右腕を一度だけ高く掲げたきりだった。

小さな女の子を背負ったひとりの男が、城の堀端をゆっくりと、しかしゆるぎない歩調で歩いていく。

天守をめぐるように過ぎていくその姿は、時代遅れの古武士のごとく、有り余る悲哀と孤独を背負い込んだまま、なおも確固たる足取りを失ってはいなかった。

第三話　花桃の季節

山と山とが連なっていて、どこまでも山ばかりである。

深沢七郎の名短編「楢山節考《ならやまぶしこう》」はかかる一文で始まる。短くとも、信州の山野を記した名文であろう。この味わいは、やはりそこまで行ってみなければわからない。北アルプスの山並みは、まさしく山また山の連なりなのだ。

空気が芯《しん》まで澄み渡ってはるか遠方まで眺められる冬よりも、春霞《はるがすみ》がかかっておぼろに山野がかすむ五月の方が、その連なりが実感できる。はるか彼方《かなた》の稜線《りょうせん》がにじみながら、重なりながら陽射《ひざ》しの向こうに溶けていく様子は、一幅の水墨画のように美しい。

そんな佳景を背景に、「蕎麦《そば》屋しんどう」の古びた一枚板の看板が春風に揺れているのを見つけて、私は足を止めた。松本城から北へ、車も入れぬような小路の奥まったところにある、木造二階建ての鄙《ひな》びた一軒家がそれである。

人通りは稀《まれ》で、時折近所の三毛猫がのんびりと往来するだけののどかな小道だ。他にも数軒の商店が並んでいるが、おおむね開いているのかいないのか、よくわからない。「準備中」の札のかかった喫茶店の店先には、絶え間なく湧《わ》き水のあふれ出る井戸があり、心地よいせせらぎとともに、樹上から鶯《うぐいす》の声が降ってくる。

人の気配を感じて視線をめぐらすと、若い女がひとり、大きな薬缶《やかん》で湧き水を汲《く》んでいる。そんなさりげない風景に、どこか雅《みやび》があり情がある。この町には、美しい湧き水が多い。

つと視線をめぐらせば、「蕎麦屋しんどう」の軒先に、朱と白と桜色の三色の花を一木に咲かせた美しい樹木が目に止まった。

「花桃ですね」

傍らの細君が、私の視線に気がついて答えた。

「一本の木に三色の花が同時に咲きます。たくさん咲くと、文字通り桃源郷のようになります」

「一本の木に三色の花か。なにやら欲張りなことだな」

「観賞用に海外でつくられた種ですけど、信州には意外にたくさん咲いているんですよ」

八分に咲いた花桃の木が、真昼の強い日差しを受けて、一層鮮やかな色彩を小道に振りまいている。細君が額に手をかざして、古びた看板を見上げた。

「ここが、イチさんの言っていたお蕎麦屋さんなんですね」

「そうだ。学生時代に何度か来たことがあったのだが、何も変わっていないな」

「なんだか御嶽荘みたいな建物ですね」

なるほど、と首肯したところで、店の格子戸がからりと内から開いた。飛び出してきた少女が、私を見て驚いて中へ引き返し、今度は顔だけ窺《うかが》うようにのぞかせた。

「クリハラおじちゃん？」

恐る恐るそう言ったのは、もちろん夏菜である。赤いワンピースの裾《すそ》についている白い粉は、そば粉であろうか。

「正解だ」

うなずく私の横で、細君が丁寧に頭をさげる。

「夏菜ちゃんですね、榛名といいます」

「ハルナお姉ちゃん」

今度は、少し不思議そうな顔になったが、細君の笑顔を見て、やがて安心したように夏菜も笑った。

「いらっしゃい」

明朗な声とともに顔を出したのは辰也である。

店を手伝っていたのだろう。白いエプロンをぶらさげた旧友は、こうして見るとまったく違和感なく、生まれながらの蕎麦屋のようだ。

しばし佇立《ちょりつ》している私に向かって、辰也が怪訝《けげん》な顔を向けた。

「どうしたんだ？」

「あまりに自然体だから、かえって驚いたのだ。どう見ても純然たる蕎麦屋だな。不評判の血液内科医には見えない」

「不評判は余計だよ」

苦笑する辰也に、細君がまた一礼する。

「栗原榛名です」

「噂《うわさ》はかねがね栗原から聞いています。よく来てくれました」

どうぞ、と店内に差し招いた。

「夏菜はずいぶん栗原のことを気に入ってるみたいだね」

「お前の娘にしては人を見る目があるようだな。唯一気にかかるのは、私がおじちゃんで、ハルがお姉ちゃんということだ」

「君の言うとおり、夏菜は人を見る目があるんだよ」

ちっと胸中で舌打ちしつつ敷居をまたいだ。

外装は二階建てだが、内部の天井は取り払われ、古格のある大きな梁《はり》が黒々とした腹をさらしている。テーブルが数台しつらえられただけの店内に人影はなく、古民家特有の木の香りがかすかに通り過ぎた。


〝久しぶりにうちの蕎麦を食べにこないか〟

辰也がそう言って私を実家にいざなったのは、五月もなかばとなる、ある休日のことだ。

〝こっちに戻ってきてから、栗原には世話になりっぱなしだからね〟

告げる朋友の目もとに、柔らかな光がある。信州に戻ってきた時からずっと沈滞していた不似合いな冷淡さが減じるとともに、見覚えのある穏やかさが垣間《かいま》見《み》えた。

「蕎麦一杯で数々の借りを返すつもりか」

と問う私に、

「うちの蕎麦にはそれくらいの価値があるんだよ」

と爽《さわ》やかに応じたのが辰也であった。

学生の頃、「蕎麦屋しんどう」には何度か来たことがある。芳醇《ほうじゅん》な土の香りとなめらかな舌触りの蕎麦は絶品であり、辰也の母がひとりで作っていると聞いておおいに驚いた。その後も何度か足は運んだが、国家試験の準備に多忙となり、医者になるとさらに忙しさは増して足が遠のいていたのである。

古びた椅子《いす》に腰を下ろすと、すぐに奥から辰也の母が出てきて、丁寧に頭をさげた。

「先日はどうもありがとうございました」

夫を失ってからもひとりで店を守ってきた苦労のためだろうか。頭髪はなかば以上白くなっている。学生時代に来たときは、これほど白くはなかったから、病棟で出会ったときもすぐにはわからなかったのだ。

辰也の母は慣れた手際で、それでもゆったりと湯呑《ゆのみ》と急須を並べ、また一礼して厨房《ちゅうぼう》の奥に消えて行く。「懐かしい」とか「久しぶりだ」とかいう、お定まりの社交辞令もなく、格別の話題を振ってくることもない。そういう不思議な距離感は、昔から変わっていない。

「ずっとひとりで蕎麦屋を続けているのだな」

「父が死んだときには閉めようかという話もあったけど、続けていた方が楽しみがあっていいと言ったのは母さんなんだ。半分は趣味みたいなものだけど、それでも時々遠くから『しんどう』の蕎麦が食べたいってやってきてくれるお客さんもいる」

「母君の蕎麦は、名品だ。味のわかる客がいるのだな」

「そう言われるのは嬉《うれ》しい話だね。蕎麦と言えば十割がもてはやされる世の中だけど、うちは昔も今も八割なんだ。それをうまいと言ってくれると、母さんも喜ぶよ」

私はふいに昔を思い出した。

〝蕎麦は十割がいいなんていうのは、迷信だよ〟

そんなことを辰也が言ったのは、初めて「しんどう」に来た日のことだ。

混ぜものがなければその分そば粉の味と香りは引き立つが、それが必ずしも蕎麦をおいしくするとは限らない。そんなことを、真剣な顔で主張する友の姿が、妙におかしく見えたものである。

「八割には八割にしかできない良さがある。そう言ったのはタツだったな」

「よく覚えているね」

湯を満たした急須をゆっくりと円を描くように回しながら、

「〝十割蕎麦〟って看板をさげると、都会からのお客さんが寄り付きやすいけど、八割が十割より劣るっていうのは嘘《うそ》だよ。秋になれば、地粉のかわりに、つなぎとして長いもを使ったりもする。これもなかなかいけるから、また時期がくれば食べにくるといい」

辰也の声に、傍らの細君も嬉しそうにうなずいた。

ふいにばたんと大きな音がしたのは、店の中を駆け回っていた夏菜が、ぶつかって椅子を倒したからだ。

「こら夏菜、店の中で走り回っちゃダメだよ」

辰也の声が飛ぶ。夏菜の方はようやく構ってもらえると思ったのか、かえって満面の笑みで駆けてきて父の足にしがみついた。

そんなやり取りだけを見ていれば、この親子が抱えている難題が嘘のように思えてくる。

薄氷を踏むようなきわどいバランスの中でも、なんとか立て直そうとしている辰也の心意気が確かにそこに存している。

細君が立ち上がり、夏菜と楽しげに話し始めた。元来が人懐こい性格なのであろう。夏菜は、すっかり細君にも打ちとけている。

「如月との連絡は取れたのか？」

「音沙汰《おとさた》なしだよ」

答える声は、沈鬱《ちんうつ》な響きを持たなかった。

「電話は出ないし、メールも返事は来ない。今日もきっとどこかで誰かを助けているんだろう」

皮肉ではなかった。そこには感嘆と羨望《せんぼう》と苦笑とが、等分に入り混じった辰也らしい優しさがあった。

「まあ今は待つしかないね」

「何か悟りでも開いたような口ぶりだな」

「君に話したことで、少し頭の中が整理できた気がするんだよ」

ふいに聞こえたほがらかな笑い声は、夏菜のものである。細君と一緒に、格子戸の外を眺めて何やら楽しげだ。

「僕が東京を去ると言った夜、千夏は泣いたんだ。声も上げず、ただ黙って泣いていた。何も言わなかったけど、きっと胸の中にはたくさんの言葉が詰まっていたんだと思う。今は混乱しているのかもしれないけど、いずれその言葉を、口に出して伝えてくれると思うんだよ」

卓上に置いた急須を見つめながら、穏やかな声で付け加えた。

「とにかく今は待つさ。何といっても、千夏は僕の妻なんだからね」

「今さらお前の勝利宣言を聞くことになるとは思わなかったな」

苦笑とともに応じれば、彼のほのかな笑声が和した。

「タツ、ひとつ言い忘れていた」

私の呼びかけに、不思議そうに顔を上げる。

「よく信州に戻ってきたな」

その声に、辰也はちょっと驚いたような顔をしたあと、微笑を浮かべて小さく頷いた。それだけであった。

ぽくぽくと湯呑に注がれる茶の音に耳を傾けながら、格子戸越しに外を眺めると、花桃の木がゆっくりと風に揺れているのが見えた。一風ごとに、三種の色彩が格子の向こうを往来し、そのたびにちらちらと色が転じる有り様が、どこか夜店の万華鏡を連想させる。

細君がいつのまにか取り出したライカを構え、そっとファインダーを覗《のぞ》きこむ。チャッという小気味の良い音が胸に響いた。

また血糖値が五百を越えたという。

糖尿病教育入院の会田さんである。

連絡があったのは、「蕎麦屋しんどう」からの帰りのことだ。御嶽荘の前で細君に別れを告げ、そのまま病院まで直行となった。

医局で白衣を手に取り、まっすぐ病室までやってきたのだが、当の会田さんの姿がどこにも見当たらない。廊下に出て見回していると、水無さんがステーション前で手招きをしているのが見えた。

「栗原先生、会田さんなら、あそこですよ」

そう言って指を指したのは、夕暮れ時のデイルームである。

北アルプスが一望できるガラス張りのデイルームには、茜色《あかね》の夕日が差し込み、入院患者たちがそれぞれの時間を過ごしている。テレビに夢中になっている青年、山を眺めているお年寄り、本を読んでいる婦人。その片隅にいる会田さんを見つけて、私は軽く目を見開いた。

Tシャツ姿のずんぐりとした会田さんが、白いパジャマ姿の若い女性と差し向かい、夕食を摂っていたのだ。夕食といっても会田さんの分は、糖尿病の制限食だからごくわずかなもので、すでにことごとく空である。対する女性の方は、一般食だが、ほとんど手をつけていない。もともとあまり食べられない状態なのか、点滴もぶらさがったままである。

疑問の目を投げかける私に、水無さんがそっと囁《ささや》くように告げた。

「再生不良性貧血の四賀さんです。いつのまにか会田さんと仲良くなっちゃって……」

言われてすぐに思い当たった。ここ一ヶ月ほど辰也がかかりっきりになっている女性患者で、たしか四賀藍子という名であったはずだ。

免疫抑制剤を開始していくぶん状態は改善しつつも、まだ不安定な状態だと聞いていた。実際、高度の貧血のためか、肌は抜けるように白く、顔色も良くない。しかし会田さんと話している姿はどこか楽しげに見えた。

「どういうきっかけなんだ？」

「会田さんって結構寂しがり屋さんだから、いつも食事はデイルームに出てきて食べてたんです。そこで四賀さんと出会って、なんだか気が合うようになったみたいで……」

「四賀さんの病状は落ち着いているのか？」

「御影さんの話だと、だいぶいいみたいです。食欲がないのが一番の問題だったみたいですけど、会田さんと一緒に食べるようになってから、少しずつ増えてるって言っていました」

増えているとは言っても、見た感じでは半分にも達していない。四賀さんの盆の上には、ほとんど手の付けられていない皿がずらりと並んだままである。眺めているそばから、四賀さんは、そっと箸《はし》を盆の上に戻した。

会田さんの声が聞こえる。

「もう少し食べないとだめですよ、四賀さん。進藤先生だっていつもおっしゃってるじゃないですか」

「でも……」

首をかしげる四賀さんを見て、いきなり会田さんは、手のついていないおかずの皿をひとつさっと手に取り、皿ごと口の中に傾けてぺろりと平らげた。

「さあ、こんなの一瞬です」

真顔で一連の動作を成し遂げる姿に、ちょっと目を丸くした四賀さんが、すぐにおかしそうに笑う。それから置いたばかりの箸を取ってまた一口を食べた。

「食べられそうですか？」

「はい」

しかし数口を食べて、すぐ箸が止まる。すると会田さんは今度は、果物の皿をぺろりと平らげて見せた。

「こんな風にとは言いませんが、もう少しくらいは食べなければいけません。病気に負けてしまいます」

会田さんはあくまで真面目《まじめ》な顔である。それを見て四賀さんがまた鈴を転がすような明るい声で笑った。

「なんだか会田さんを見ていると、ご飯がとってもおいしそうに見えてきます。もう少し食べますね」

そう言ってさらにいくらかのおかずを口に運んだ。

そんな四賀さんの姿を、会田さんはさも幸せそうに見つめていた。


「血糖が上がって当然ですな」

トイレから出てきた会田さんは、私の声に大げさなほどびくっと肩をふるわせて振り返った。同時にげふっと小さなげっぷが出て、慌てて口を覆う。

「毎食あれだけ一般食を食べていれば、血糖も五百を越えて当たり前です」

私の声に、会田さんはきまり悪そうな顔をしてうつむき、それからちらりと私を見た。

「強制退院ですか、先生？」

すまなそうな顔をしながら、私の顔色を窺っている。私が深々とため息をつくと、「先生」と会田さんが遠慮がちに口を開いた。

「もうしばらくだけ見逃してくれませんか」

眉《まゆ》をひそめる私に構わず、会田さんは続ける。

「四賀さん、ようやく元気になってきたばかりなんです。強い薬にも慣れてきて、これからって時なんです」

押し殺した声が思いのほか切実だ。

廊下を歩いていた別の患者が不思議そうにこちらを顧みた。

「誰の治療のための入院かはわかっているんですか、会田さん」

「わかっています。わかっているんです。だけど……」

一度ぐっと口を閉じた会田さんが、思いきったように言った。

「四賀さん、うちの死んだ嫁に似てるんです。なんだかほっとけないんですよ」

意外な応答が返ってきた。

だいたい会田さんに結婚歴があるとは知らなかったのだ。入院してからも身の回りのことはたいがい自分でやっているし、見舞いに来るのも、母親らしき年老いた女性が時々顔を見せるくらいであったから、ずっと独身だと思い込んでいた。

「年甲斐《としがい》もない下心とか横恋慕とか、そういうんじゃないんです。ただ彼女を見ていると、なんか、元気づけてやりたくなるんです。ただそれだけなんです」

「奥さんは若いうちに、お亡くなりになったんですか?」

「まだ二十代の頃のことです。もともとエリテマトーデスとかいう難しい病気だったんですけど、あっというまに腎不全になって死んじまいました。もう十五年も前の話です」

私はすぐには返答できなかった。

会田さんの声が淡々としているだけに、かえって胸に響いてくる。

全身性エリテマトーデスは若年女性に多い膠原病《こうげんびょう》のひとつだ。神経や腎臓に広がれば重篤な障害を起こすし、今から十五年前であれば、治療法にも難渋したはずだ。

「うちの嫁も色白で綺麗《きれい》な奴でした。四賀さんと、そっくりってわけじゃないけど、なんとなく似てるんですよ。だから、がんばって治療してるのを見ると、なんとか元気づけてやりたくなって……、ただそれだけなんです。彼女がご飯食べるようになるなら、少しくらい血糖が上がったっていいんです」

「血糖を上げるのはあなたの自由ですが、下げるのは私の仕事です」

厳然たる調子で答えると、会田さんは、にわかにしょんぼりと肩を落とした。丸い肩が限りなくさみしげに見える。こういう姿がどうにも憎めない。

片頭痛の気配に額を押さえつつ、私は嘆息した。まったく私も甘い……。

「明日から、さらに厳格な食事内容に変更します」

会田さんが顔を上げる。

「一日五回、病院の一階から五階までの階段昇降をしてください。水分はたくさん摂って構いませんが、水とお茶に限ります。日中も極力ベッドから離れて動き回るようにしてください」

「先生……」

「きわめて異例の条件になります。ですから……」

胸中舌打ちしつつ、

「せめて、彼女が元気になるように努力してください」

「先生！」

いきなり会田さんの太い手が私の手を摑《つか》んだ。ぎょっとして見返すと、大の男が目にうっすらと涙を浮かべている。

「ありがとうございます」

廊下の端まで響き渡るような大きな声が聞こえた。


ポケットから取り出した頭痛薬を口の中に放り込み、やれやれとため息をついた。

電子カルテで会田さんの食事指示を入力しながらも、胸中は自己嫌悪の嵐である。まったく医者たるものがこの有り様とは情けない。大狸先生なら、有無を言わせず、三階の窓から直接退院させたに違いない。

四賀さんが早々に食事を摂れるようになることを祈りつつ、何気なくそのカルテを開いてみると、四月の初旬からの入院記録が、辰也らしい生まじめさで、詳細にわたって記載されていた。

今年の三月に発症したばかりの再生不良性貧血で、まだ年齢は二十五歳だ。四月の末ころには、かなり危険な状態に陥っていたようだが、免疫抑制剤を開始してからは、徐々に改善してきている。ここ一ヶ月の細かな注射薬のさじ加減は、さすが辰也といったところだ。私にはなかば理解できない。

五月に入ってからは、薬の副作用のためか、食欲不振が強く、ほとんど食べられない状態が続いていたが、二週間ほど前から徐々に摂食量も回復しつつある。そのタイミングが、会田さんの血糖コントロールが悪くなった頃と一致しているのを確認して、心中思わず苦笑が漏れた。

「進藤先生の患者さんじゃないですか」

ふいに肩越しに、古狐先生が電子カルテを覗き込んだ。いつもながら、登場は唐突である。

「また連絡がつかないんですか？」

「いえ、そういうわけではありません。タツの仕事ぶりをチェックしていただけです」

私の減らず口にも、穏やかな笑顔で、先生はのんびりと隣に腰を下ろした。

「進藤先生のカルテはなかなか優《すぐ》れものでしょう。病状や治療方針についてはもちろん、想定される危険性に対して詳細にわたって指示が記されています。それをすべての受け持ち患者に対してやっているんですから、たいしたものだと思いますよ」

エンターキーをとんとんと叩《たた》きながら、何気ない様子でそんなことを言った。

私はその横顔に目を向け、しばし沈黙していたが、やがて胸中にわだかまるものを吐き出した。

「先生は、辰也の早上がりが娘の迎えのためだったということを、ご存じだったのですか？」

「なぜです？」

「奴の評判が悪かった当初から、どこかその心情を汲んでいるように見えました」

「別に深く考えていたわけではありません。ただ、彼が何か大切なもののために、ああいう働き方をしているんだろうと感じていただけですよ」

古狐先生の目は、いつでも私とは少し異なる場所にある。そしてその場所はいつでも私の視点より、数段高い場所である。

カルテを入力しながら、先生はふいに語を継いだ。

「私たち医者にとって、患者をとるか、家族をとるかという問題は、いつでも最大の難問です」

見返す私に、古狐先生はかすかな苦笑でもって応《こた》える。

「両方をとれるならそれに越したことはありませんが、現状ではとても叶《かな》いませんからね」

「だからこそ医療改革が声高に叫ばれるのでしょうが、現実を見れば、何一つ変わっていません。残念なことです」

「交わされる議論が、いつでも技術や金銭の問題に終始しているからですよ。最初から医者を一人の人間として認識していないのです。医者にも家族がいる。そういう当たり前のことが度外視されているのですから、人間らしい生活というものは、容易に手に入りそうにはありませんね」

ろくでもないことを、なんでもないことのように言う。

「なにやら希望のない話ですが……」

「希望ならありますよ」

思いのほか明るい声が返ってきた。

いつのまにかカルテの手を止めて、先生は、静かな目を私に向けている。

「どれほど過酷な現場でも、私がいて、あなたがいる。そして、大切なものを抱えながら、それでも医者を続けている進藤先生がいる」

こんなに心強い希望はありません、と思いのほか芯の強い声が答えた。

かかる過酷な環境にありながら、辰也までもを全面的に肯定する古狐先生の寛容さには、返す言葉もない。ただただ敬服するばかりだ。

「先生にはかないません。私など六年目にしてすでに投げやりになっているのに、先生は三十年働いてなお意気軒昂《けんこう》です」

「過大評価はいけませんねえ」

古狐先生は、再びカルテの入力を再開しつつ、

「私はね、栗原先生。臆病なだけなんですよ」

「臆病?」

カタカタと小気味のよいキーボードの音とともに、先生の声が続く。

「私の胸の内を占めているのは、熱意とか使命感だとか、そういう美しいものではありません。ただ臆病なだけなんです」

難しい話である。

「私が泊まり込みで働いているのは、自分の判断が間違っているんじゃないか、患者さんの変化を見落としているんじゃないか、抗生剤はこれで正しいのか、そんな風にいつもびくびくしているからに過ぎないんです。とても胸を張って言えるような内情ではありません」

古狐先生はかすかな微笑をたたえたまま、首を左右に振った。

「百歩ゆずって内情がそうであれ、おかげで多くの患者たちが支えられているのは事実です」

「いけませんよ、栗原先生。いつでも病院にいるということは、いつでも家族のそばにはいないということなんですから」

さりげない一言の中に、ずしりと重い何かがあった。その何かを探り当てるより先に、先生はいつもと変わらぬ素振りで、のんびりと立ち上がった。

「さて、たまにはその家族のもとに帰りますかねえ」

穏やかに告げて歩き出す。

その先生の体が、視界の隅でふいにゆらりと右へ流れた。

おや、と顔を上げた先で、まるでスローモーションを見ているかのように、痩身《そうしん》がゆっくりと傾いていく。

「先生……？」

声をかけても、動きは止まらない。

「先生！」

私が叫んで立ち上がるのと、古狐先生が声もなく床に倒れるのが同時だった。

古狐先生が倒れた。

まったく青天の霹靂《へきれき》であった。

夜の病棟で内科の副部長が突然昏倒《こんとう》したのであるから、これは大騒ぎである。

私が慌てて抱え起こした古狐先生はひどい熱で、意識はもうろうとしている状態であった。

いつのまにこれほど熱が出ていたのか、直前まで話していた私は一向に気づかなかった。

とにかく点滴をほどこし、空いている病室に先生を運んで、なんとか落ち着きを取り戻したのが夜の十一時を回る頃。連絡を受けて大狸先生が駆けつけてきたのはその三十分ほどのちのことであった。


病棟一番奥の個室333号に「内藤鴨一」の名札が下がっている。むろん古狐先生の名前である。

大狸先生が病室に入って行っておよそ十分が過ぎていた。気を配って病室には入らず廊下で待っていることを選んだのだが、それはそれで不安が募る。

名札とドアと窓外とを、順々に三回眺めたところで、ようやく大狸先生が出てきた。

「よお、栗ちゃん、待たせたな」

超然と笑む大狸先生を見て、私はようやく緊張を解いた。

「大丈夫でしたか?」

「過労だ。体力が落ちていた時に、風邪をこじらせたというわけだな。今は落ち着いているが、一日二日は入院で様子を見ることを承諾した。意外に頑固で骨が折れたがな」

ゆっくり廊下を歩きだした。

「思えば、内藤ももう五十すぎだからな。昔のようには働けねえわけだ」

「そういう意味では先生も、副部長先生のひとつ上なだけでしょう。人ごとではありません」

「おれは内藤と違って、普段から手を抜いているから大丈夫なんだよ」

大きな声で、ろくでもないことを口走っている。

いずれにしても、無事とわかれば心持ちも全く違う。ようやく人心地である。そんな心中を見透かしたように大狸先生がにやりと笑う。

「安心するのはまだ早いぞ、栗ちゃん。数日とはいえ、内藤の患者三十人はしばらく俺たちだけで回さないといけねえ。こいつはまたひと仕事だ」

「問題ありません。内科医もひとり増えているんですから」

「なるほど、そいつは心強い話だ」

大狸先生が久しぶりに廊下に響く豪快な声で笑った。状況のいかんにかかわらず、この磊落《らいらく》な声を聞けば、困難も逆境もおおかた彼方に吹き飛んでしまう。

「栗ちゃん。とりあえず内藤の方は血液検査やレントゲンくらいはやっておいてくれ。この機にちょいと健康診断くらいはしとかねえとな」

「わかりました。なんなら先生も検査しますか？」

「俺か？　バカ言え。病気が見つかったらどうするんだ。困るじゃねえか」

医者とは思えないような暴言を巧笑《こうしょう》に交えながら、

「とりあえず、栗ちゃんも病室に顔出してやってくれ。内藤が気にしていたからよ」

大狸先生はぽんぽんと腹を叩きながら、悠々と去って行った。去って行ったあとも、ぽんぽんというやたら軽快な音だけが耳の奥で鳴り続けていた。


333号室の扉をくぐって最初に視界に入ったのは、頭をさげる千代夫人である。東西の連絡を受けて駆けつけてきたのだ。先日とは違う浅黄《あさぎ》に染めた松本紬《つむぎ》がよく似合っている。

「さきほど解熱剤を使って頂いてから、ようやく落ち着いたのか眠ってしまいました」

さすがにいくらか血の気がないが、前と変わらぬ弥勒《みろく》様のような落ち着いた微笑が戻っている。うなずいて床上に目を向けると、静かな寝息を立てている古狐先生が見えた。

「栗原先生には大変なご迷惑をおかけしてすいません」

「何かの勘違いでしょう。迷惑がかかった記憶はありません」

「いいえ、夫がとても心配していました」

夫人の手が伸びて、先生の布団を整える。

「一時とはいえ自分が現場から抜けては、ただでさえ忙しい先生に大変な負担をかけるだろうと」

「もともとが火の車のような職場です。そこに松明《たいまつ》が二、三本飛び込んでも、いつもどおりの火の海が広がるばかり。見える風景に変わりはありません」

私の声に、夫人が小さく微笑《ほほえ》む。

そのまま街灯のともる窓外の堤防道路を見下ろして、

「ちょうど川沿いの花桃が盛りです。せっかくですから、あれが散るまではここにいてください」

私の言葉に、千代夫人も無用な社交辞令は述べなかった。

「本当を言うと、少しだけほっとしているんです」

見送りがてら廊下まで出て来てくれた夫人は、青白い頬《ほお》にほのかな微笑を浮かべながら、遠慮がちに告げた。

「夫とはもう何年も、一緒に過ごす時間をほとんど持てずに来ましたが、おかげでしばらくは二人でゆっくりと過ごせます」

ふいに雲間が切れたのか、薄暗い廊下に、やわらかな月灯《つきあか》りが差し込んできた。月光を受けた千代夫人の横顔が、白磁のような美しさを漂わせた。

「でも、やっと手に入れた時間がやっぱり病院の中だなんて、なんだか皮肉なものですね」

声音のどこかに、かすかな寂寥《せきりょう》が漂っていた。


御嶽荘に灯りが点《つ》いている。

深夜の二時である。

閑静な住宅街のことごとくの家が眠りについている中で、廃屋のような御嶽荘にだけ灯りがついている風景は、できの悪い怪談映画の一シーンのようだ。おまけに戸口をくぐると、賑《にぎ》やかな声まで聞こえてきた。

御獄荘の一階には、かつて旅館時代には食堂として使用されていた二十畳近い広間がある。現在は板張りの床の上にこたつがひとつ設置されただけの場所で、住民の共同スペースとして利用されている空間だ。

廊下から襖《ふすま》をあけて広間を覗き込めば、こたつを囲む形で、細君と男爵と屋久杉君の姿が見えた。

「おかえりなさい、イチさん」

真っ先に明るい声を発したのは、言うまでもなく我が細君である。その一声が、しみじみと胸中に染みわたって、自然と安堵《あんど》のため息が出た。

そうしてこたつに近づくと、卓上には古びた将棋盤がひとつ。驚いたことに細君と男爵が指しあっているのだ。

「なんだ、男爵。キング・オブ・テーブルゲームがずいぶん悲惨な戦いを強いられているではないか」

そんな私の声に、男爵は盤上を睨《にら》みつけたまま顔を上げようともしない。

「なに、キングともなるとプリンセスには花を持たせてやらねばならんからな。しかし榛名姫に将棋の心得があるとは思わなかった」

「心得なんて言うほどのものではありませんよ、男爵様。昔、イチさんに少し教えてもらっただけです」

「榛名姫、口を謹んでいただきたい。昔少し教えてもらっただけの姫に大敗したとあっては、キング・オブ・テーブルゲームの立場がなくなるではないか」

「すいません。男爵様はもっと強い方だと思っていましたから」

申し訳なさそうな顔で、フォローのしようのないセリフを吐いている。男爵はいっそう顔をしかめて盤上を睨みつけるばかりだ。

傍らでは、屋久杉君がごろりと横になり、不精ひげを引っ張りながら、陶然とグラスを傾けている。顔が幾分赤いのは、すでに相当量のスコッチを胃に収めたからであろう。その気だるい態度が堂に入っている分だけ、何やら哀愁を感じてしまう。

ふいに細君がすっくりと立ち上がって言った。

「イチさん、コーヒーを淹《い》れますね」

「お、榛名姫、さては敵前逃亡だな。それでは戦局のいかんにかかわらず、勝利は吾輩《わがはい》のものになるぞ」

「では勝ちは男爵様にゆずります。イチさんは、もっと大変な戦から帰ってきたような顔をしているんですから、それどころではありません」

微笑とともにそんなことを言って、ぱたぱたと駆け出していった。当方いささか戸惑いがちに立ちつくしていると、男爵が細君の座っていた場所を指差した。

「やむを得んな。相手としては物足りないが、ドクトルに続投を依頼するとしよう。座りたまえ」

言われるままに腰を下ろしたとたん、

「口には出さんが、姫君はずいぶんと心配をしているぞ、ドクトル」

不意の言葉が降ってきた。顔を向ければ、男爵は相変わらず盤上に目を向けたままだ。特段、かまえて言うふうもない。

「最近、貴君は何やらひとりで鬱々と考え込んでいることが多い。患者のことか？　友のことか？　昔の女のことか？　いずれでもかまわんが、姫君を放置していることは、榛名姫親衛隊隊長として見過ごすわけにはいかん」

「事情を説明する前に、親衛隊の詳細について報告してもらいたいものだな。いつのまにできたのだ？」

「ずいぶん前からだ。姫を困らせる輩《やから》はたとえドクトルといえども誅戮《ちゅうりく》するのが隊の役割となっている」

「では標的にならぬよう気をつけねばならないな」

私が苦笑して答えると、男爵が桂馬を進めながら静かに語を継いだ。

「親衛隊の手に入れた極秘情報だが、榛名姫は、貴君のためには写真家を辞めることも考えているそうだ」

駒を取りかけた私の手が、思わず止まる。

「ドクトルが苦難の折りに、自分がしばしばそばにいられないことを気に病んでいる様子だった。このままでは自分はドクトルの役には立てないから、大好きな写真を辞めて家に収まった方がいいのだろうかと、つい先刻相談を受けたばかりだ」

「ハルがそんなことを……」

「そこまで思いつめさせるほど姫君を放置しているということなのだろう。おまけに、どこかに別の女でもできたのではないかと心配していたぞ」

「本当か⁉」

「嘘に決まっているだろう」

「時間切れだ」と事もなげに云《い》い捨てて、男爵がぱちりと勝手に私の銀将を後退させた。あっけにとられている私の前で、今度は自分の桂馬をまた進める。

それからようやく顔を上げてにやりと笑った。

「そんなに慌てるくらいなら、最初からもう少ししっかりやりたまえ、ドクトル」

「……ずいぶん性格が悪くなったな、男爵。どこから嘘だ。親衛隊のあたりからか？」

「あれは本当だ。写真家くんだりから全部嘘だ」

両肩から一挙に力が抜ける心地がした。

男爵は一層にやにやと嬉しそうに笑っている。その笑いを少し収めてから口を開いた。

「せっかく二本の足があるのに、一本だけで歩いているのが今のドクトルだ。心配ごとは色々あろうが、細君を放置していては、思わぬところで転倒しかねんぞ」

「珍しいことだ。男爵が正論を吐いている。おまけにまるで自身の経験にもとづく発言のように重みがあるではないか」

「意味深だろ？」

私が皮肉交じりに水を向ければ、再びにやりと男爵が笑う。

「経験談を話してくれるなら、いくらでも聞き手になる」

「そういう余興に花を咲かせている場合かな、見たまえ、王手だ」

男爵の太い指がさらに桂馬を前へと進めてみせた。

一見して悪手《あくしゅ》である。恐れるまでもない。

眼前の桂馬を粉砕しつつ、沈思した。

思えば、細君が帰宅したゴールデンウィークは、辰也の問題でさんざんに駆け回っていた頃だった。その後は如月の一件も加わって一人で考え込んでばかりであり、今日は今日で、胸中の大半を占めているのは、古狐先生の体調のことなのだから、細君が寂しくないはずがない。かかる寂しさを微塵《みじん》も出さずに出迎える細君に比して、男爵に問われるまで気づきもしない自身の狭量がいかにも情けない。

私は胸中赤面しつつ、眼前のキング・オブ・テーブルゲームに告げた。

「男爵、感謝する」

「何か言ったか?」

「独り言だ」

王手、と私は飛車を進めた。

「感謝する、と言ったそばから仮借のない一手だな、ドクトル」

「聞こえているではないか」

「聞こえていたが、もう一度聞きたかったのだ」

「くだらんことを言っていないで、早く王将の逃げ道を確保したまえ」

わけのわからない問答をしている我々を、屋久杉君が酩酊《めいてい》気味の赤い目で眺めている。

「なんかいいっすよね、男爵先生もドクトル先生も」

ひっくと軽くしゃくりあげる不精ひげは、大学に入学したての新入生には見えない。目がうるんでいて何やら怪しい気配がある。知らぬ間にまた一段と酒杯を重ねたものらしい。

「それに比べて俺ってダメな奴っすよ……」

「絵に描いたような自己嫌悪をやっているが、何かあったのか?」

ちらりと男爵に一瞥《いちべつ》を投げかけたが、男爵は浮薄な笑みを浮かべたまま軽く肩をすくめるばかりだ。

「俺って何にもない奴なんすよ。二浪もしてせっかく大学入ったのに、やる気も夢も何にもなくって、ただ毎日が酔っ払って過ぎて行くだけなんす」

「過ぎて行くのは確かだが、酔っ払うか否かは君しだいだろう。グラスを置いて大学に行けばよい」

「それができれば苦労しないんすよ、ドクトル先生。だいたいなんで俺が屋久杉の研究することになったか知ってるっすか?」

知るわけがないのだが、そういう言い方はできない。沈黙をもって促す。

「ゼミの初日に先生に聞かれたんす。君が農学部に入って真っ先に研究したいことはなんだって」

「なんと答えたんだ?」

「別にないっす」

半分据わった目ではっきりと言う。

「そしたらセンセー拍子抜けしたような顔をして、君にはやりたい事がないのかって言うんすよ。そんなこと言われたって、俺よくわからないっす。だから正直に答えただけなのに、センセーはしかめ面になって、ぶっきらぼうに、じゃあ屋久杉でもやりたまえって」

思わず私と男爵は顔を見合わせた。馬鹿正直な屋久杉君も屋久杉君だが、ゼミの先生もなかなか投げやりな人物のようだ。

机に顎《あご》を乗せてごねていた屋久杉君は、危なげな手つきでまたスコッチを飲み干す。男爵は自らボトルを取って次を注ぐ。

「ほかの連中は、なんか色々やりたいこととか話しあって楽しそうなんすけど、俺全然ダメっす。別に夢とか何にもなくて、ただあんま人に迷惑かけずに生きられればそれでいいんすよ」

へぇ……、と間の抜けた声とともに吐息をついた。

「結構ではないか」

さりげなく、しかし深みのある声で答えたのは、男爵であった。

屋久杉君が、酔眼を男爵に向ける。

「貴君の年齢で夢なんぞ見つからなくて当たり前だ。『やりたいことを見つけてそこに打ち込んでいくのが人生だ』などということ自体が、ただの幻想なのだから。世の中はそんなに都合よくできてはいない」

身も蓋《ふた》もないことを言う。

「だいたい、そんなに目の前に夢やら希望やらが転がっていては、人生の風通しが悪くてかなわん」

「そんなこと言ったって男爵先生は絵描きやってるじゃないっすか。絵、好きじゃないんすか？」

「今は好きだ。だがもともとはこれほど嫌いなものはなかった」

わずかに声のトーンが変わった気がしてその横顔に目を向けたが、顔つきだけはいつもの飄《ひょう》然《ぜん》たる男爵マスクである。心のうちはさっぱり見えない。

「目の前にあることを続けていれば、いずれそれが夢へと転ずる。まあ、人生というのはそういうものだ」

意味があるのかないのか微妙な一言を投げかけてから、いつものブライヤーを取り出し、手慣れた動作でマッチを擦って火をつけた。

「それって俺のこと励ましているんすか、それとも諦《あきら》めているんすか？」

「それは貴君の受け取り方しだいだな」

恬《てん》然《ぜん》と構えて、文字通りけむに巻く。煙たそうに顔をしかめる屋久杉君に向かって、「しかし」と穏やかに続ける。

「やりたいことが見つからないから、何もしないというのでは、ただの猿問答だ。我々は人間である以上、猿をやっているわけにはいかん」

「じゃあ、どうすればいいんすか？」

「いい質問だ」

にやりと笑って、

「俺も今、それを考えているところなんだ」

また煙を吐き出した。

今度こそがっくりと脱力して机に突っ伏した屋久杉君は、やがて唐突にすーすーと寝息を立て始めた。酒量が少し過ぎたようである。

「あまり若者をからかうものではないぞ、男爵」

「からかうとは心外だな。俺はいつでも真剣だ」

「屋久杉さんだって真剣ですよ」

澄んだ声は、戻ってきた細君のものである。

盆に四人分のコーヒーを乗せて広間に入ってきた。傍らに膝《ひざ》をついて卓上にカップを並べつつ、

「屋久杉さんも将来について真剣に悩んでいるんです。あんまり変なことを言ってはいけません、男爵様」

「姫に言われては改めざるを得んかな。しかし彼を見ていると昔の自分を見ているようで、歯がゆくなるのだ。沈黙を守ることとあたわず、だな」

男爵が初めて自分の過去に触れるようなことを口にして、私と細君が同時に目を見張った。

二度ほど瞬きをしている我々の前で、しかし男爵は平然とコーヒーを飲み、にわかに愉快げに哄笑《こうしょう》しつつ、

「いやあ、やはり榛名姫のコーヒーは絶品だな。極上のスコッチに姫のコーヒーが最高に合う」

我々の当惑などどこ吹く風の超然たる態度だ。そのままカップを持って立ち上がり、「そろ

そろ歴史に残る名画に取りかかるとするか」などと聞こえよがしにつぶやいて部屋を出て行った。あとにはパイプの煙と屋久杉君の寝息が残るばかりだ。相変わらず男爵の言動は先が読めない。

やれやれとため息をつけば、いつのまにか細君が、部屋の隅から毛布を持ってきて屋久杉君に着せかけている。頼りない弟を案ずる姉の風情である。

その横顔を見つめているうちに、先刻の男爵の声がよみがえった。二本の足があるのに一本で歩いているのがドクトルだ、と。なるほど貴重な忠告である。

私はしばし眼前のコーヒーカップを眺め、やがて口を開いた。

「ハル……」

「謝ってはいけませんよ、イチさん」

静かな、しかし芯のある声が機先を制して私の言葉を遮った。

ちょっと言葉につまるうちに、細君が挙措を正してはっきりと続けた。

「きっとイチさんは、いろんなことを考えていて大変なときなんです。御嶽荘に戻ってきたときくらい、考えるのをやめないと、休む場所がありません」

すっとカップを手で示して、

「なにより、せっかくのコーヒーが冷めてしまいます」

にこりと微笑んだ。

こんな時に、気の利いたセリフの一つも出てこない。

ただ促されるままに一杯を飲めば、豊かな芳香が立ち上がり、胸中の懊悩《おうのう》をさりげなく押し流していく。私は心の内に低徊《ていかい》する有象無象《うぞうむぞう》の言葉どもを投げ捨てて、ただ一言答えた。

「世界一の一杯だな」

くすりと笑う細君に、私もまたささやかな笑声で応じたのである。


白昼の大通りを歩いていて、突然背後から後頭部を殴りつけられる。

そういう経験をしたことがあるだろうか。

もちろん言葉通りの経験ではない。それくらい驚愕《きょうがく》するような、ということだ。

医者をやっていると、年に一度くらいはそういうことがある。人生初めての当直の夜に眼前で患者が突然大量吐血をした時や、ベッドサイドで死亡確認をした患者が、その直後に大きく深呼吸をした時など、笑えない驚愕が病院にはあふれている。

しかしその日の一件は、さして長くもない医者人生の中でもきわめつけにたちの悪いものであった。

「本当にこのCTで間違いないんですか、松前《まつまえ》さん」

夕方の放射線科で、CTフィルムを見たまま、私はようやく声を絞り出した。

「間違いないよ、栗原先生」

答えたのは、本庄病院検査科の松前徳郎《とくろう》技師長である。画像検査から血液検査まで、この多忙な病院のすべての検査を取り仕切る検査の長だ。

時刻は夕方六時、ちょうど午後の内視鏡検査が佳境に差しかかる時間である。その多忙な時に突然、松前技師長から呼び出しを受けたのだ。

「冗談ごとで、こんな忙しい時間に先生を呼び出したりはせんわい」

老技師長の当然の抗議に、私はうなずくことすらしなかった。

「今日の午後一番に撮影したCTじゃ」

技師長が示したフィルムは胸腹部の写真である。大動脈沿いのリンパ節のことごとくが、隆々と腫大《しゅだい》し、肺や胃や肝臓を圧排している写真であった。

「言うまでもないことだが、悪性リンパ腫を疑う所見じゃ。全身に転移している」

老技師長の声に、すっと血の気が引く思いがした。悪性リンパ腫はリンパ節中のリンパ球が腫瘍化《しゅようか》した疾患である。白血病の親戚のようなものと考えればよい。

「通常ならわざわざ至急で連絡するようなことではないのじゃが、状況が状況だから、電話をしてしまったわけじゃよ」

「……御配慮、痛み入ります」

答えた自分の声がかすかに震えているのがわかった。

「どうするかね、栗原先生」

松前技師長の声に、私は言葉を持たなかった。

ただ押し黙ったまま、検査画面の「患者名」の項目を睨みつけた。

「内藤鴨一」

古狐先生の検査結果であった。

書類だの書籍だのがうずたかく積まれた部長室の中央の机の前に大狸先生がいる。その右手に握られているのは古狐先生のＣＴだ。

夕刻の多忙な時間に部長室を訪れた私に、大狸先生は一言の苦言も呈さなかった。少しばかり不思議そうな顔をして、私が差し出したフィルムを受け取っただけだ。

「副部長先生のものです」とわざわざ口に出すまでもなかった。ちらりと患者名の欄に目を向けた大狸先生は、わずかに目を細め、そのまま何も告げずにＣＴに目を通し始めた。

それから、すでに五分以上が経過していた。

その間、大狸先生は眉ひとつ動かさず、口も開かず、フィルムを一枚一枚丁寧に確認し、ときおりフィルムをめくる乾いた音だけが思い出したように室内に響いた。

途中一度だけ、美人で有名な院長秘書が顔を出し、「そろそろ会議の時間なので、院長先生が打ち合わせをしたいと……」と告げた時、部長先生は、最後まで聞かずに短く答えた。

「すまんが行けなくなった」

さすがに秘書は驚いて赤い唇を開きかけたが、何か言うよりさきに大狸先生が続けた。

「風邪をひいたとでも言っておいてくれ。俺の代わりはいくらでもいるだろう。院長には本庄病院の未来に関わる重大事と言ってくれればいい」

言葉の内容に不釣り合いなほど、穏やかな声だったが、秘書は反論はせず、一礼して部長室を去った。

「栗ちゃんの診断は？」

大狸先生が静かに顔を上げた。

「……悪性リンパ腫、アンアーバー分類でステージⅣBです」

我が声が、理不尽なほど冷ややかに聞こえた。

「病型までは特定できていませんが、経過や画像所見からは極めて悪性度の高いリンパ腫であることが予想されます」

「いつ気がついた？」

「今朝です。入院になった翌日もその翌日も妙な微熱が続いていて、念のため追加した血液検査が今朝そろったところでした」

「結果は？」

「ＩＬ-２が、１２９００」

大狸先生の眉がわずかに動いたように見えた。

ＩＬ-２、すなわち可溶性ＩＬ-２レセプターは悪性リンパ腫のマーカーになる検査値だ。特異度は高くはないが、臨床的には繁用される。

「ほかは？」

「他のデータは、炎症反応を含め、ほぼすべて正常域値内です。ゆえにかえっておかしいと考え、至急で胸腹部のＣＴを撮影したしだいです」

「よく引っかけたな」

ふいに先生が微笑した。いつものおちゃらけた笑いではない。凄絶《せいぜつ》と言っていい笑みだった。

「お前の勝ちだ」

「勝ちも負けもありません。全身転移のリンパ腫です」

「だがお前は診断した。俺ならもう少し遅れたかもしれん」

ゆっくりと大狸先生が立ちあがる。

「ついてこい」

「どちらへ?」

「決まっている」

眉ひとつ動かさず、平然と答えた。

「333号室だ」


大狸先生の振る舞いは相当に無茶苦茶なものであった。

フィルムを持って部長室を出た大狸先生は、そのままっすぐに333号室へと向かい、ベッド上に古狐先生が起きているのを見ると、無造作にCTを布団の上に投げ出したのだ。私が止める暇もあったものではない。

あっけにとられて見守る前で、古狐先生は静かにフィルムを取り出し、それをゆっくりと一枚ずつ眺めていった。その間、大狸先生はいつもの不敵な笑みを浮かべたまま超然と腕など組んでベッドサイドに立っている。

見終わるまでに三分とかかっていないはずだが、それが異様に長く感じられた。

そしてすべてを見終えたとき、古狐先生の穏やかな瞳が大狸先生を見上げていた。

「ひどいものですね」

「ひどいものだ」

「道理で最近調子が悪かったわけです。妙な咳《せき》と背部痛、倦怠《けんたい》感に微熱もある。ただの過労にしては、ずいぶん色々な症状があるものだと怪しんでいたんですが……」

古狐先生の淡々とした声が聞こえた。その細い瞳には、特段変わった様子は見えない。まるで明日の天気の話でもしているかのような気やすさだ。

「症状はいつからあったんだ？」

「三ヶ月ほど前から」

「馬鹿めが……」

最後のつぶやきが、一瞬泣いているように聞こえて、驚いて大狸先生の顔を見上げたが、少なくとも外面上は、わずかの変化も見えなかった。

「ただでさえ医者が足りねえってのに、なにを馬鹿なことをやってるんだ」

「すいませんね、先生。まさかこんなところで脱落することになるとは、私も思ってもいませんでした」

答えた古狐先生の目もとに、今までなぜ気付かなかったのか、不思議なくらい濃厚な病の影が見えた。

「内藤、とりあえず確定診断のためにいくつか検査が必要だ。明日にはリンパ節生検をやるし、数日以内に内視鏡からＰＥＴまで全部予定する」

「忙しくなりそうですね。しかし今の私の体で検査に堪えられますか？」

「心配するな、カメラは全部俺が握る」

「余計心配ですよ。最近、部長先生も忙しくて、ろくに眠れていないでしょう」

「徹夜で内視鏡なんざいつものことじゃねえか。熟睡なんかしたら手元が鈍くなっていけねえ」

「なるほど、たしかに」

大狸先生の豪快な笑い声に、古狐先生のおだやかな笑声が和した。

私は、ただ呆然《ぼうぜん》と立ち尽くすばかりであった。


「……なぜ、そんなに落ち着いていられるのですか」

スタッフステーションに戻ってきたところで、私は心中のもやもやを吐き出していた。

そこにあるのは激情ではない。苛立《いらだ》ち、不安、驚きといったものが入り混じった複雑でありながら、奇妙に乾いた感情であった。

夜勤の看護師たちはラウンドに出ているのか、スタッフステーションに人影はない。その片隅で、大狸先生は古狐先生の電子カルテを入力している。相変わらずキーボードは苦手なようで、人差し指一本でかちりかちりと頼りない動きをしているが、目もとにはいつもの不敵な笑みが見えるだけだ。

「そういう栗ちゃんだって落ち着いたもんじゃねえか」

「落ち着いてなどいません。理解できていないだけです」

「おれも似たようなもんだぜ」

超然とかまえて眉ひとつ動かさない。

「だけどな、パニックになって、大騒ぎしている余裕はねえんだ。あいつとは大事な約束があるからよ」

独り言めいた太い声が響いた。

ほとんど反射的に私の脳裏をよぎったのは、古狐先生の酔っていよいよ青白くなった笑顔である。

〝この町に、誰もがいつでも診てもらえる病院を〟

酒の席でそんな言葉を聞いたのは、わずか一ヶ月ほど前だったはずだ。

なかば無意識に、その言葉を口にだして告げると、大狸先生が太い眉を動かして、さすがに驚いたような顔をした。

「なんでお前が知ってるんだ？」

「先日偶然、副部長先生と外で会ったとき言っていました。自分を支えてきた大切な約束だと」

大狸先生がもう一度微笑んだ。それはいつもの不敵な笑みではなく、意外な柔らかさを含んだ苦笑だった。

「内藤のやつ、いまだに覚えていたのか」

打ち込んでいた手を止めて、大狸先生はわずかに目を細め、しばし考え込むように目を閉じる。それからまた電子カルテの入力を再開しながら、静かに語を継いだ。

「なあ栗ちゃん、内藤と千代ちゃんの間になんで子どもがいねえか知ってるか」

唐突な問いである。もちろん私が知っているはずもない。

ただ沈黙を以《もっ》て答える私に、大狸先生は淡々と続けた。

「あの二人は学生結婚でな。結婚してすぐに子どもができたことがあったんだ」

かちりかちりとキーボードを打っていく無機質な音だけが響く。

「臨月を迎えて、もう少しで産まれるってころだ。千代ちゃんが突然大量の不正出血を起こして救急車で運ばれた。搬送先の病院での診断は、胎盤早期剝離《はくり》による出血」

すっと血の気が引く思いがした。

大出血で死に至る可能性のある重症疾患である。婦人科医による緊急の帝王切開を行わなければ胎児のみならず妊婦の救命すら困難になる。

「しかしその病院には婦人科医がいなくてな。婦人科医がいる最寄《もよ》りの病院は片道三十分以上かかる場所だった。その三十分の搬送中も出血は止まらず、到着した時には、胎児は死亡していたんだ」

カルテを打っていた大狸先生の手は、いつのまにかきつく握りしめられていた。

「おまけに母体救命のために施行された帝王切開の最中にショック状態になり、可及的《かきゅう》に子宮を全部摘出する手術になった。おかげで千代ちゃんは一命は取り留めたけど、二度と子どもを産めない体になったってわけだよ」

ひでえ話だよな、とつぶやく声が聞こえた。

私は返す言葉を持たなかった。と同時に、初めて理解した。

この二人の偉大な先生たちは、本気でこの町の医療を変えようと尽力してきたのだ。飄然たる外貌の下に押し包んできたものは、余人が思うよりはるかに強靱《きようじん》な想念であった。

「そういう哀しいことは、もうナシにしてえんだよ。俺たちは」

大狸先生は廊下に並ぶ病室の方へと視線をめぐらせ、

「目の前には、まだまだ病魔と闘っている無数の患者がいる。俺たちの都合なんざ、患者にとっては関係ないことだ。救急車だって毎日のようにやってくる。要するに」

わずかに目を細めた。

「立ち止まっている余裕はねえんだ」

圧倒的な風格を兼ね備えた、孤高の内科医の横顔であった。


「……リハラ……おい、栗原……」

突然そんな声が降ってきて顔をあげると、立っていたのは辰也であった。

「大丈夫か、ずいぶんぼーっとしていたが……」

言われて緩慢に視線をめぐらすと、壁の掛け時計が夜十一時を示しているのが見えた。大狸先生を見送って、スタッフステーションに座り込んでから、ずいぶんな時間が過ぎていたようだ。時がすぎれば落ち着くかと思っていた脳中は、いまだ混乱のさなかにあり、一向思考がまとまらない。

ステーションの片隅には、明日の朝のために準備された点滴の山がトレイに積み上げられて鈍い光を放っている。その前を夜勤の看護師が足早に通り過ぎていく。無機的な電子カルテの光、いたずらに煌々《こうこう》と照りつける蛍光灯。そういったものが、ことごとく奇妙に浮薄なだまし絵のように見えた。

「内藤先生の話を聞いたよ。大変なことになったな……」

「……不熱心な血液内科医が、最近は珍しく病棟にいるものじゃないか」

「アプラが落ち着いてきたと思ったら、白血病が入院してきてね。あまり具合がよくないんだ」

言いながら、持っていた二本の缶コーヒーのうちの一本を私の前に置いた。

「でも患者より、君の方が具合が悪く見える。今日はもう休んだ方がいい」

「勘違いをするな。具合が悪いのは私ではない。副部長先生だ」

辰也はわずかに眉を動かした。

「やはり疲れている。それを飲んだら今日は帰るといい」

「病棟患者三十人を放置してか？」

「たまには僕が診ておくさ。それくらいの余力はある」

「家ではもうじき三歳の娘が待っているのだ。余力も何もあるものか」

人のことより自分のことを心配したまえ、と応じるより先に、辰也が口を開いた。

「さっき部長先生から内藤先生の精査を依頼された。悪性リンパ腫なら僕の専門だ。細かな指示は全《すべ》て僕が出しておく。心配ない」

直截《ちょくさい》に言い放ってから、そっと付け加えた。

「今の君を見ていると、あの時の千夏を思い出すんだ。こういう時に、無理をしてもろくなことにはならないぞ、栗原」

言葉よりも情感に、多くを含んだ声であった。

数瞬沈思してからようやく、わかった、私は答えた。

辰也の背中を見送ると、入れ替わりに視界に入ってきたのは東西である。

「先生、留川さんの様子がおかしいの。ちょっと診てほしいんだけど……」

「……留川さん？」

「九十二歳のおばあちゃん、マゴさんの奥さんのトヨさんよ」

しっかりしてよ、と言われてようやく思い出す。

温度板を受け取れば、患者一覧の一番下に「内藤鴨一」の名前が見えた。とたんに無闇《むやみ》な感情が胸に満ちて、私はしばし呆然となった。

「先生、大丈夫？　だいぶ……」

東西が言いかけた声を途切れさせたのは、いつのまにか去ったはずの辰也がそばに立っていたからだ。

「栗原、今日はもう帰れ」

静かな、しかし断然たる声音であった。先刻とは明らかに異なる厳格な口調であった。

「あとのことはいい。今すぐ帰れ」

「……問題ない、忙しいのはいつものことだ」

「忙しいかどうかは問題じゃない」

「理不尽きわまる運命の神様に、憤りを覚えて混乱しているだけだ。余計な心配をするな」

我ながら不可解な強情があった。矢継ぎ早な言葉が、私の意志を無視して飛び出していく感があった。

辰也が急に口をつぐんだ。

わずかの沈黙ののち、

「栗原」

静かな呼びかけに、私が顔を上げた先で、辰也がすっと右手を伸ばすのが見えた。

えっ、と東西が短く声を発するのと、辰也が右手に持っていた缶コーヒーを、私の頭上でひっくり返すのが同時であった。直後にどぼどぼという品のない音と同時に、濃厚な黒い液体が降ってきた。

顔面から首筋まで、熱を持った液体が一息に流れ落ち、あっという間に、白い白衣に黒い染みを広げて行った。

病棟の時間が止まっていた。看護師全員が静止していた。温度板を書いていた者、廊下を通り過ぎようとした者、点滴のボトルを並べ替えていた者。彼女ら一同があっけにとられている前で、缶コーヒーを逆さに持って佇立している男と、頭から黒い液体をかぶったまま座りこんでいる男とが、声もなく見つめあっていた。

「ちょ、ちょっと進藤先生……」

ようやく声を発した東西を、辰也は視線を動かさぬまま黙って片手で制した。

「代えの白衣は先日僕が使ったから、病棟にはないんだ。その格好で診察はできないから、帰るしかないだろう?」

豊かな声音であった。どこか懐かしい響きさえ含まれていた。

「それとも、カフェインの効能について説明しようか?」

私は奇妙に静かな心持ちで朋友を見上げた。口調は穏やかでもその目は真剣である。

やがて心地よいコーヒーの香が流れ、もやもやとクモの巣をかぶったような頭の中がゆっくりと明瞭《めいりょう》な輪郭を伴って立ちあがり始めた。

「ひどいものだな……」

私のつぶやきに、辰也はわずかに眉を動かした。

「ほかに手が思い浮かばなくてね。すまない」

「お前の所業を言っているのではない。自分の不甲斐《ふがい》なさを許したまでだ」

にわかにこぼれたのは苦笑であった。

と同時に辰也も苦笑した。

胸の奥で凍りついていたものが、そっと溶け出していく心地がする。まったく人間の心というものは、いつでも難解かつ単純なふるまいをするものだ。

「こういう無茶は、〝変人栗原〟の専売特許だと思っていたのだが……」

「仕方ないさ、朱に交われば赤くなるものだ」

「口の減らん男だな」

我と彼との苦笑が重なって、忍びやかな笑声が響いた。

私はカルテを閉じて、ゆっくりと立ち上がる。

「普段は働かない男が任せろと言っているのだ。今夜は甘えるとしよう」

「そうしてくれ。こんなサービスは滅多にしてやれないから」

ステーションに背を向けると、そっと廊下へと足を踏み出す。

「お疲れ様、先生」

東西の、そんな一言がかすかに聞こえた。


御嶽荘の戸をくぐろうとして私が足を止めたのは、中庭の方に人の気配を感じたからだ。梅の古木の下をくぐり、雑草を踏んで庭に回り込むと、白いブラウスに紺のスカートという飾り気のない服装の細君が見えた。

雑草だらけの庭先に、大きな三脚を据えて、星空を撮っているのだ。私の足音に気づいて、ファインダーを覗いていた細君が顔をあげた。

「おかえりなさい、イチさん」

言った細君はすぐに不思議そうな顔をして、

「なんだかコーヒーのいい香りがしますけど……」

「最近の本庄病院は、油断をすると頭上からコーヒーが降ってくるのだ。実害はないから心配はない」

あえて何でもないことのように答え、そんなことより、と私は幾分戸惑いがちに視線をめぐらせた。カメラの隣に真っ白な天体望遠鏡が据えられていたのである。

「天体観測というのは、また唐突だな。どうしたんだ？」

「夏に星を撮る仕事が入ったんです。最近桜ばかり撮っていたので、リハビリです」

一眼レフと望遠鏡の間を往来しながら、細君が答える。流れるような動作でありながら、細かくシャッター速度やf値の調整をしているようだ。まったくこのあたりの洗練された手際は、まぎれもなくプロの写真家である。

何気なく横から望遠鏡を覗き込むと、無数の星が見えて、かえって何がなにだかさっぱりわからない。

「我が家にこんな立派な望遠鏡なんぞあったか？」

「屋久杉さんが貸してくれました。屋久杉さんって、高校時代は天文部だったんですよ」

意外な話である。

「何もないと言いながら、粋な技を持っているではないか」

「私もそう思うんですけど……」

小さく笑って、細君は庭に面する縁側へと視線を向けた。その先を追って、私は軽く目を見張る。廊下の小さな蛍光灯の灯りの下に、うずくまったまま微動だにしない屋久杉君の姿を見つけたのだ。

何をしているのかと目を凝らして二度驚いた。本を読んでいるのである。

淡い光の下で柱に身を持たせかけ、微動だにせず手元の書物に視線を落としている姿は、ほとんどロダンの彫刻のような威風すら感じさせた。

「どうしたんだ？」

「屋久杉さんが、元気が出ないと言って毎日ごろごろしていたものですから、もしお時間があるなら、読書はどうですかって、本を一冊」

細君がそこまで言ったところで、私は得心した。

「フランクルを貸したのだな？」

「はい」

細君は少しだけ恥ずかしそうに笑った。

ヴィクトール・フランクルの『夜と霧』は、細君の一番の愛読書である。昔から登山の折はいつも携帯し、ときに一人で開いては再読していたとのことだ。

〝人間〟について真っ向から向かい合い、その本質と可能性をまことに自然な筆致で描き切った、掛け値なしの名著である。

「明るい本ではありませんから、やめてしまうかと思っていたんですけど……」

「予想をはるかに越えて夢中になっているわけか」

「はい、今日の昼ころにお貸ししてから、ずっとああして読んでいるんです。少し不安になってしまいます」

細君もさすがに苦笑まじりだ。

「ハルはたいしたものだな」

「どういう意味ですか？」

「たいした意味ではない。ただ、ハルはたいしたものだということだ」

「なんだかわからないですよ」

ほのかに微笑む細君は、しかしそれ以上追及はしない。

またレンズを覗き込みながら、何度かシャッターを切る。私もまた望遠鏡を覗きながら、

「それにしても、こんな上等な望遠鏡をあっさり貸してくれたものだな。ハルといると、誰でも心の警戒を解いてしまうらしい」

「屋久杉さんが優しいだけですよ」

ふふっと細君が笑いながら、

「おれ、望遠鏡持ってるっす、使っていいっすよ」

屋久杉君の口真似《くちまね》である。その澄んだ声と、屋久杉君の素朴な雰囲気が妙に合致して、滑稽《こっけい》よりも温かさが際立った。

二人して小さく笑ったところで、私がわずかに頬をひきつらせたのは、ふいに脳裏に古狐先生の瘦せた横顔が通り過ぎたからだ。星灯りの下の細君が、黒い瞳を気遣うように細めるのがわかった。

「大変なことが続いているんですね」

「……ハルにはかなわんな」

苦笑する。

「ひとつ話しておいた方がよいことがある。副部長先生の話だ」

「では、部屋に戻りますね」

と答えて、パタパタと道具を片づけ始めた。

「急ぐことではない。リハビリを優先してくれていいぞ」

「いいえ、大事な話ならちゃんと座って聞かないといけません」

手際よくカメラをはずし、三脚を畳み、望遠鏡を収めて行く。縁先では相変わらず屋久杉君が読書に没頭している。

何気なく星空に視線を戻すと、西の空に沈みかけたスピカの鮮やかな光が見えた。


古狐先生の確定診断が下りた。

「リンパ芽球性リンパ腫」

予想どおり、もっとも悪性度の高いリンパ腫のひとつであった。

病名を告げたのは辰也だ。

私にコーヒーを浴びせかけた日に宣言したように、辰也は、リンパ腫の診断に必要なあらゆる検査を指示し、かつ着実に実行していった。リンパ芽球性リンパ腫という比較的珍しい疾患の診断がかくも早期にくだったのも、この男がいればこそであった。

「病勢は強く、全身に広がっていますから、治療を急ぐ必要があります」

辰也の押し殺した声に、古狐先生はしごく淡々として頷いた。

「そうですか」

すっかり肉のおちた先生の目には常と変わらぬ静寂がある。その傍らでは、千代夫人が挙措も乱れず、端然と直立していた。

古狐先生の病状は明らかに進行し始めていた。初めて病棟で倒れた時は、さほどは感じなかったが、入院してからは急速に痩せはじめ、食事量も減りつつある。毎日夕方になると熱を出し、朝は寝汗でびっしょりになっていることもあった。全体として明らかに衰弱の気配を示していたのだ。

それでも先生は、来室する看護師たちに対してはあくまで穏やかに相対《あいたい》し、夜になるとそっとスタッフステーションに出てきて電子カルテを開いていた。自分の患者たちの様子を確認することは一日として欠かさず、時には足りない指示を加え、重症患者のもとには白衣をまとって来室することも厭《いと》わなかった。その姿は、ほとんど荘厳といっていい風格をまとっていた。

「化学療法、ですね。進藤先生」

古狐先生の声はゆるぎない。

辰也がうなずいた。

「明日、最後の検査である骨髄穿刺《せんし》を行い、結果を確認しだい四剤併用の強力な治療を開始します」

「心強いですね。こういう時に血液の専門医がいるというのは」

小さく微笑してから、

「お任せすると言ったからには、すべてを託します。ただ、治療の開始については、少し時間をいただけませんか、進藤先生」

古狐先生のか細い、しかし確かな声が耳を打った。

辰也が一瞬戸惑ったように目を開いたが、すぐに、

「内藤先生、わざわざ言うまでもありませんが、のんびりと構えていられる状況ではありませ

ん。病状は……」

「二、三日で良いのです。少し」

あくまで返答はゆるぎない。

春の陽光が、痩せた古狐先生の横顔に深い陰影を刻み、古い印象派の肖像画のような存在感を示していた。

ようやく辰也が口を開くまで、今しばらくの沈黙が必要であった。

「僕のような若輩には先生の選択に口を出す資格はありません。しかしもし、入院患者のことや、診療のことを心配しているのなら、すぐにやめてください」

辰也の、珍しく厳しい語調が聞こえた。

「先生は、医師である前に人間です。そのことだけは忘れないでください」

静かに告げた辰也の声に、切実な何かがあった。

初めて古狐先生が少しだけ目を見開いた。

束《つか》の間《ま》の沈黙を打ち破ったのは、辰也の院内ＰＨＳだ。辰也は出て一言「すぐ行きます」と答えて電話を切り、古狐先生に一礼してから病室を出ていった。

あとには私と古狐先生と千代夫人の三人が静かにたたずむばかりだ。

「優しい方ですね」

つぶやくように言ったのは千代夫人である。

顔を上げる夫に向かって、夫人が微笑とともに告げる。

「私がずっとあなたに言いたかったことを、あんな風にはっきり口に出して言ってくださるなんて、優しい方ですね、進藤先生は」

「千代が言いたかったこと？」

「〝あなたは医師である前に、人間です〟。とっても当たり前のことなのに、ずっと言えずにきてしまいました」

千代夫人は、そっと茶の支度を始めながら、

「こんな時くらい自分のことを第一に考えてもいいと思いますよ。あなたがどれほど患者さんのことを考えながら生きてきたか、私が一番よく知っているんですから」

「千代……」

「三十年間もほったらかしにされてきた私が言うんですから、間違いありません」

古狐先生の口元に苦笑が浮かんだ。

千代夫人の微笑がそれをそっと包み込んだ。

ちょうどそのタイミングで、がらりと扉が開いて静寂を吹き飛ばす大声が飛び込んできた。

「お、なんだか静まり返ってるじゃねえか、どうした？」

場違いな陽気をまとって入ってきたのは、言わずと知れた大狸先生である。

「調子はどうだ、内藤」

「著変なしですよ。治療の開始を待ってほしいと進藤先生に言ったら怒られたところです」

「そりゃそうだ。一日遅れれば一日命が縮まるぞ、内藤。患者のことなんかいいから早く始めろ」

とんでもないことをさらりと言う。

古狐先生はというと、かえって愉快そうに肩をゆらしている。二十年を超える戦友であればこそできるぎりぎりの会話である。

「こんな忙しい時間にどうしたんですか、部長先生。気遣いなら無用ですよ」

「気遣いなんて、俺の性《しょう》には合わねえよ。珍しい見舞客が来たんで案内してきたんだ」

言いながら扉を振り返った先に見なれた小柄な人影があった。私が口を開くより先に、千代夫人が声をあげた。

「まあ、ハルさん」

入口で丁寧に頭をさげたのは我が細君であった。

「お久しぶりです、千代さん、内藤先生」

「まあまあ、どうしてここが?」

「すいません、我が細君とはいえ、個人情報を漏洩《ろうえい》しました」

答えたのは私である。千代夫人が楽しげな笑声をあげた。

「また面白いことをおっしゃるんですね、栗原先生は。よく来てくれました、ハルさん。とても嬉しいことですよ」

「内藤先生が倒れられたと聞いて、びっくりして……」

言いながら持ってきた小箱を差し出した。箱の表には、松本の老舗《しにせ》洋菓子屋のロゴが入っている。

「まあ、シュークリームですね」

「みなさんで食べられればと思って。内藤先生も食べられるでしょうか?」

細君の遠慮がちな視線に、古狐先生の優しげな瞳がこたえる。

「甘いものは好物です、さっそく頂くとしましょうか」

「せっかくですからお茶を淹れなおしますね」

微笑する古狐先生も、手際よく準備を始める千代夫人も、なにやら急に嬉しげだ。本当に帰郷してきた娘でも迎えるような空気がある。

「なあ、栗ちゃん」

と大狸先生が耳打ちした。

「なんか、居づらくねえか？」

「急にどうしたんですか、先生らしくもない」

「だってよ、なんか内藤も千代ちゃんも、お前の嫁さんもえらく仲が良さそうで気ぃ遣うじゃねえか。俺たちだけ浮いてねえか？」

「先生は浮いているかもしれませんが、私は溶け込んでいるつもりです。気を遣うなら退室しても構いませんが、私は遠慮なくシュークリームを頂いて行くことにします」

「冷たいなあ、栗ちゃんは」

言葉の内容は寂しげだが、豪快な笑声は相変わらずである。不思議そうに振り返った細君に、大狸先生が満面の笑みをかえした。

「ハルちゃんは相変わらず可愛《かわい》い嫁さんだなあ。栗ちゃんにはちっと勿体《もったい》なかったかな」

そんなことを言いながら、細君の頭を大きな手でぽんぽんと叩く。細君と大狸先生は一応の面識がある。結婚直前に一度だけ挨拶《あいさつ》に行ったことがあったのだ。もう一年半も前のことなのだが。

先生の手の下で、細君は少しだけ頬を染めながら、

「先生もおかわりないですね、いつも夫がお世話になっています」

「改まることはねえよ。俺の方こそ栗ちゃんには世話になりっぱなしだ」

そこまで言って、少しだけ間を置き、何気ない様子で付け加えた。

「なかなか帰れねえ生活させてすまねえな」

声の断片が聞こえて思わず軽く目を見張る。細君もまた驚いたように大狸先生を見返した。

しかし大狸先生は、その一瞬の沈黙をいつもの大声で笑い飛ばし、さあノンアルコール宴会だ、などと笑ってベッドのそばに腰をおろした。古狐先生がシュークリームを取り出し、千代夫人が小さな湯呑《ゆのみ》を人数分並べ始める。

それを見つめる細君が、そっと私の方へ目を向けた。

「優しい方ばかりですね」

「だから、やっていけるのだ」

はい、と答えるその声もまた温かい。

平日の午後、普段はけたたましく騒ぎ立てる院内ＰＨＳが、この日は珍しく沈黙を守り続けていた。


よくないことは重なるものである。

留川トヨさんが亡くなった。

古狐先生の化学療法を検討していた矢先のことだ。酸素投与でぎりぎりの低空飛行を続けていたトヨさんが、静かに呼吸を止めたのである。モニターアラームに気づいて駆けつけた時には、生きることを終えた小さなおばあさんの姿がベッドの上にあった。

死亡時刻は夜十時十五分。

「お疲れ様でした」

静かに私が告げるのに対し、孫七さんはかすかに顎を動かして頷いた。いつもなら夕方には帰っていくマゴさんだったが、その日は何かを感じ取ったのか、夜半までずっと付き添っていたのである。

死亡宣告をしたあとも、マゴさんは何も言わず、今は寝息を立てることすらやめてしまった小さな連れ合いをじっと見つめるばかりであった。

「しばらくトヨさんと二人でいたいんだって」

私がスタッフステーションの片隅で死亡診断書を書いているところに、東西がそんな言葉を告げた。トヨさんが亡くなってそろそろ一時間が経過していたが、マゴさんは、ベッドのそばから離れようとはしなかったのだ。

「もうしばらく二人だけの時間をとってあげてもいいよね、先生」

「問題ない。七十年の連れ合いが一時とはいえ別れなければならない。納得がいくまでそばにいさせてあげるといい」

東西が小さく頷いた。頷いたまま、冴えない顔で、そっとステーションを見まわした。

「どうした?」

「風向きがよくないのよ」

短いその言葉が、端的に病棟内の空気を表している。

古狐先生の診断と、それに重なるように亡くなったトヨさん。辰也が受け持ちの白血病患者も明らかに具合が悪くなっており、全体として沈鬱な空気が満ちている。特に御影さんたち新人看護師は、活気がなく気落ちしている様子が隠せない。

「こういう時って、トラブルが起きやすいから気をつけないといけないんだけど……」

「何なら、新人ひとりずつに頭からコーヒーをかけて回ろうか? 意外に元気になるものだぞ」

性に合わない軽口など叩いてみれば、東西は沈黙したまま答えない。顔を上げると、思いのほか優しげな微笑に出くわした。

「先生だけでもしっかりしてくれて良かったわ。あの時はどうなることかと思ったけど」

「コーヒーをかけることを奨励するなら、いくらでも手を貸してやるぞ」

「冗談、結構あと始末が大変なのよ」

苦笑して立ち去りかけた東西が、ふいに足を止めたのは、遠くからかすかな抑揚が聞こえてきたからだ。一瞬耳鳴りかと思ったがそうではない。

それは歌声であった。

〝木曾のなー、中乗さんは、なんちゃらほい〟

のびやかな声音と緩やかなうねり。トヨさんのそばで、孫七さんが歌っているのだ。

〝木曾の御嶽山は、夏でも寒い、あわせやりたや、足袋《たび》そえて〟

聞き知った旋律が、淡々と静かに流れていく。そのかすかな声は徐々に大きくなり、やがて隠々たる響きとなって、スタッフステーションにまで流れてきた。

青白い夜間灯だけが灯る廊下に、切々と続く九十五歳の木曾節。絶妙な節回しと抑揚、上げ下げと呼吸。寄せてはかえす波のごとくマゴさんの歌声が途切れることなく続いていく。

誰も言葉を発しなかった。

本来なら制止すべき看護師たちも、今は手仕事すら止めて、静かに聞き入っていた。入院患者の中には神経質な人もいるはずなのに、誰ひとり廊下に出てきて咎《とが》めだてする者はいなかった。

孫七さんが、あの世へ旅立つ妻へと贈る歌声は、すべての人の心をふるわせる哀惜の念にあふれていた。

「泣いているのだ、マゴさんは……」

私のつぶやきに、東西はそっと目を伏せ、目頭を白い指で押さえた。

やがて三番が終わり、歌声が途切れたあともしばらくは誰も動く者はいなかった。静まり返った廊下に出てみると、一番奥の病室の扉からかすかに灯りが漏れているのが見えた。

333号室。

古狐先生の病室だった。

「まだ起きていたのですか？」

そっと病室を覗き込んだ私に、ベッドの上で身を起こしていた古狐先生が小さく首を動かした。

「マゴさんの唄声《うたごえ》が胸に染みてきましてね。トヨさんが亡くなったのですね?」

私はそっと首肯する。

痩せた体を枕にもたせかけた古狐先生の姿は、いつになく小さく見えた。すでに千代夫人の姿はなく、オレンジ色のベッドランプの下で、先生はひとり、真っ暗な窓外を見つめていた。

互いの間に横たわるのは、沈黙ではない。マゴさんの歌う木曾節だ。朗々と響く歌声が、今も遠くで聞こえる心地がした。

「……人が死ぬということは、大切な人と別れるということなんですね」

ふいにそんなことを先生が告げた。

それきり枕にもたれたまま、じっと闇の広がる窓外を見つめるばかりだ。点々と灯る青白い街灯の光だけが、この世ならぬいずこかへの道しるべのごとく、どこまでも連なっているように見えた。

私が胸騒ぎのような感覚を覚えて床上に視線を戻すと、先生はいつのまにか目を閉じ、静かな寝息を立てていた。淡いランプの下、身じろぎもしない先生の横顔が、白い彫像のごとく無機的な陰影を刻んでいる。

ただ静寂だけがあった。

その静寂の中で、マゴさんの木曾節が、耳鳴りのようにいつまでも続いていた。

そっと病室から出て時計を見ると、すでに十二時を回る頃であった。薄暗い廊下を抜けてスタッフステーションまで戻ってくると、東西の急《せ》いた声が飛び込んできた。

「どこにいたの、先生」

声を低めつつも慌ただしく駆け寄ってくる。

「院内ピッチ置いて行ったから、連絡が取れなかったのよ」

「どうした?」

「ついさっきマゴさんが……」

ただならぬ様子に私はすぐに足を踏み出した。

東西についてトヨさんの病室まで足早に進む。室内に入るとベッドの脇に、いつもの様子でちょこんと座っている孫七さんの姿が見えた。

瘦せて曲がった背中を壁にもたせかけたまま、じっとトヨさんに顔を向けている見慣れた姿だ。違うことがあったとすれば、入ってきた私の気配に対しても、まったく顔を上げなかったことだけだった。

「マゴさん」と声をかけても返事がない。

そっと手をとると、すでに脈が途絶えていた。

マゴさんがトヨさんのあとを追うようにして亡くなっていたのは、トヨさんの呼吸が止まって二時間もたたぬうちであった。

まばゆい朝日が、病院裏手の河原に差し込み始めていた。

朝七時半の静まり返った堤防沿いに、ゆっくりと夜明けが訪れる。民家に植えられた花桃が、夜と朝の狭間《はざま》で、独特の陰影と色彩を輝かせている。そんな風景に誘われるように河原まで出てきた私は、そこに先客を見て、眉を動かした。

「不熱心な男が、喫煙だけは熱心だな」

振り返ったのは、辰也である。

くわえ煙草《タバコ》で肩越しに苦笑を返した。

「おはよう、栗原。ひどい顔をしているよ」

「お前にしても東西にしても、人の顔を見るたびにひどいひどいを連呼する。迷惑な話だ」

「留川さん夫婦が亡くなったんだってね。さっき病棟に出かけたら御影さんが言っていた。そのまま泊まり込んだのか？」

「深夜の二時に帰ろうとしたら、別の患者がベッドから転落して骨折した。いろいろやっているうちに、気の早い太陽がもう昇ってきた。人の都合も考えてほしいものだ」

辰也のそばに並んで缶コーヒーを開ける。

「内藤先生の様子はどうだい？」

「とくに変わったことはない。化学療法についても、もう数日だけ待ってほしいとおっしゃるばかりだ」

一瞬脳裏に、昨夜の泣いているような先生の横顔が思い浮かんだが、言葉にできるような感覚ではなかった。辰也も、そうか、と小さくつぶやいて、それ以上は詮索《せんさく》しなかった。

「お前こそ、ずいぶん朝が早いではないか。夏菜はどうした？」

「保育園の園長先生がね、うちの事情を考えてくれて、少し早めに預かってくれるようになったんだ」

答える朋友の顔は、父親のそれである。そのままゆっくりと煙を吐き出した。

河の対岸を見渡せば、先日までは盛りであった花桃が今は徐々に散り始めている。花桃が散るまでは入院していてください、などと千代夫人に向かって軽口を叩いていたのが、ずいぶん昔のような心持ちである。

そのまま背後の病院に何気なく目を向けて、おや、と思わず私はつぶやいた。誘われるままに辰也も振り返って、軽く目を見開く。

堤防の上を、車椅子を押した人影がゆっくりと散歩しているのが見えた。

パジャマ姿の色白の女性を乗せて、中年のずんぐりとした男が車椅子を押していく。座っているのが四賀さんで、押しているのが会田さんである。ずいぶん不釣り合いな二人に見えるのに、どこか微笑ましい風景だ。並木の花桃を見上げながら、ときおり風に乗って明るい笑い声が聞こえてきた。

「点滴がなくなったようだな。ずいぶん元気そうだ」

「あの会田さんという患者さんのおかげで、四賀さんもすっかり食事が摂れるようになったんだ。彼女が言うには、話していてとても楽しい人なんだそうだよ」

そこまで言ってふと思い出したように私を顧みる。

「そう言えば、主治医は栗原だったね。会田さんの糖尿病はどうなんだい？」

「四賀さんが残さず食べてくれるようになってからは血糖も落ち着いている。じき帰れるだろう」

私の言葉に、辰也は不思議そうな顔をする。

四賀さんを元気づけるために、会田さんが何をやっていたのかまでは彼も知らない。

「四賀さんの方はまだ退院はできないのか？」

「ようやく落ち着いてきたばかりだから、まだ半月はかかるよ。会田さんがいなくなって、また落ち込まなければいいけど……」

「その心配はなさそうだな」

私が目で示せば、人気《ひとけ》のない堤防の上で、車椅子の四賀さんと、その横にしゃがんだ会田さんとが、真剣な顔で言葉を交わしているのが見えた。何を話しているかわからないが、頬を赤くしながら懸命な手振りを加える四賀さんと、みるみる頭の先まで真っ赤になっていく会田さんを見ていれば、おおよその見当がつく。最初はぶるぶると真っ赤な顔を左右に振っていた会田さんも、ついには小さくうなずきかえした。やがて四賀さんが会田さんの丸い肩に、そっと頭をもたせかける姿が見えた。

私は黙然としてコーヒーを傾ける。

辰也もふわりと煙を吐き出す。

互いになにも言わない。束の間の沈黙だ。

四賀さんも会田さんも、主治医ふたりがすぐ堤防の下から眺めているとはさすがに気付かないのだろう。寄り添ったまま微動だにしなかった。

「たまには、いいものだね」

「何がだ?」

「ああいう風景だよ。人が亡くなるばかりが病院じゃない」

「当たり前だ。たまには元気になってもらわなければ、こちらも身がもたない」

そんなことより、とじろりと旧友を一瞥する。

「そろそろ煙草をやめたらどうだ。夏菜のことを考えれば、のうのうとニコチンになど逃げている場合ではあるまい」

「相変わらず手厳しいね」

辰也は、ちょっと困ったような顔をしたあと、まだ半ば以上残っているセブンスターを眺め、やがてそのまま携帯灰皿に押し込んだ。

意外な諦めの早さにかえって訝《いぶか》しげに眼を向ければ、なにやらさっぱりとした辰也の顔がある。

「栗原、ひとつ頼みがあるんだ」

「ご免こうむる。私はそれほど暇な人間ではない」

「まだ何も言っていないよ」

「言わなくてよい。聞いてからでは断りにくくなる」

「今週末、夏菜の誕生日会をしようと思っている。君も来てくれないか」

軽く言葉に詰まる私に、辰也は少し照れたような顔で続ける。

「ずっと迷っていた。千夏もいないのにそんなことをしている余裕があるだろうかって。でも大変な時だからこそ、夏菜を祝ってやりたい。特に、栗原は夏菜のお気に入りだからね」

私はゆっくりと缶コーヒーを飲み干し、それから小さく舌打ちした。

「やっぱり忙しいかい？」

「忙しい。忙しいが、ほかならぬ夏菜のためとあらば仕方がない」

辰也が破顔した。

「ただし」

と私は厳格に告げる。

「あれを何とかしてくれればの話だ」

私はいまだ堤防の上で寄り添い合っている二人の男女を目で示した。

ぴったりと並んで寄り添う会田さんと四賀さんは、陶然として朝日を見つめている。そばを通らなければ病棟に戻れないし、通れば通ったで互いに気まずい。何とも我々は立ち往生である。

辰也は手のひらを額の上に掲げて土手を見上げ、それから私に苦笑を向けた。

「ちょうど僕もそのことを、君に相談しようと思っていたところなんだ」

私はこれ見よがしに、深々とため息をついた。


私が再び「蕎麦屋しんどう」の古びた看板の下に立ったのは、暖かな日よりの続く、五月も末のころである。

先日訪れてから一週間ほどしか過ぎていないが、盛りであった軒先の花桃が、今はその樹下に三色の花びらを積もらせ、代わって花水木がゆっくりと花開き始めていた。

細君とともにそっと格子戸を開くと、店の奥から辰也の声が聞こえてきた。

「忙しいのに、わざわざ来てもらってすまないね、栗原」

「夏菜のためだと言われては無理を押しても来るものだ。お前の招きとは重みが違う」

「そりゃ夏菜は幸せ者だ」

笑って私を店内に招き入れた。

「夏菜に言わせると、君は難しい顔で難しいことばかり言うけど、心の中は優しい人なんだぞうだよ」

「なんだ、それは」

気難しく応じたところで、さっそく店の奥から「クリハラ」と叫んで夏菜が駆けてくる。そのままはっしと私の足にしがみつくと、今度は傍らに向かって、

「ハルナお姉ちゃんも！」

「お久しぶりですね、夏菜ちゃん」

細君の澄んだ声が答える。私は、足もとの少女を気軽に抱き上げようとして、思いのほか重いのに驚いた。三年の歳月は偉大である。

「病棟は大丈夫だったかい？」

「しごく順調だ。案ずるまでもない」

事実を言えば火の車である。今日もいつ呼び出されるかわからない状態だが、そんなことを

いちいち口にしても仕方がない。世の中は回るべくして回って行くのだ。

天井の豪壮な梁を眺めながら、私は話題を変えた。

「今日はお前の打つ蕎麦が食べられるのだな？」

辰也は奥の厨房へ向かいつつ、肩越しにうなずく。

「打つのは何年ぶりだ？」

「東京では機会はまったくなかったからね。六年ぶりかな」

「しかし娘の誕生日に蕎麦を打ってやるなど、タツにしかできん芸当だな」

「そんなにたいしたことじゃないよ」

長いブランクの割には、手慣れた動作で打ち板と麺《めん》棒を取り上げた。この男の打つ蕎麦は母には及ばずとも十分な名品である。学生の頃から何度か馳走《ちそう》になってきたが、いずれ母に並ぶと思わせる腰の据わった味わいがある。

手際よくそば粉をこね、水を加え、伸ばしていく手並みは確かに見事なものである。いつのまにやら足にしがみついてきた夏菜を見ると、何やら不服そうな顔が見える。細君が、

「パパが何をしているか見たいんですね」

と機転を利かせて、イスを一つ運んでくると、夏菜は嬉しそうな顔をしてその上に飛び乗った。

「今日は夏菜の誕生日だからね。ちゃんと夏菜の分もあるよ」

「うん」

明るい声が店内に響いたところで、

「進藤さん、お届け物です！」

ふいに景気のよい声が聞こえ、ついで格子戸が開いて若い男が顔をのぞかせた。

「すまない、栗原。手が離せないから、代わりに受け取ってくれ」

「言われるまでもない。せっかくのそば打ちを中断して味が落ちては残念だからな」

言いながら店先に顔を出して届け物を受け取る。三十センチ四方の白い箱は、バースデイケーキというわけだ。およそ準備は万端である。

適当に伝票にサインをしつつ、ふと目を細めて差出人の欄を見た。

「なるほど」と一人得心して、そのままケーキの箱を店内に運んでくると、さっそく夏菜が興味をしめして駆け寄ってきた。

「夏菜のためのケーキだ」

「ケーキ！」

と華やいだ声が答える。

「ケーキ？」

反対に怪訝な声を発したのは、辰也の方である。

せっかく蕎麦を打っていた手を止めて、厨房から出てきた。

「ケーキが来たのか？」

「まぎれもなくケーキだ。さほどに妙な顔をするものではないだろう。頼めば届けるのがケーキ屋だ」

ちょっと首をかしげた辰也が不思議そうにつぶやいた。

「……頼んだ覚えはないんだけど」

「まあお前に覚えがないのは当たり前かもしれんな」

私がそっと箱をあけて、真っ白なバースデイケーキを引きだすと、辰也が大きく目を見張った。その隣で、あっと小さくつぶやいたのは細君だ。

しばしの沈黙ののち、私は抑揚をおさえて告げた。

「飛車も角も失って満身創痍《そうい》ではあったが、まだ詰んではいなかったようだな、タツ」

辰也が小さく頷いた。その横顔は、高揚感にわずかながら赤らんでいる。辰也は、足もとにしがみついていた夏菜を見下ろし、そっと抱きあげてケーキを見せた。

「夏菜のケーキだよ」

「夏菜の？」

少女は嬉しそうな顔をしながら、ケーキの上を指差す。

「なんて書いてあるの？」

大きな板チョコの上には、ホワイトチョコレートで短い文章が書いてある。

「夏菜はまだ文字は読めないか？」

「うん、パパが読んで」

辰也は少し間をおいてから、静かな声で読みあげた。

「ナツナへ、たんじょうびおめでとう、ママより」

ほんの一瞬だけ辰也の語尾が震えたように聞こえた。と同時に、夏菜の目が大きく輝くのがわかった。

「おめでとう、夏菜……」

万感の思いとともに辰也の声が漏れ、その手がそっと愛娘《まなむすめ》の髪を撫《な》でた。

後退に後退を重ねる一局であったが、まだ詰んではいなかった。そして土壇場における粘り強い攻防は、辰也の得意とするところである。私など、何度勝ちを確信しながら逆転されたか、数えきれないくらいだ。

「おめでとう、夏菜」

もう一度、今度は少しばかり明るさを持ち直して、辰也がはっきりと告げた。うん、と答える少女の声にも張りがある。

何かがゆっくりと動き出していた。凍りついていた時間が溶けだし、目に見えぬ地下に確かな流れを刻み始めたようであった。

「お誕生日おめでとう、夏菜ちゃん」

細君の澄んだ声が響いた。

まるでその声に和するように、戸外に舞い上がった花桃の花びらが、ふわりと屋内に迷いこんで、夏菜の見守る卓上に舞い降りた。

古狐先生が、治療を受けると告げたのは、その二日後のことであった。

「これをあなた方に託すことにします」

朝の回診で333号室を訪れた私に、古狐先生はそっと分厚い紙の束を差し出した。

朝も早い時間だというのに、すでに着物姿の千代夫人の姿があり、ベッドの古狐先生も身を起こして私と辰也を待っていたのだ。先生の頬にはいつもと変わらぬ穏やかな笑顔があったが、その頬が思いのほか痩せていることに、私はかすかな動揺を覚えた。

「目を通して下さい」

言われるままに紙の束をめくって、私は軽く目を見張った。

横から覗き込んだ辰也もまた、瞠目《どうもく》した。

それは古狐先生の受け持ち患者三十三人の病歴一覧であった。

ただの簡単なサマリーではない。既往歴、現病歴、入院後の経過はもとより、今後の治療方針から患者の性格、家族構成から家族内の関係に至るまで、一人当たり五、六枚の原稿用紙に細かな図まで含んで几帳面《きちょうめん》な文字でびっしりと書きつけられていた。

「これは……」

「私の患者たちの申し送り事項です。ようやく完成しましたので」

痩せた頬に温かな微笑がある。

私はにわかに得心した。その得心を辰也が声に出した。

「治療を待ってくれとおっしゃったのは、これを作るためだったのですね」

「化学療法が始まっては、いろいろと副作用も出るでしょう。大切なことを書き落とす可能性もありましたから、早急に仕上げてしまいたかったのです。後半は、千代に口述筆記をしてもらいました。年よりの利き腕が腱鞘炎《けんしょうえん》になりそうだったものでね」

千代夫人は格別誇る様子もなく、あくまで弥勒菩薩《みろくぼさつ》のように穏やかだ。二人してろくに休みもせずに大仕事を成し遂げたというのに、そこに疲労の類《たぐい》は認めなかった。

「あなた方には大きな負担をかけることになると思いますが、患者たちを、よろしくお願いします。そして……」

少し姿勢を正した古狐先生が続けた。

「治療を始めてください。抗がん剤でもステロイドでも。あなた方とともに闘いを始めます」

それは小さくとも、高らかに響く宣戦布告の声であった。

先生の傍らで千代夫人が深々と頭をさげた。ほとんど同時に、差し込んできた鮮やかな朝日が室内を照らし、我々はその眩《まぶ》しさに目を細めた。

「始めましょう、先生」

にわかにそう告げたのは、辰也であった。日頃は冷静なこの男が今は敢然として声を上げていた。その心持ちは私にとっても同様であった。

「患者のことなら案ずるに及びません。先生が治るまでのごく短い期間のことです。なんの支障がありましょうか」

「栗原先生、あなたの言葉はいつも難しくていけない」

先生の声に、千代夫人の柔らかな笑い声が重なった。

古狐先生の肩越しに、ゆっくりと開き始めた花水木の群生が見えた。まるで険路を歩みだす我々を励ますように。気の早い凱歌《がいか》を歌い上げるように。

束の間の桃源郷は終わり、世界が再び動き出した。

春、五月。

病魔との過酷な闘いが始まったのである。

第四話　花水木

大きな牡丹雪《ぼたんゆき》のような白い彩りが街道を染めている。

花水木である。

桜が終わり花桃が散れば、次に来るのはこの美しい花だ。

県道沿いに点々と植えられた花水木が、青々とした快晴の空と、見事なコントラストを為《な》している。車が一台走り抜けると、咲いたばかりの白い花びらがふわりと風に吹き上げられ、「乾《いぬい》診療所」の大きな看板の上に舞い降りるのが見えた。

「乾診療所」は松本平の市街地から少し郊外へ足を伸ばした県道沿いにある、小さなクリニックだ。小さいとは言っても、十八床の入院ベッドを持っているから、一般的な医院よりは十分に大きく、タイル張りの三階建ての建物は、県道沿いの民家の中でも頭ひとつ飛び出して、離れた所からでもよく見える。

診療所の診察室から、戸外の花水木を眺めやって、私は小さくため息をついた。

「お疲れ様ですね、先生」

ふいの労《いたわ》りの声に、私は慌てて背筋を伸ばして振り返る。ちょうど年配の看護師がひとり、診察室に入ってきた。

「だいぶお疲れですか？」

「いえ、大丈夫です。胃カメラの患者は、あと何人ですか？」

私は先ほど終わったばかりの胃カメラの所見を、カルテに記載しながら問うた。

「今日はもう終わりですよ、先生」

「終わり？　まだ三人しかやっていませんが……」

「三人で終わりです。たまにはのんびりしていってください」

診療所特有のゆったりとした時間の流れがここにある。看護師たちの雰囲気も、どこか柔らかくのんびりとしている。目まぐるしく展開する急性期患者を相手に、ときには殺伐としてくる本庄病院とは、一線を画する雰囲気だ。

「すぐ乾先生が来ますから、待っててくださいね」

そう言って、茶をひとつ出してくれた。

院長の乾先生は、昔本庄病院の外科部長をしていたベテラン中のベテランであった。今は最前線を引退して、この診療所を運営しているが、私が医者になった当初は本庄病院の副院長を務めていたこともあり、研修医時代を通じて散々お世話になった経緯がある。その縁で、月に一、二度、診療所での胃カメラを頼まれてこうして出張してくるのだ。

「よお、栗ちゃん。忙しいのに、いっつもすまへんなあ」

いきなり野太い声が飛び込んできて、反射的に姿勢を正した。

診察室の戸が開いて入ってきたのは、大狸先生に負けない巨大な腹と、毛虫のように太い眉《まゆ》とくわえ煙草《タバコ》がトレードマークの初老の白衣の男性だ。どれをとっても医師らしさとは無縁の要素だが、この人物が乾先生その人である。

「栗ちゃんが来てくれると、えらい助かるわ。わしはもう胃カメラなんぞめんどくさくってやってられへん」

「面倒とは言っても、三人だけですが……」

「それでも面倒は面倒なんや。この年まで生きてると、もう散々に人の腹黒いところ見てきたさかいに、今さらカメラ突っ込んで他人の腹ん中なんか見とうないんやよ」

よっこらしょと腰かけて、ぶはぁっと煙を吐き出した。

普通はどんな容姿の人間でも、白衣さえ着ていれば相応に医者に見えるのだが、乾先生だけは違う。どうひっくり返しても、医者のふりをした大阪やくざである。

「調子はどないや？」

ぎょろりと大きな目を向けた。別に怒っているわけではない。自前の眼付《めつ》きがそうなのだ。

「調子というと？」

「内ちゃんのことや。だいぶ悪いらしいな」

短く刈り上げた髪をがしがしこすりながら、大きく一服を吹かした。

「もう耳に届いていましたか」

「内科の大狸が言うてきおった。今回ばかりはしゃれにならんて」

奇《く》しくも乾院長が内科部長に名付けたあだ名が、私と同じ「大狸」である。もちろん偶然の一致であるし、少なくとも、本人に面と向かって大狸と口にできるのは、乾先生を措《お》いてほかにない。ちなみに大狸先生は大狸先生で、乾先生を「外科の河馬親父《かばおやじ》」と称していたから、お互い様ではある。

「あの内ちゃんがリンパ腫《しゅ》たあ、さすがの狸も落ち込んどるやろう」

「今のところは、そんなそぶりは見せていませんが」

「ほな、これからやな。狸は素直やないから」

あっさりそんなことを言う。

「しかし未《いま》だに信じられんわ。内ちゃんとは、二人でよう夜中まで回診していたもんやけど……」

もう一度つぶやいて河馬親父先生はため息まじりに煙を吐いた。

本庄病院にいたころ、乾院長と内藤先生は妙に気が合ったようで、しばしば夜半の医局で楽しげに話をしていた姿を覚えている。

「内科のタヌキに、外科のカバか。本庄病院は、まるで動物園やな」

そう言ってがははと笑う乾先生に、

「そんな可愛《かわい》いものではありませんよ。お二人がそろうと、まるっきりヤクザの集会です」

にこやかにそう答えていたのが、内藤先生であった。年齢差はあっても、不思議と気兼ねのない二人であったのだ。

「まったく神様も、もう少し人情があってもええやろうに。胃瘻《いろう》やら点滴やらで、死にとうても死ねへん寝たきりの年寄りはいくらでもおるのに、なんでまた、よりによって内ちゃんを連れて行こうとするんかいなぁ」

「連れて行かれると、まだ決まったわけではありません」

「ああ、そうやったな。しかしなあ……」

再びぶはあと煙を吐いたその横顔が、妙にさみしげに見えた。口は悪くても、性分のまっすぐな人である。

乾先生分の茶を持って、先刻の看護師が戻ってきた。

「院長先生、若い先生の前で滅多なこと言っちゃいけませんよ。死にとうても死ねへんだなんて、お医者さんの言葉じゃありません」

「嘘《うそ》やないんやからしゃーないやろう。栗ちゃんも、せっかく来たんやから、うちのベッド見ていったらええわ。鼻やら腹やら尿道やらから、いっぱいチューブ出した年寄りたちが、みんな同じ顔して一日中天井眺めとるよ。口きける奴はひとりもおらんが、死にそうな奴も今のところおらんわ。おまけに……」

ぐいぐいと力いっぱい煙草を灰皿に押しつけながら、

「入院した時には、胃瘻でも何でもええから助けてくれ、言うて叫んでた家族が、今や月に一回もこーへん。まあ静かで結構やけどな」

看護師の方は優しげな笑顔で乾先生の顔を見守っている。いつものことなのだろう。少なくとも、そんな寝たきりの患者たちのためにも、尽力を惜しむ先生でないことは誰もが知っていることだ。

ちょうどそのタイミングでポケットの携帯電話がけたたましく鳴り響いた。眉を広げる河馬親父先生の前で電話に出れば、危急の要件だ。

「行かなければいけません」

「相変わらずやな、本庄は」

よっこらしょと立ち上がりつつ、

「また手伝いにきてくれや、栗ちゃん」

はいと応じる声にかぶさるように、

「栗ちゃん、一個だけ忘れたらあかんことがある」

ふいにしわがれた声が響いた。

「人は必ず死ぬ。わしらがどんなに手を尽くしても、人間は二百歳までは生きられへん。いかに生きるかばっかりが吹聴される世の中やけど、いかに死ぬかっちゅうこともきっちり考えるのが、医者の仕事やで」

見返せば、存外温かな河馬親父先生の目とかち合った。

「あぁそれから……」と、立ち去り際の私に何でもないことのように付け加えた。

「タヌキに言っといてくれ。たまにはお前が胃カメラしに来いってな」

優しい声であった。

必ず伝えます、と答えてから、一礼して私は身をひるがえした。

古狐先生がまた倒れた。

それが東西からの連絡であった。

倒れたと言っても前回とは状況が違う。今回は車椅子《いす》に乗って千代夫人とデイルームに出てきているときに、突然意識を失って昏倒《こんとう》したのだという。

私が駆けつけたときには、古狐先生は自室のベッドに戻っていた。東西の話では、倒れた直後はまったく応答はなかったということだが、私が電話で指示した頭部CT検査を施行しているうちに、意識状態が回復し始め、病室に帰った頃にはおおむね元に戻っていたということだ。

眼前には、いつもと変わらぬ笑顔の古狐先生がいる。

「今日はいい天気でしたからね。デイルームから常念岳が見えると聞いて、千代と一緒に見に出ていった矢先のことでした」

診察をする私に向かって、呑気《のんき》にそんなことを言う。

「常念には学生時代に一度だけ登ったことがあるんです。その時は千代も一緒でした……。常念小屋に宿泊し、満天の星を眺め、ご来光も拝みました。ずいぶん昔のことですが、なんだか急に思い出しましてねぇ……」

のんびりとした声が続く。口調はしっかりしているが、なんとなく注意が散漫に見えなくもない。傍らに立つ千代夫人は黙って見守るばかりだ。胸中にわだかまる不安は並大抵ではないはずだが、そんなことをことごとく心のうちに沈めて、ただ時折、夫の声にうなずき返している。

とにかくバイタルが安定したのを確認したところで、そっと病室を出た。

「よくないの？」

廊下で待っていた東西の第一声がそれである。

「よくないことは間違いない。だが……」

東西の差し出した頭部ＣＴ写真に目を通しつつ、眉をひそめた。

「少なくとも現時点では麻痺《まひ》もなければ感覚障害もない。おまけに至急で撮影したＣＴでも異常所見がない」

「どういうこと？」

「何が起こっているのか、わからんということだ」

私はもう一度ＣＴフィルムをすべて見直す。やはり異常所見はない。

ＣＴでは出血はないし、梗塞《こうそく》を疑わせる身体所見もない。悪性リンパ腫の化学療法を開始してすでに二週間が経過しているが、抗がん剤による副作用の可能性となると、私の乏しい知識では甚だ心もとない。

「栗原！」

幾分慌ただしい声が聞こえて顔を上げれば、廊下を早足に歩いてくる辰也が見えた。私服の上に白衣をまとっただけの姿だ。おおかた夏菜と遊んでいるところを呼び出されたのだろう。

「内藤先生の様子は？」

「今は落ち着いている。ちょうどお前の力を借りたいと思っていたところだ」

言いながらＣＴ写真を手渡す。

「前触れもなく突然倒れたが、その後自然経過で意識が改善している。理学所見も異常がないし、頭部ＣＴも問題ない。何か見落としていることが……」

そこまで言った私が言葉を切ったのは、朋友が常と異なる厳しい表情であったからだ。

「栗原、僕はひとつだけ重要なことを見逃していたかもしれない」

眉を寄せる私の前で、厳しい表情のまま、言葉を選ぶように静かに語を継いだ。

「進行期のＴ細胞性リンパ腫であるならば、当然注意すべきであったことだ。ひとつだけ検査を追加する。これからすぐに」

辰也は声を落とした。

「髄液検査だ」


髄液というのは、脳や脊髄《せきずい》を包む液体のことで、いわば人間の中枢機能を保護している重要な液体である。人間の脳は頭がい骨の中に直接どっかりと据えられているわけではない。この髄液という液体の中に浮いていると考えればよい。

髄液検査それ自体はさほどに困難なものではなく、腰のあたりから細い針を刺して少量の液体を抜いてくるだけで済む。

辰也は、古狐先生の髄液を採取し、そのまま私を連れて、検査室へと足を運ぶと、松前老技師長を呼んで、その場で検査を依頼したのである。結果がそろうのに、一時間はかからなかった。

「中枢神経浸潤《しんじゅん》？」

カンファレンスルームに、千代夫人の怪訝《けげん》そうな声が響いた。

室内にいるのは、私と看護師の御影さんと千代夫人だけだ。御影さんがメモをとるペンの音だけが室内に聞こえた。

「悪性リンパ腫の中枢神経浸潤です」

感情を押し殺して答える私の声に、夫人が音もなく二度ほど瞬《まばた》きした。なぜかその些細《ささい》な動きがとても美しく見えた。

「厳しい……ということですね」

「今も進藤先生が検査科で精密検査の指示を出してくれていますが、治療内容の変更が必要です。髄液注射も併用した強力な化学療法に……」

「夫はあとどのくらい持ちますか？」

今度は私が沈黙する番だった。黙して顔を上げれば、千代夫人の凪《なぎ》のように静まった目が私を見つめていた。

「新しい治療は、夫の体で持ちこたえられるものですか？」

あくまで淡々とした声だった。私は答えることあたわず、ただ黙して視線を落とした。

胸中によみがえるのは、検査室での、辰也の厳しい横顔だ。顕微鏡を覗き込んだまま、彼は凍りついたように、そこから動かなかった。

「どういう状態なのだ、タツ」

私の声に、答えたのは、同じく隣で顕微鏡を覗いていた松前技師長だった。

「髄液中に本来はあり得ない細胞が見られとる」

「あり得ない細胞？」

「腫瘍《しゅよう》細胞じゃよ。つまりはリンパ腫が頭の中にまで入り込んでおるということじゃ」

一瞬血の気の引く思いがした。傍らで顕微鏡を睨《にら》みつけたままの辰也がかすかにつぶやいた。

「もっと早く気づくべきだった……」

悲痛な響きがあった。顕微鏡のレンズを握りしめたまま、唇を嚙《か》みしめていた。

「考えてみれば、最初に病棟で倒れたこと自体が、神経浸潤によるものであった可能性が高い。進行期の高悪性度リンパ腫であれば、最初から考えなければいけないことだったんだ……」

たとえ多くの難題を抱えていても、血液内科医としては堂々たる自信にあふれていた朋友の肩に、今はその影すらもなかった。

私はそんな重い記憶を振り切り、動揺を押し鎮めてから、千代夫人を見返した。

「病状が厳しいことは確かです。ですが、とにかく薬剤を変更して治療を継続します」

千代夫人はゆったりと一礼すると、常と変わらぬ静寂をまとったまま、落ち着いた動作で立ち上がった。

「夫のそばにいることにします。せっかくの大切な時間ですから、少しでも二人で過ごしたいのです」

夫人が退室したあと、それを見送る御影さんが小さくしゃくりあげるのが見えた。

「負け戦だな」

部長室に、大狸先生の太い声が響いた。

その大きな手が、髄液検査結果を握りしめている。

「間違いなく、内藤の検査結果なんだな？」

言わずもがなのことを口にした。

「負け戦だ……」

「繰り返さなくても聞こえています」

思わず声が乱暴になる。慌てて頭をさげた。

「……失礼しました」

「謝ることはねえ。俺もそんな気持ちだ」

相変わらずぶれない声が続く。その目が卓上に放《ほう》り出されたレントゲン写真に向けられた。

頭部ＣＴを施行したときに一緒に撮影した胸のレントゲンだ。

「あと一ヶ月ももたねえな」

静かな声が厳然たる響きを帯びて吐き出された。

レントゲンには隆々と腫大したリンパ節がはっきりと写っていた。二週間前にはＣＴで指摘はあってもレントゲンでは判然としなかった病変である。今はレントゲン一枚で病変が明確に認識できるようになっていた。この二週間の抗がん剤は全く効いていなかったのだ。

「本日夕方から進藤先生の指示で、化学療法を髄注併用に切り替えます」

「内藤にはなんて言ったんだ?」

「何も言っていません」

わずかの沈黙ののち、

「言わなくても、副部長先生はわかっています」

「……そうだな」

小さくつぶやいた大狸先生は、そのまま部長室中央の接客ソファにどっかりと腰を下ろした。おもむろにポケットからマイルドセブンを取り出し、どこからともなくライターを持ちだして火をつける。

「……院内は全面禁煙です」

「栗ちゃん、常念って知ってるか?」

私の言葉など聞き流して唐突な問いが返ってきた。

常念岳は言わずと知れた北アルプスの名峰のひとつだ。

標高は二千八百とそれほど高くはないが、安曇野《あずみの》からは堂々と真正面にかまえた威容を見上げることができるため、松本平の人々には昔から親しまれてきた。

「常念のてっぺんには常念小屋っていう立派な山荘があってな。俺も学生時代に行ったことがある。内藤が好きな山なんだ」

ぽつりとつぶやく言葉とともに、ほのかな紫煙が立ち上がる。

「常念は内藤と千代ちゃんの馴れ初め《なそ》の山なんだよ」

ゆっくりと昇る煙を見つめながら、はるか過去を思い出すように続ける。

「おれが医学部三年で、内藤がひとつ後輩だから二年だった。ある時、仲間内で夏の常念に登ろうって計画を立てた。人文や工学や理学の友人も入れて大勢で登ろうって計画だ。遠慮するばかりの内藤も無理やり巻き込んだ。その時集まった仲間の中に千代ちゃんもいたんだ。お二人さんが恋に落ちたのは、標高三千メートルに近い北アルプスのてっぺんだったってわけよ」

大狸先生が珍しく、饒舌《じょうぜつ》である。

物腰は柔らかくとも芯《しん》の強い千代夫人と、いつでも飄然《ひょうぜん》として頼りない古狐先生は、出会った最初から不思議と気が合ったらしい。片道六時間の山道を助けあいながら登り、頂上に着くころにはすでに友情を越えた感情が芽生えていたという。もちろん大狸先生の主観的表現である。

いずれにしても山荘に到着した時点で友人一同は一計を案じた。

宿泊をした夜、古狐先生と千代夫人を星空の下に誘いだし、隙《すき》を見つけて、二人だけを残し一斉に山荘の中へ姿を消したのである。いかにも学生らしい安易な思いつきではあったが、作戦は極めて有効であった。

満天の星の下に残された二人。

その間でどのような問答がなされたのか、知る者はひとりもいない。ただ確かなことは夜半に二人がこっそり山荘に戻ってきたときには、新しいカップルが誕生していたということである。

「常念にそんな思い出が……」

「二日くらい前のことだ。何かしたいことはあるかって内藤に聞いたらな。笑いながら、〝千代と二人で常念に登りたいですね〃と答えやがった」

大狸先生は苦笑しかけて失敗した。

「行けるわけねえじゃねえか、こんな状態で」

行き場のない哀感に満ちた一言だった。

「神様ってのも存外意地が悪いよなぁ……」

やがて大狸先生が、そのままひょいと手をあげて、部長室から出て行くように手を振った。

私は声もなく一礼して部屋を出た。

廊下に出てそっと扉を閉じようとしたところで、いきなりドンっと鈍い音が床をふるわせて、驚いて室内を顧みた。ソファに座ったままの大狸先生が右手の拳《こぶし》をテーブルの上に叩《たた》きつけていたのだ。目はしっかりと見開かれ、口元は穏やかに結んだまま、しかし卓上に叩きつけられた拳だけは小刻みに震えていた。

また拳が振り上げられ、テーブルに叩きつけられた。

ドンッ、
重い響きが廊下まで聞こえる。さらにドン、ドンと殴り続ける音だけが続くなか、大狸先生は、眉ひとつ動かさず、ただひたすらに拳を打ちつけていた。

やがて動きを止めた大狸先生の大きな肩が一度だけふるえた。

涙はなくとも、それは泣いている姿であった。

御嶽荘に戻った私が細君を外に連れ出したのは夜の十二時近い頃だった。

「飲みに行こう」

憮然《ぶぜん》として告げる私に、細君は何も聞かずただ「はい」と答えた。

夜十二時である。

いつもの居酒屋「九兵衛」はとっくに店じまいの時間だ。それでもそこに足を向けたのは、ほかに行くあてもなく、また胸中にわだかまる感情のやり場もなく、立ち止まっていられなかったからにほかならない。店が開いているかいないかは問題ではなかったのだ。

気がつけばそこかしこに死の気配があった。

いつもは当たり前のように目の前を過ぎていく死神が、今はすぐ背後でうすら笑いを浮かべて、気まぐれのように大きな鎌《かま》を振り回しているような不吉な妄念が離れなかった。私がむやみと足早に歩いたのは、その妄念を振り払わんがためであったのかもしれない。

いくつかの街路をまがり、薄暗い街灯のともる小道を歩き、ようやく「九兵衛」の前までやってきた。むろん電気は消えている。

当たり前だ。その当たり前のことにすら、不可解な苛立《いらだ》ちを覚えたその時、にわかに、店の灯《あか》りがともった。

たじろぐ私の前で、店の扉が開き、顔を出したのはいかつい顔のマスターだ。

「裏路地をえらい速度で歩いてくる人影が見えましてね、やはり栗原さんでしたか。どうしたんですか?」

そんなことを言いながら、大きなゴミ袋を店の外に運び出す。店内の掃除も終わって、もう帰るところなのだろう。

どう答えたらよいものかと思案しているうちに、細君の明るい声が聞こえた。

「どうしてもお酒が飲みたいんです、だめですか、マスター」

マスターがさすがにぎょっとする。私だってぎょっとする。

閉店し、ようやく店内の掃除も終えたいかついマスターに向かって、小柄な細君が店を開けてくれと言っているのだ。乱暴というより奇矯である。

「今から？」

「今からです」

細君の返答に迷いはない。マスターはちょっと逡巡《しゅんじゅん》してから問うた。

「榛名さんのご希望で？」

「はい、私です」

朗らかな笑みを浮かべてはっきりと応じる。

マスターは戸惑いがちに、仏頂面の私とにこやかな細君とを見比べていたが、やがて日に焼けた頬《ほお》に微笑を浮かべた。

「栗原さんの頼みならお断りするところですが、榛名さんのお願いなら断れません。ちょうど新酒が入りましてね。味見に付き合ってもらえるなら、出しますよ」

「ありがとうございます」

細君の涼やかな声が、暗がりの路地に響いた。

『寫楽《しゃらく》』。

見慣れぬラベルに私はマスターを見返した。

「会津の酒です。『飛露喜』が好きな栗原さんなら、たぶん気にいると思いますよ」

建前上は細君が飲みたいということになっているのだが、最初から私の好きそうな酒を出してくるあたりが、マスターのマスターたるゆえんだ。

だまって一杯を受け取った。

「『寫楽』は小さな蔵でしてね。零細企業なんですが、最近はどこでも小さな蔵ががんばっているんですよ。信州だって『夜明け前』やら『白馬錦』やら、この前の『信濃鶴』だっていい酒でしょう」

なるほど、と首肯して口をつければ、これはまた特段の美酒である。

傍らで細君も「まあ」と目を見張って頬に手を当てた。

甘みがよい。やたらと切れ味のいい酒が多い昨今では珍しく、十分な旨味《うまみ》があとに残り、かつそれが嫌味でない。ことに美味な酒である。

「すまんな、ハル」

ようやく一息をついて、私は吐き出した。店内をみやれば、いつのまにかマスターの姿はない。言うまでもなくマスターの配慮である。

細君はむしろ不思議そうな顔をする。

「夜中にようやく帰ってきたかと思えば有無を言わさず連れ出したあげく、ハルを酒飲みにでっちあげて最前から私ばかりが飲んでいる」

「でっちあげてなんかいませんよ。ほんとに飲みたかったんですから」

笑って細い手でガラスの酒器を取り上げ、それぞれの杯に注《つ》いでいく。思えば、こうして二人で「九兵衛」で飲むのは久方ぶりである。

「内藤先生、良くないんですね」

私は小さく頷いた。

暗鬱《あんうつ》な気持ちを振り払うように酒杯に手を伸ばそうとすると、それより先に細君が自分の杯を取り上げて、くいと一息に飲み干した。思わず目を丸くする。

「ハル、大丈夫か、そんな勢いで飲んで」

「今日は、イチさんの分まで飲みます」

ぎゅっと酒杯を睨みつけてそんなことを言う。

「苦しいお酒はイチさんの分まで飲みます。おいしいお酒は、イチさんと一緒に飲みます」

とんと胸を叩いて「任せてください」と澄んだ声を響かせた。

無茶な飲みっぷりのためか、白い頬がすでに朱に染まっている。いくらかうるんだ瞳が美しい。私はじっと細君の瞳を見返し、にわかに自分の酒杯と細君の酒杯を同時にとって、立て続けに次々と飲み干した。

「あ、いけませんよ、イチさん」

「苦しい酒はこれでおしまいだ。あとはうまい酒で宴を張ろう。仕切り直しだ、ハル」

私の大きな声に、ちょっと驚いた細君は、すぐに赤い頬に微笑を浮かべた。それから目の前

で、ぴっと人差し指を一本立ててから、

「では、楽しい話をひとつします」

「なるほど、それは愉快だ」

「まだ何も話していませんよ」

「ハルが愉快と言えば、それだけで私は愉快なのだ」

戯言《ざれごと》をまき散らせば、細君の軽やかな笑声が応える。

「屋久杉君が屋久島に行くそうです」

今度は私が戸惑う番だ。

「『夜と霧』を読んでから、人生観が変わったそうです。もう少し毎日を大切に生きたいと思うようになって、そうしたら居ても立ってもいられなくなったそうです。昨日、屋久島への行き方を相談されました」

細君は仕事柄、屋久島へは何度か足を運んだことがある。その辺りのことは確かに詳しい。

「ちょっと唐突だったので少し心配にはなりましたけど、なんだか吹っ切れたような明るさがあって、私まで元気をもらいました」

「唐突であることは、健康な証左でもある。気に病むことはない」

本一冊で突然見えるものが変わることは確かにある。ならば、そんな刹那《せつな》的な感動だけをバネにどこかへ飛びだして行ったとしても、それはそれで構うまい。なんとなれば、屋久杉君には帰る場所がある。すなわち御嶽荘があるのだから。

じんわりと腹の底が温かくなってきたのは、酒のせいばかりではないだろう。

「屋久杉君の屋久杉レポートが楽しみだな」

笑ってうなずく細君に、「それにしても」と私は語を継いだ。

「ハルは玉手箱のような奴だ」

「玉手箱ですか?」

「人を幸せにする宝物がいっぱい詰まっている」

まあ、と笑って細君は赤い頬をまた一段と染めた。

「では、もうひとつ幸せになるお話をしますね」

「まだあるのか? これ以上愉快になっては、足下にはびこる不愉快たちに申し訳がたたないではないか」

「不愉快さんとは毎日お付き合いをしているのですから、今日くらいは遠慮していただいてかまいません」

細君は、自信いっぱいの様子で、軽くコホンと咳払《せきばら》いなどして見せる。

「昨日千代さんから聞いた話です。病室にお見舞いに行った時、先生が眠っている横で、馴れ初めの話をしてくれたんです」

おや、と私は目を細めた。

「常念の話か?」

「知ってるんですか?」

「今日偶然、部長先生から聞いたのだ」

「常念の星空の下で告白だなんて、素敵ですね。夜空を見上げながら、千代さんが〝星がきれいですね〟って言ったら、内藤先生なんて答えたと思いますか？」

「さて、難問だな。あの先生のことだからよほど軽妙な応答でもしたか」

「いいえ。〝星のことはいいんです。私にとって大事なのはあなたです〟って」

思わず酒杯を取りかけた手が、あやまってこれを取り落としそうになる。あの飄然たる先生の姿からは想像がつかない。

「千代さんは千代さんでびっくりして思わず〝どうもありがとうございます〟って」

私と細君の笑声が和した。

「本当に幸せな思い出だっておっしゃっていました」

「副部長先生に今なにかしたいことがあるかと問うたら、常念に登りたいと答えたそうだ。またあの星空をふたりで眺めたいと」

「……千代さんと同じ思いなんですね」

細君が少しだけ寂しげに眼を細めた。手中の酒杯から私に視線を移し、

「登れないいんですか？」

「……山どころか病院から離れることも厳しい。いつ倒れるかわからない」

「そうですか」と細君が肩を落とした。

「笑ったり、落ち込んだりと忙しそうですね」

ふいにそんなことを言って奥からマスターが出てきた。カウンターの向こう側に立ち、ゆっくりとお気に入りの湯呑を取り出す。マスターが酒を飲むときは、いつでもこの湯呑である。

私は卓上の『寫楽』を湯呑の上に傾けた。

「なんの話ですか、榛名さん?」

「常念の星空の話です」

細君が笑顔を取り戻して答えた。

「北アルプスの上から眺める星空は最高です。一度イチさんを連れて行ってあげたいんですけど、忙しくって……」

「アルプスですか。たしかに絶景でしょうが、昔はこの町中からも山頂に負けないくらいの星空が見えたもんですけどね」

水のように酒を飲みながら、そんなことを言う。

「最近じゃ、品のないネオンだか看板だかが増えて、めっきり見えなくなりました。夜中にはネオンも消えますが、町のど真ん中に、24時間365日消えないひときわ明るい看板がありますからね」

マスターがにやりと笑った。

私も苦笑する。

「なるほど。あれは確かに目にうるさい。七日に一度くらいは消えてもらいたいものです」

「いけませんよ。この町の最後の砦《とりで》なんですから」

笑ってマスターが湯呑を持ち上げた。

「美しい星空と、栗原夫妻の未来に乾杯」

太い声が店内に響いた。

「九兵衛」を何時に出たのかは判然としない。

少なくとも『寫楽』の一升瓶を三人であけたことは事実だ。マスターの飲みっぷりは尋常でなく、特上の純米酒を水のように飲んで平然としている姿があった。

外に出ると点々と灯る街灯がわずかに夜道を照らすだけの暗さである。

たゆたう視界の中をゆっくり歩き出したところで、振り返ると細君が店を出た道の真ん中で空を見上げているのに気づいた。

じっと何かに気を取られるように夜空を見上げたまま、微動だにしない。視線の先を追ってみれば、闇夜に無数の星だ。おおかたネオンも消えて星々が良く見える。

視線を戻した先では、細君がまだ一心不乱に空を見上げている。心配になって声を発した。

「どうした、ハル」

ふいに我に返ったように、細君が私を見た。

次の瞬間、ぱっと駆け出して、私の腕につかまると、

「イチさん、とってもすごいことを思いつきました」

澄んだ声が耳を打った。そのまま私の腕を引っ張ると、耳元に向かってそっとささやいた。

今度は私が目を見張る番だった。

「本気か？」

「どうですか？」

「あきれた奴だなハルは。本当にそんなことができると思うのか？」

ようやくそれだけ答えた私に、細君はしかし微塵も迷いを見せない。

「二人だけでは無理です。皆さんの力を借ります。借りられる人全部の力を借ります。だってイチさんが何年もお世話になってきた素敵な先生なのでしょう。私も何かお礼がしたいんです」

きらきらと輝く瞳に私はただ首肯するしかない。

「無理だと思いますか?」

「普通に考えればできるはずがない。しかしハルのその笑顔を見れば、なんとかなるような気がしてきた」

「やりましょう、イチさん。みなさんにお願いするんです」

言うなりそのまま私の手を引いて細君は駆け出した。

艶《つや》のある黒髪が風にながれ、不思議な高揚感が胸中に満ちていた。

「貧血が進んでいる」

辰也の声がスタッフステーションに響いた。古狐先生の電子カルテを開いている。

「ときどき意識状態が急に悪くなる時もある。髄注を開始してわずか二日しか経《た》っていないが、化学療法は中止だろう」

辰也の声に私はかすかに首肯した。

夕方六時である。そろそろ夏菜の迎えの時間だ。幸い病棟患者が落ち着いているから今日は無事に迎えに行くことができるであろうに、辰也は眉間《みけん》に深い皺《しわ》をきざんだまま動かない。

古狐先生の病状は悪化の一途を辿《たど》っていた。

食事も取れなくなり、昨日から完全静脈栄養に切り替えた。移動もすべて車椅子の状態だ。

大狸先生の言うとおり完全な「負け戦」であった。

辰也は片手で電子カルテを操作し、最近数日の血液検査を呼び出している。呼び出しても呼び出しても、真っ赤な数字が並ぶばかりのモニターに、辰也はやがて目を閉じた。

「笑ってくれ、栗原……」

きつく唇を噛んだ朋友の姿があった。

「あらゆる手は打ってあるなどと偉そうなことを言っておきながら、この始末だ。夏菜や千夏のことに頭を奪われているから、こんな不手際をやってしまう……」

「お前が落ち込む話ではない」

私の声に、しかし辰也は顔を上げなかった。

「仮に一ヶ月早く髄液侵潤の診断がついていたら、予後が変わったのか？　そういうものではない」

「良心に恥じぬということだけが、我々の確かな報酬だ」

目元を指で押さえたまま、辰也は続けた。

「僕には、その言葉を口にする資格がない」

肩を落としたまま、再び口をつぐんだ。

あとには重苦しい沈黙ばかりがある。私は、ゆっくりと病棟を見回す。水無さんや御影さんが忙しげに往来しているのが見える。東西は相変わらず会議かなにかか病棟内にはいない。

病棟の隅で落胆している二人の内科医にあえて近づこうとする者はいなかった。

「治療がなくなれば、我々の役目は終わりなのか？」

あえて明後日《あさって》の方向を眺めたまま、私は告げた。

視界の片隅で、辰也が怪訝な顔を上げる。

私は白衣のポケットに両手を突っこんだまま、じろりと友を一瞥した。

「主治医のなんたるかについては、以前にも一度言ったはずだ。治療するだけが我々の仕事ではない」

わずかに眉を動かした辰也が、静かに口を開いた。

「……何を考えているんだ、栗原？」

「副部長先生のための一仕事が残っている」

「一仕事？」

私は少し声音を落として続けた。

「ただし相応に大きな仕事だ。おまけにリスクばかりで何の報いがあるわけでもない。言うなれば……」

「良心に恥じぬということだけが、確かな報酬か」

辰也の声が遮った。

つと見返せば、朋友の目もとには、いつのまにやら端然たる落ち着きが戻っている。

「話してくれ、栗原」

「過ぎたことをいつまでもクヨクヨしているような軟弱者が相手では、一考せざるを得ないな」

「栗原」

と辰也が私に向き直った。

「僕だって内藤先生の主治医だ。知らないうちに受け持ち患者に勝手な指示を出されては困るんだよ」

目もとにかすかな笑みがある。いささか融通の利かないところはあっても、土壇場ではやはり頼りになる男なのである。

「口の減らない男だ」

私もまたようやく笑みを返してから、腹中の計画を打ち明け始めた。


翌日早朝、病院裏手の河原である。

「あら？　嫌煙家がこんなところに何の用？」

外村さんが、ポケットに手を突っこんだまま振り返った。いつもの場所でいつものフィリップモリスをくわえた外村さんは、ふわりと煙を吹きだした。

「外村さんに、相談があってきました」

「相談？」

仏頂面の私に、外村さんは意味ありげに笑んで言う。

「院内で声かけてくれればいいのに、わざわざこんな所に、しかも朝っぱらから出て来るなんて、わけありって感じね。また友情の問題じゃないでしょうね」

「辰也の阿呆《あほう》をいつまでも話題に乗せているほど暇人ではありません。もっと愉快な話です。救急部の協力が必要なのです」

外村さんが不思議そうな顔をする。

「いくらか派手な仕事です。上から目をつけられるかもしれません」

「なによ、面白そうじゃない」

にわかに興味を示した。困った人である。

「面白いと思いますよ」

私も笑みを浮かべ、静かに救急部師長を差し招いた。


松前技師長が軽く眉を動かして私を見返した。

「本気かい、先生?」

昼過ぎの中央検査部は、午前中ほどではないものの、機械と人とが入り乱れて相応の喧騒ぶりである。今も多数の技師たちが部署内を駆けまわりながら、突然やってきた〝引きの栗原〟に不思議そうな視線を投げかけている。

老技師長は昼食のおにぎりを食べながら、片手で器用にタッチパネルを操作している。ほとんど画面も見ずに、モニター上をひらひらと行き来する手さばきは、さすが勤続最年長を思わせる。

「本気です。つきましては、検査科の協力がいただきたくてきました」

ぽりぽりと禿《は》げあがった頭をかきながら、技師長が私を見返した。その手がパネル上で止まっている。

「変人栗原ってのは本当なんじゃね、ちょっと正気の沙汰《さた》とは思えん」

技師長のあくまで無関心な態度は変わらない。束《つか》の間《ま》止まっていた手が、再び作業を開始した。飄々と構えた風体《ふうてい》からは、心中は見透かしがたい。

「無理ですか？」

「無理とは言っておらん」

技師長は、おにぎりの残りを一口でほおばると、咀嚼《そしゃく》を終えてから振り返りもせずに答えた。

「簡単なことじゃよ」

私は静かに頭《こうべ》を垂れた。


両手を腰に当てた東西が、私を睨みつけていた。

夜の病棟である。働き者の東西は、昼でも夜でも院内にいないことがない。

「呆《あき》れた話だわ」

大きなため息とともに言葉が放り捨てられた。

じっと見返す私に向かって、

「今朝から、進藤先生や砂山先生が院内中をうろうろしているから、何か企《たくら》んでいるんだとは気付いていたけど、そういう話だったのね」

「企んでいたとは人聞きが悪い。水面下で根回しをしていただけだ」

「おんなじことでしょ。いくらなんでもそんなの無理よ」

「無理は承知だ。責任は私がとる」

「責任って言ったって、何ができるのよ。本庄病院で死ぬまで働くとでも言うつもり？」

「それだけは願い下げだ」

即答してから慌てて口をつぐむ。東西の形のよい眉に険が生じている。その険悪な沈黙を破ったのは、対照的に明るい声だ。

「やりましょう、主任さん」

いつのまにか背後に立っていた御影さんである。

「どうしたのよ、御影さんまで」

「きっととても大事なことだと思うんです。私もお手伝いします」

あの気弱な御影さんにしては、不自然なくらいに決然たる口調である。

それを一瞥して東西が静かに答える。

「御影さん、進藤先生に何か言われたでしょ」

え、と顔を赤らめてあからさまに動揺する。東西は軽く一睨みして、

「進藤先生のファンになるのはいいけど、あんまり簡単に引き受けてるとあとで苦労するわよ。ドクターなんて、結局患者のことで頭がいっぱいで、私たちの苦労なんてひとつも考えに入れてないんだから」

「そ、そうなんですか?」

すぐに青くなってあたふたし始めている。まだまだ修行が足りないようだ。このままでは風向きが悪いから、すぐ背後で温度板を記入していた水無さんに水を向けた。

「水無さんはどう思う?」

ちらと顔を上げた水無さんは、遠慮勝ちに答えた。

「私は……いいと思います」

「賛成というわけだな」

小さく頷いたのを確認して、どうだ、と東西へ目を向けると、先刻以上に呆れ顔だ。

「水無さんには、砂山先生から話がいっているってわけね?」

水無さんも耳まで赤くなって沈黙した。

やがて東西が大きくため息をついた。

「ほんと、気楽なこと言ってくれるわ」

その切れ長の目がじっと私に向けられている。ここで逃げ回っても仕方がない。いたずらに堂々と答えた。

「病棟中の若手看護師たちから大きな支持を得ているお前が力を貸してくれなければ、この仕事は成功しない」

「ひとを影のボスみたいに言わないでよ。私はただの病棟主任よ」

「だめか、東西?」

「だめなんて言ってないでしょ。なんだかこのメンバーだと私ひとり常識人ぶらなきゃいけないから損な役回りだわ」

額にかかる前髪を、さっと搔《か》きあげてから、軽く肩をすくめて見せた。

「で、いつまでに準備すればいいの？」

私はすっと二本の指を立てた。

「二日後だ」


二日後の深夜に、私が南3病棟を訪れたのは、呼び出されたからではなかった。

時刻は日付も変わる十二時前、すでに病棟中が寝静まっている時間である。スタッフステーションに入ってきた私を見て、ステーション内にいた御影さんが何も言わずに立ち上がった。他の看護師たちもまた、無言で小さく頭をさげた。

そのまま二人して333号室を訪れる。

扉をあけると、ベッドに身を起こした古狐先生と、傍らに立つ千代夫人が待っていた。

「こんな時間にお疲れ様ですね、栗原先生」

古狐先生が、いくぶん嗄《か》れた声で笑った。

「夜中に、ぜひ連れて行きたい場所があると言っていましたが、何事ですか？」

さすがに深夜の十二時では大変かと思っていたが、にこやかな古狐先生の笑顔はいつもと変わりない。ここ何日かでさらに痩せて、頬もこけてしまったが、穏やかさはいつもの先生だ。

「出かけられそうですか、先生」

「もちろんです。せっかくの栗原先生のお誘いなんですから。しかしどこへ行くんです?」

「まだ秘密です。出発します」

私は微笑とともに答えた。

御影さんが手際よく点滴のボトルを車椅子の点滴棒に移し替え、それから千代夫人と二人で先生を車椅子へと移動させる。そんな何気ない動作の中に見え隠れする厳しい現実を振り切るように、私は廊下へ出た。

御影さんが車椅子を押し、その傍らに千代夫人がつき従う。夜間灯だけがともる薄暗い廊下を抜け、エレベーターホールまでやってくると、東西がエレベーターを止めて待っていた。

古狐先生に向けて笑顔で黙礼しただけで、何も語らない。

私もまた無言で頷きかえし、エレベーターに乗る。行先は一階だ。

夜間の外来棟から連絡通路を通りぬけて隣の建物に入ると、煌々《こうこう》と明かりのともった救急外来のそばを通る。その喧噪を尻目に途中で廊下を曲がり、救急用エレベーターの前まで来た。

そこに待っていたのは辰也である。

「お疲れ様です、先生」

私と辰也を見比べた古狐先生が苦笑した。

「おやおや、進藤先生まで共犯ですか。二人して一体何を企んでいるんですか?」

辰也はそれに笑顔だけで応じ、車椅子を押してきた御影さんを導いて、救急部エレベーターに乗り込んだ。

辰也が行き先階の一番上にあるHのマークを押した。

ヘリポートである。

それを見た夫妻がさすがに顔を見合わせる。

「栗原先生、さすがに大掛かりな話になっていませんか？　少し心配ですよ」

言葉とは裏腹に、古狐先生の声音にはどこか楽しむような気配がある。

静かな上昇のあと、やがて扉が開き、辰也が先に立ってエレベーターホールの外に出た。扉をひとつくぐれば、まさしくそこがヘリポートだ。

夜の闇の中、病院の照明を受けて淡く輝く正方形の空間は、巨大な魔法の絨毯《じゅうたん》のように何もない場所にゆったりと浮かんでいるように見えた。


ヘリポートは文字通り病院の最上階である。

六月の比較的暖かい夜風が勢いよく吹き抜けていく。夜中ではあるが、病棟のスタッフステーションの灯りや大きな救急部の看板のおかげで、ヘリポートの上も相応に明るい。

御影さんが車椅子を押し、その隣に千代夫人がついていく。やがて巨大なHの文字の中央にたどりついた。

「まあ、素敵……」

感嘆の吐息を吐いたのは千代夫人である。目を細め、闇夜に点々ととともる町の灯りを眺めやった。

病院の建物は高い。

最近にわかに、無粋な高層マンションが増えてきて、城下町の興趣を失いつつある松本市街であるが、それでも六階建ての病院は高く、その屋上に一段高く設けられたヘリポートからの眺めは、広遠かつ雄大だ。３６０度の視界が開け、八方ほとんど遮るものもない。夜景といっても小さな町であるし、この時間ともなれば、ほのかな町明かりが散見されるだけである。

「星もあんなにはっきりと」

空を見上げた、千代夫人が告げた。

誘われるように頭上を見上げた古狐先生が、すっかり痩せた口元からかすかな感嘆の声をあげた。

夜空を埋め尽くしていたのは、無数の星たちだった。

北天に輝くは北極星、その東方にはこと座のベガ、さらに視線をめぐらせれば、白鳥座が鷲《わし》座と向かい合うように、悠々と両翼を広げている。西の空に、光の筆で一撫《ひとな》でしたかのように連なる一条の輝きは、北斗七星からアークツルス、スピカに至る春の大曲線だ。晩春の夜空は今、堂々たる光の神話の饗宴《きょうえん》であった。

古狐先生が、車椅子の上で小さくため息をついた。

「もう何年も働いてきた場所なのに、こんなに素晴らしい星空が見える場所があるとは知りませんでした」

その言葉が終わらぬうちに、町中の大きなネオンのいくつかが灯りをおとした。十二時を回ったからだろう。星の数がまた少し増えたように感じられた。

しばしの沈黙のうち、先生と夫人は静かに寄り添って空を見上げる。やがて先生が空を見上げたまま小さくうなずいた。

「素敵なプレゼントをありがとうございます、栗原先生、進藤先生」

「まだです、内藤先生」

答えたのは辰也である。

「もう少し待ってもらえれば……」

「もう充分ですよ」

答えた声は、優しく、強く、落ち着き払ったものであった。

静まり返った先生の瞳が、常にないはっきりとした光をたたえて我々を見返していた。

「この体ではどこに行けるわけでもないことは、私自身がよくわかっていることです」

「しかし先生が常念の頂きから見た空は、こんなものではなかったはずです」

私の言葉に、先生は記憶の糸をたぐるように目を細めた。

「……あの星空は忘れませんよ。千代と見た最高の空。満天の星。もう一度見てみたかったものですねぇ……」

そばに立つ千代夫人の袖が、かすかにふるえたように見えた。その白い両手がいつのまにか先生の右肩に添えられていた。

私はちらと懐中時計を見た。十二時を数分すぎていた。煌々と明かりのともる眼下の正面玄関に視線をめぐらす。ロータリーの中央を、『24時間365日』の赤い看板の方へと駆けて行く人影が見えた。白衣をまとった黒い巨漢だ。

懐中時計が十二時四分五十秒を刻む。

それからまた頭上へと視線を向けた。

そしてきっかり十秒をかぞえた次の瞬間であった。

突然すべてが闇に帰した。

東西南北4棟すべてに灯っていた病棟スタッフステーションの灯《あか》りが一斉に消えた。

臨床検査棟から四方に漏れていた、検査機械の青白い光が突然見えなくなった。

救急センターの派手な蛍光灯の灯りが消失し、駐車場入口を示す大きな矢印も闇に溶けた。

そして24時間365日、消えることなく正面玄関にこれ見よがしにそそり立っていた真っ赤な看板も突然闇に帰した。

つまりは我々を包んでいた無数の人工の光が一斉に消えたのである。一瞬焦点を失った我々は、眼前ことごとくが無に帰したような錯覚を覚えた。

そして、その一瞬の戸惑いの直後、

「あっ！」

かすかに叫んだのは、古狐先生であった。

頭上を見上げていた先生が、車椅子の上で身じろぎするのが暗闇の中でもわかった。トンとはずむような音が聞こえたのは、千代夫人が持っていた小さなバッグを取り落としたからに相違ない。

私もまた、空を見上げたまま息を飲んだ。

巨大な天の川であった。

南北に天を割る星の大河が見えたのだ。

360度全天にわたって広がる満天の星は先刻までの比ではなかった。星座などありはしない。北極星などわかるはずもない。上空すべてが星屑《ほしくず》の大海であった。

首をめぐらせれば、はるか東の空は美ヶ原の稜線《りようせん》に、西は北アルプスの山並みによって切り取られ闇へと帰している。その間をつなぐのは無限の光の渦とその渦を貫くように悠々と流れる光の河だ。

脳裏に細君の声がよみがえった。

〝昔は町中から見えた星空なら、今だって見えるはずです〟

間違いはなかった。

これが、この町の本当の夜空だった。

溢《あふ》れる光が小川となり滝となり、大河となって星空という大海を縦断していた。まばゆい河は、燦然《さんぜん》たる輝きを放ち、全天を覆い尽くして滔々《とうとう》と流れ、それを見つめるすべての人間の想念をゆっくりと押し流して行った。

今は、光と静寂だけであった。

誰もが身じろぎひとつせず、闇の中に直立したまま天を仰ぐ中、やがて唐突にすべての灯りが点灯した。

約束の一分がすぎたのだ。

病棟ステーション、救急入口、24時間の看板。すべてがまるで何事もなかったように元に戻った。数瞬前の情景が、刹那の幻想であったかのようだ。わずか六十秒の夢であった。

ヘリポートにもにわかに無機質な灯りが満ち、慌てて目を細めた私の視界の先で、古狐先生はなおも微動だにせず空を眺めていた。

もとに戻った星空を、なお湛然《たんぜん》として見上げる痩せた先生。その姿は突風の吹きすぎる海辺の断崖《だんがい》に、嚇然《かくぜん》としてそそり立つ松の老木を思わせた。そして、その老木が風もないのに揺れた時、肉の落ちた頰を、ひと筋の涙が流れ落ちた。

そばに立っていた千代夫人が、ふいに車椅子の横に膝をつき、先生の手をとった。先生はそれに応えるように、もう一方の手で優しく夫人の髪を撫でた。

万感の思いとともに、先生の唇がふるえた。

「千代、長い間、本当にありがとう……」

かすれた言葉の最後に、夫人の小さな嗚咽《おえつ》が重なった。古狐先生の枯れ枝のような手を頰に当てたまま、夫人が懸命に声を押し殺して泣いていた。あの、いつでも凪のような静けさを保っていた夫人が、今は涙をこらえることができなかった。

誰も何も言わなかった。

何も言えなかったのだ。

一瞬の奇蹟も刹那の感動も、巨大な時の大河の中では無に等しい。天の川の中では英雄の星座ですら見えなくなるように、時の大河の中では、人間の命すら尺寸の夢にすぎない。だがその刹那にすべてを傾注するからこそ、人は人たることが可能なのである。

私はただ、ゆっくりと身をひるがえした。

朝八時の大会議室は、異様な緊迫感に満ちていた。

本庄病院事務局にある会議室は、楕円《だえん》の形をした樫《かし》の木の机を、黒ぐろとした革張りのソファが二十ばかり囲んだ豪壮な一室である。その上座に向かって直立不動を保っているのが、私と辰也と次郎であった。

「どういうことか、説明してもらえますかね？」

上座から冷ややかな声が響き渡った。

総ガラス張りの一面を背景に、二人の男が我々を睥睨《へいげい》している。一方は着座し、もう一方はその傍らに佇立している。ガラス窓の向こうには朝日を従えた美ヶ原の稜線が連なり、これがなかなか絶景だ。

ソファに腰かけた白鬢《はくびん》の老人は、病院長の本庄忠一《ちゆういち》である。

五代目の院長で、現在六十二歳。早くから病院経営の有用性を説き、綺麗ごとの医療からの脱却を声高に述べてきた稀代《きたい》の傑物である。この過酷な地域医療の現場において、「24時間365日」の医療を唱えた張本人だ。頭の毛をことごとく引き抜いて顎《あご》から耳に集めたような白い美髯《びぜん》がトレードマークで、私がつけたあだ名は「サンタクロース」。もちろん外見だけの話であって、年末になってもプレゼントを持ってきてくれるわけではない。

そのサンタクロースが先刻から、窺うようにじっと我々を見つめている。

もう一方は、サンタクロースの横に立つ小柄な男だ。先ほどの声の主はこちらの方である。冷ややかな目で抑揚のない声を響かせた彼の名は金山弁次《かなやまべんじ》、本庄病院の事務長であり、ナンバー2でもある重鎮だ。見た目は分厚い黒ぶち眼鏡《めがね》をかけた貧相な小男にすぎないが、頭は驚くほど切れる。昔は東京のどこかで財務関係の公務員をしていた人物らしく、その辣腕《らつわん》を買われ、院長に請われて現在の地位についた。

彼については就任式での第一声が有名だ。

「みなさん、医療は儲《もう》かります」

檀上に登ってそう言ったのである。にこりともせずに。

啞然《あぜん》としている一同の前で、彼はさらに揺るぎない声で続けた。

「医療は金がかかります。よりよい医療はさらに金がかかります。私はこの町に『よりよい医療』を届けます」

実際、彼が赴任してから病院の経営がどん底から一挙に黒字に転じた。おかげで多くの機材が最新のものに変わり、病棟は格段に清潔になり、患者にとっても医師にとっても環境は劇的に改善した。実力は本物である。ただしそのやり方が、いささか強引で、美的センスに乏しいことは確かなようだ。あだ名は「大蔵省」。もちろん口に出しては言わない。

「栗原先生、砂山先生、進藤先生」

我ら三人の名がいちいち冷ややかな声で響き渡る。

「なぜ呼び出されたかわかっているのでしょう?」

言いながら、内ポケットから分厚い手帳を取り出した。これを「大蔵省の手帳」といい、病院中の職員の弱みがすべて書き込まれていると噂される虎の巻だ。

「昨夜の十二時五分から約一分間にわたって、当院の多くの部署で一斉に電気が消えるというアクシデントがありました。しかも電気系統のトラブルにもかかわらず、医療機器類はすべて正常に機能。灯りが消えたことによる若干の混乱はあるものの、業務に対する影響はきわめて微細なものだったという、奇怪きわまるアクシデントです。当院は開院以来一世紀近い歴史がありますが、こんな奇妙な出来事はいまだ一度も経験がありません」

辰也は足もとを、次郎は頭上を、私は窓外の花水木をそれぞれに眺めて立っている。一同返答もせず、ただ台風の通り過ぎるのを待つのみだ。

サンタはサンタで同様に何も言わない。

「同時刻に、救急エレベーターから当院へリポートへ向かう、あなた方を見たという目撃情報があります。深夜十二時にヘリポートとはおかしい。先の一件とからめてあなた方が、アクシデントの原因ではないかと考えざるを得なくなります。ただ問題は」

ぱらりと手帳をめくる。

「複数の目撃情報はあるものの、どれも甚だあやふやなもので、確定的な情報ではない。我々としては責任ある社会人として、先生方ご自身から釈明を願いたいのです」

肝心なところは先に手をまわしてあるから致命的なことにはならない。ただしそれなりに派手なことをしているから、すべての目撃者に口裏を合わせてもらうのは無理があった。

こういう時はひたすら黙して大風がゆき過ぎるのを待つしかないのに、次郎がまぬけな口を開く。

「ただの停電じゃないですか、事務長」

「複数の部署で同時に、照明装置のみに故障が起こり、一分後にはすべてが自然に復旧するという停電があるのだとしたら、どういうメカニズムによるものか説明をお願いしたいものです。あなたの専門分野に例えて言うなれば、複数の患者に同時に胃癌《いがん》が発症し、一年後には何もしないのにすべて消えている、というようなものですかね、砂山先生」

うっと口をつぐむ次郎に、さらに追い討ちをかけるように、

「ちなみに同時刻、先生は病院正面玄関の救急の看板前をうろうろしているところを目撃されています。24時間365日電気が消えることのなかった看板の下で、です。これについても釈明をお願いしたい」

完全に手のひらの上である。言わんことではない。

大蔵省が、眼鏡の縁を軽く持ち上げた。

「先生方は非常にご多忙と聞いています。しかし夜中にヘリポートに登って遊興にふけるような余裕がおありですか。何をしていたか知りませんが、先生方のつとめは患者を治療することです。それ以外の行動は慎んでいただきたい」

正面通りに立ち並ぶ花水木を一本ずつ数えてみる。時間つぶしにはなるだろう、と顔つきだけは神妙に、心中は窓外をのどかに散策する。

こういうときに理屈を並べても仕方がない。次郎の阿呆はさて置いて、私と辰也がひたすら黙秘権を押し通せば、大蔵省としても取っ掛かりがないのである。

もとより我々がやったことは、善悪の基準の外にある。きわめて私的な動機であるし、「病院規定」がそのまま服を着て歩いているような大蔵省に、納得を与えることなど不可能なのだ。

胸中あくまで超然として黙しているうちに、しかし、思わぬ声が室内に響いた。

「医者は患者の治療だけをしていればよい、というのですか」

驚いて目を向けた先で、静かに語を継いだのは辰也であった。

「事務長は、医者の役目はただ病を治すことだけだとおっしゃるのですか？」

おい、と慌てて小声で呼びとめた私には、見向きもしない。せっかく数えた花水木の本数が吹きとんでいた。この展開は予想外だ。

私が口を挟むより先に、大蔵省が怜悧《れいり》な瞳を光らせた。

「患者を治すのが医者のつとめです。今さら何を言っているのですか、進藤先生」

「たとえ病が治らなくとも、我々にはできることがあるのだとは考えないのですか」

辰也が唇をふるわせた。再び口を開こうとしたその機先を制して、大蔵省が言う。

「先生の理想論は結構なことです。納得できないようでしたら質問を変えましょう」

眼鏡の奥の鋭利な目が、ひときわぎらりと光ったように見えた。

「理由のいかんに関わらず、世の中には許されることとそうでないことがあります。多くの人々が命を預けている院内において、病院中のスタッフと結託して、かってに電気を消して回ることが許されるのですか？　私が聞きたいことはそれだけです」

攻め手が大きく変わった。

乱暴に中飛車で攻め込んできた相手が、いきなり退いて手堅く美濃囲いを組み始めたようなものだ。こういう戦をやられると、辰也はかえって打つ手がない。わずかに狼狽《ろうばい》を見せた辰也に向かって、「ちなみに」と大蔵省は追及の手をゆるめない。

「先生については普段の診療業務のレベルにおいて、すでに色々なトラブルや苦情が報告されています。治らぬ患者をどうするか議論する以前に、クリアしなければならないハードルがおありのようですがね」

辰也が顔に血を上らせたまま唇を嚙んだ。

言葉は出なかった。ただ緊張をはらんだ沈黙だけがあった。

わずかに目を伏せた辰也が、しかしにわかに決然として顔を上げた。

「それでも僕は……！」

「治らない患者は出て行けとでも言うおつもりですか」

ふいに辰也の声を遮って、別の声が会議室に響いた。

大蔵省が初めて眉を動かした。

その怜悧な視線がゆっくりと旋回し、発言者が私であると認定したとき、幾分呆れたような色合いを浮かべた。

「栗原先生、あなたまで感情論に走るのではないでしょうね。赴任してきたばかりの進藤先生であるならまだしも、先生は……」

「治らない患者と相対するのが医者の領分でないとおっしゃるなら、彼らは一体どこへ行けばよいのかと聞いているのです」

あくまで淡々と告げる私に、大蔵省も揺るがない。わざとらしくため息をつきつつ、

「残念ながら現在の医療現場には、先生方の言うような理想まで追求している余裕がありません。現在の当院のベッド稼働率は常に１００％を前後しています。それでも入院待ちの多くの患者たちがいるのです」

「では、彼らに病院から出て行けとでも言うおつもりですか」

「あえて答えましょう。そのとおりですと。現実を見てください。あなたを含めて、誰もが必

死に駆け回り、何とか支えているのが地域医療の現場です。金銭的にも、労働力の面からも全く余力はないのです。前者は私の領分であり、後者は先生方の領分です。十分ご承知のことでしょう」

「承知をしても譲れないことがあります」

「議論になりませんね。当院にはそんな戯言《たわごと》に付き合っている余裕はありません」

「余裕はなくとも、力を尽くさねばならぬことがあるのです」

「あなたは医師でしょう。もう少し医師として……」

「医師の話ではない。人間の話をしているのだ！」

大声が響き渡った。

さすがに大蔵省が、声を途切らせた。

サンタクロースが初めて眉を動かした。

かまわず私は口を開いた。

「我々は人間です。その人間が死んでいくのが病院という場所です。いやしくも一個の人間が生死について語ろうとするならば、手帳も算盤《そろばん》も肩書も投げ捨てて、身一つで言葉を発するべきではありませんか」

「栗原先生、あなたは……」

「かかる態度をくだらない理想論と笑うなら結構、好きなだけお笑いなさい。しかし、あえてこのバカバカしい理想論を押し立て、かつ押し進めていかなければ、一体誰がこの救い難い環境の中で、正気を保って働き続けられるというのですか」

傍らで、次郎と辰也はあっけにとられた間抜けな顔で私を見つめている。

今さら引き止める声もない。よしんば止められたところで、引くあてもない。

「満床のベッド、過酷な労働環境と医師不足。そんなわかりきったことは、わざわざ手帳に書き留めるまでもないことです。はるかに大切なことは、かかる逼迫《ひっぱく》した環境でさえ、なお為し得ることがあるという確信を捨てないことではありませんか」

私はふいに口をつぐんだ。

〝この町に、誰もがいつでも診てもらえる病院を〟

そう告げた時の古狐先生の穏やかな笑顔が思い出された。同時にそこに、昨夜の先生の横顔が重なった。すべての照明が点《つ》いたあとも、ただじっと夜空を見上げていた横顔だ。

私は一呼吸を置き、それから決然として語を継いだ。

「その確信があればこそ、我々は24時間365日を働き続けることができるのです」

にわかに沈黙が訪れた。

サンタも大蔵省も動かなかった。

次郎も辰也も声を発しなかった。

ふいに日差しの角度が変わり、大蔵省の黒ぶち眼鏡に当たって、その奥の瞳を見えなくした。

サンタクロースは眉を上げてじっと私を見つめたままだ。

当初は部屋の奥まで差し込んでいた朝の陽光は、いつのまにやら窓際の方へと移動している。

煌々と輝く陽光を背にしたまま、二人の巨人が眼前にあり、ただ張りつめた静寂だけが辺りを圧していた。

やがてその静寂を打ち破ったのは、新たな闖入者《ちんにゅう》であった。バタンと大きな音を立てて扉が開き、場違いな声が飛び込んできた。

「やあ、すんませんね、院長、事務長。遅れちまって」

言わずと知れた大狸先生である。どんな緊迫した空気も一瞬で狸色に染めるあたりは、かの先生の常人ならざる幻術のひとつだ。

大蔵省が少しだけ嫌な顔をして、眼鏡を持ち上げた。天下の大蔵省も大狸先生にだけはいささか弱い。院長に続くナンバー2という意味では大蔵省も大狸先生も同じである。それぞれが経営と臨床のトップであるという分野の相違だけなのだ。

「例の停電の件ですが、何かわかりましたか、事務長」

「わかるも何もありません。彼らから事情を聴いているところです」

「事情？　そんなものは必要ありませんぜ、事務長。ほら、報告書があっちこっちから来ています」

言いながら無造作に持っていた書類の束を巨大な机の上に投げ出した。

「報告書？」

「検査科の松前技師長からは、夜間に慣れない特殊検査機械を使っていたところ、電圧の関係でブレーカーが落ちてしまったという報告が、始末書つきで出ています。〝幸い患者管理に必要な重要機器類については、その稼働状況に影響は出ませんでしたが、以後十分に気をつけます〟ということです」

何か言いかけた大蔵省を押し切る形で、さらに続ける。

「救急部の外村師長からは、夜間に救急部の電気系統の確認をしていたところ誤って電源を落としてしまったということでこちらも始末書つき」

滔々と大狸先生が話している。

鉄面皮の大蔵省がいささかたじろぎつつ、

「では、病棟スタッフステーションの電灯が消えた件はどうなっていますか。全病棟のステーションの電灯が一斉に消えたのです。人為的ミスで起こるアクシデントではありえない」

「その件なら病棟看護師を代表して、南3病棟の東西主任看護師から、報告書が出ています」

ひらりと取り出した一枚の書類を眺めつつ、先生が続けた。

「〝そんなアクシデントはなかった〟と一行」

は？　と大蔵省が素《す》っ頓狂《とんきょう》な声をあげた。

辰也と次郎までが目を丸くする。

大狸先生はまことに超然たる笑顔のまま、

「なんかの勘違いらしいですよ」

さすがに私も声が出ない。

思考の片隅に、肩をすくめながら苦笑している東西が目に浮かぶ。

なるほど、どうせ通らぬ理屈なら、最初から道理を差し置いて無理を押し通せばよいというわけだ。冷静沈着の東西ならではの、剛腕と言うべきか。かかる剛腕に大狸先生の狸芝居が加われば、もはや鉄壁の布陣である。

「夜間を通じて、病棟で電気が消えた、などという事実は少なくとも現場では確認されなかったということです。実際、人工呼吸器からモニター心電図にいたるまで、特別支障なく記録されていますし、照明だけ消えて機械が全部動いてるなんて、そんな妙なアクシデントはありゃせんでしょう」

わっはっはと大狸先生がひとしきり笑う。矛盾を逆手にとっての反撃である。唖然としている大蔵省を無視して、大狸先生はサンタクロースへと目を転じた。

「院長先生、最初は何事かと思いましたが、これでだいたい落着ですね、よかったよかった」

「ちょ、ちょっとお待ちください、院長。これでは組織としてのけじめがつきません。百歩譲って電気の件はよろしいでしょう。しかし夜間に勝手にヘリポートにあがるなど、完全に規定外の行動です。他のスタッフに対しても示しが……」

「いいじゃないですか、事務長。なんにもなかったんだし」

「そういう問題ではありません。なんらかの処罰を……」

「誰に処罰だって？」

ふいに大狸先生の声が1オクターブ低くなった。

ぎょっとして目を向けると、薄笑いをした大狸先生の横顔に殺気じみたものがにじみ出ている。何よりその眼が笑っていない。こういうときの大狸先生が一番怖い。

「内藤が倒れて火の車みたいになってるうちの病棟を、必死に切りまわしてくれているのが、この若いもんたちだ。そのけなげな俺の部下に、褒賞を出すんならまだしも、なんの処罰が必要なんですかい、事務長さん」

口調まで変わっている。眼付きは医者というより極道である。

鉄壁の大蔵省が、一瞬ながら顔色を変えるのがわかった。わずかの間をおいて、

「いや、そこまで先生がおっしゃるなら何も……」

「事務長の理解が得られて喜ばしい限りです。ま、こいつらにはあとできっちりお灸《きゅう》をすえときますよ。心配はせんでください」

再びにこやかな顔に戻った。

その笑顔にかぶせるように、ふいに「部長先生」と静かな声を響かせたのは、サンタクロースである。白眉《はくび》の下の小さな目がまっすぐに部長先生を見つめている。さすがに大狸先生は微笑をおさめて、姿勢を正した。

「世の中には常識というものがある。その常識を突き崩して理想にばかり走ろうとする青臭い人間が、私は嫌いだ」

淡々とした声に、しかし迫力がある。外見はサンタでも中身は辣腕の病院長だ。これだけ多忙な病院をたばねる貫禄はやはり尋常ではない。

大狸先生は静かに続きを待っている。何も答えない。答えないことも戦略である。

わずかの沈黙ののち、再び白鬚が動いた。

「しかし、理想すら持たない若者はもっと嫌いだよ」

鬚の下にほのかな微笑が浮かんだ。

それだけだった。

院長はゆっくりと立ち上がると、大蔵省を連れて会議室を出て行った。立ち去り際、扉の前で立ち止まって振り返ると、

「栗原君、進藤君。内藤君のことを頼んだよ」

それだけ告げて去って行った。

その時の、一瞬だけ見せた優しげな瞳が印象的であった。


「おい、すげえな、一止」

廊下に出ての最初の声は、次郎のものである。

黒い巨漢が目を丸くして私を見つめている。

「事務長を怒鳴りつけるなんて、滅茶苦茶なことやって、大丈夫なのか？」

「やむを得んことだ。タツの阿呆が、辞職を覚悟でつまらん意地を通そうとしていたのだ。放置するわけにはいかん」

私の声に次郎は驚いて辰也を見た。

「タツ、お前辞めるつもりだったのか？」

「そこまで深く考えたわけじゃないけど、ただ内藤先生の横顔を思い出したら、急に自分を抑えられなくなったんだ」

苦笑する辰也の目には、どこか憑《つ》き物が落ちたような爽《さわ》やかさがある。馬鹿な奴だなあと笑う次郎の声を、私はあからさまに遮った。

「勝手な話だ」

乱暴に言い捨てると、辰也と次郎が同時に私に目を向けた。

「お前はなんのためにわざわざ信州に帰ってきたのだ？　東京での出世を捨てて戻ってきたのは、夏菜と共にやり直すためではなかったのか？」

厳しい一瞥を投げかけると、辰也はさすがに笑みをおさめた。

「お前が元来の哲学を曲げ、悪評を受けても一歩も引かずにこの三ヶ月を歩んできたのは、お前なりの決意があったからだろう。それがたちまち感情に流されて、辞める覚悟とはお笑い草だ。そんな覚悟なら、三枚におろして味醂《みりん》につけて、野良猫にでもくれてやるといい。振り回されてきた私や次郎がいい面《つら》の皮だ」

ほとんど吐き捨てるように告げる私に、さすがに辰也が口を開いた。

「栗原、僕は何も……」

「やめとけ、進ちゃん」

ふいに低く響いた声に一同振り返れば、悠然と笑みを浮かべて立っていたのは大狸先生である。

「事務長に色々言われて頭に来ていたのは、進ちゃんだけじゃねえってことだよ」

大狸先生の柔らかな声に、辰也は軽く目を見開いた。

「だけど、そんな感情はまとめてゴミ箱に放り込んで、黙って窓の外を眺めていたのが栗ちゃんだ。なぜなら、俺たちにとって一番大事なことは、事務長とドンパチかますことじゃないんだからな」

そうだよな、と笑顔を向ける大狸先生に、私は冷ややかな視線で答える。

「遅れてきたわりに、先ほどの状況にずいぶん詳しいですね、部長先生」

大狸先生はたちまち「そうかい？」などと言いながら、唐突に口笛などを吹き始める。

私が窓の外を眺めていたことまで知っているとなると、最初からどこかで会議室の中を覗いていたに違いない。

「あわよくば我関せずを押し通すつもりだったでしょう？」

「そういう冷たい言い方はよくないなあ、栗ちゃん。ちゃんと困ったときには登場したじゃないか」

「できれば、もう少し登場を早めて頂けると、ああいう浅薄な演説をぶたなくて済んだのですが……」

「医師ではない、人間の話をしているのだ」

いきなり大狸先生がそんなことを言う。眉を寄せつつ、ちらりと見返せば、存外に真剣な大狸先生の目とぶつかった。

「いい言葉だったぜ、栗ちゃん。内藤なら、同じことを言ったはずだ」

唐突な声に、私は返答を持たなかった。

片頭痛のふりをして額に手を当てたのは、ふいに胸の内に熱いものを覚えたからだ。しかしそんなことは見透かしたように、いきなり大狸先生が、私の背中をどんと叩いた。

「千代ちゃんから聞いた。よくやってくれたな」

呵々《かか》と大笑《たいしょう》が響き渡る。

「しかしそういう楽しいことをするときは、最初から俺を呼べ。そうすりゃ、こんなに話は面倒にならなくて済んだんだ。上司と抗生剤は使いようって言うだろうが」

「あまり聞いたことのない格言ですが……」

にわかにぽんぽんと景気のいい音がしたのは、大狸先生が大きな腹を叩いているからだ。久しぶりに見る先生の機嫌が良い時のしぐさであった。

「じゃ、あとは頼んだぜ」と豪快な笑い声とともに去っていく大狸先生の背を見送りつつ、辰也がようやく口を開いた。

「栗原、僕は……」

「気色の悪い謝罪をするくらいなら、病棟回診を手伝え。朝から呼び出されたおかげで、まだ一人も診察をしていないんだ」

「もちろんだよ」

ちらりと一瞥を投げれば、朋友がわずかに頬を上気させたまま私と次郎を交互に見つめている。

急に廊下に差し込んできた日差しが、その横顔を颯《さつ》と照らし出した。と同時に次郎がいきなり太い腕を伸ばして、辰也の首をからめ取った。

「水臭いセリフはなしにしようぜ、タツ。俺も一止も、お前が帰ってきてくれただけで、すげえ嬉しかったんだ」

「次郎、私まで巻き込むな、迷惑千万な話だ」

「あんなこと言ってるけどな、タツ。最初、お前が戻ってきて一番喜んでいたのは、一止だったんだからな」

「そうなのか？」

「そうなんだよ」

巨漢の妄言のせいで、ふりのはずの片頭痛が、現実のものとなってきた。

「次郎、とりあえず今からヘリポートに来い。パラシュートなしで七階からダイビングをさせてやろう」

「そんなことして、大丈夫なのか？」

「大丈夫なわけがないだろうが！」

柄にもなく大声を上げてしまったところで、ふいに次郎の院内ＰＨＳが鳴り響いた。すぐに応えた巨漢が、黒い顔に苦笑いを浮かべた。

「救急車で腸閉塞《へいそく》だそうだ。行ってくるわ」

言いながらすでに歩き出した大男とともに、我々もまた足を踏み出した。

古狐先生が亡くなったのは、それからわずか一週間後のことであった。


松本市街地の北に、城山公園という小さな公園がある。

比較的急な坂道を登っていくと、住宅街の切れ目にひかえめな敷地をもって広がっているのがその公園だ。春ともなると桜並木の美しい公園であるのだが、桜の季節が終わっても、静かな憩いの場として愛されている。

古狐先生の家は、その公園に近い、急な登り坂の途中にあった。

「大丈夫ですか、イチさん」

坂の上を着物姿の細君が柔らかに振り返った。

黒の一越縮緬《ひとこしちりめん》に、黒繻子《しゅす》の名古屋帯をしめた、純然たる喪服である。その姿でゆっくりとではあるが、息ひとつ乱さず坂を登っていく。私の方がすでにいくらか息が荒い。

「もう少しか？」

「もう少しです」

すっと細君の手が伸びて、坂の突き当たりにある建物を指差した。

古格の漂う薬医門を従えた純日本風家屋である。

ふと目を細めると門前に、千代夫人の姿が見えた。やがて門前までたどり着いた我々に、夫人が深々と一礼した。

「わざわざありがとうございます。どうぞ」

そう言って先に立って邸内へと導いた。

そこに広がるのは、小池に五葉松、糸落ちの滝までしつらえた見事な日本庭園である。切り端を合わせた飛び石を踏んで、母屋の縁側へと進むと、広々とした二十畳ほどの和室とその奥の仏壇が見えた。

すでに二本の線香が上げられている。

「初七日だなんて、いまどきの若い人はそんな言葉すら知らないくらいだのに、わざわざすいませんね」

千代夫人の声が涼しげに響く。

日陰になって薄暗い広間を見回せば、ほんの七日前の夜がよみがえった。

古狐先生の死はまことに静穏なものであった。

ほんの数時間前までは静かな呼吸をしていたのが、ふいに忘れたように呼吸が止まった。そばについていた千代夫人さえ、その静かな変化にすぐには気付かなかったほどである。

午後二時二十分が死亡時刻であった。

気配りばかりしてくれた古狐先生は、亡くなる時間まで、我々の負担にならない日中を選んでくれたように思われた。

同日夜が通夜となった。

もともと近親者がいないうえに古狐先生の遺志で、ほとんど通知らしきものも出さず、静かにしめやかに行われた通夜は、しかし、それでも訃報《ふほう》を聞きつけた人々が、ぽつりぽつりとやってきて、夜半まで弔問客が途絶えることはなかった。

昔、命を助けてもらったという老人が来た。夫人の前で涙を流し、先生の急逝をなげいた。

隣家の中年夫婦は、いつまでも棺《ひつぎ》の前に座り込んで動かなかった。

初老の身だしなみのよい男性が来てなにやらただ黙って広間の端に座っていたが、後から聞くと先生の同輩の医師で、現在は医師会の幹部を務める高名な人物であった。

深夜には黒のキャデラックで乾先生が駆けつけた。無造作に放り出した文庫本ほどの厚さの封筒には、「香典」とマジックで走り書きがしてあった。焼香の帰りには、広間の隅にいた大狸先生の肩を軽く叩いたが、結局一言も言葉は交わさず帰っていった。

誰もが、どこからともなく訃報を聞いて訪れ、そして途方に暮れたように立ちつくし、座りこみ、帰って行った。

静かな通夜に、慟哭《どうこく》はなかった。皆が心のうちで泣いていたからかもしれない。弔問客の誰もが、一様に静かに棺の前に額をついて去っていくのだった。

私と細君は、親類のない千代夫人のために通夜の準備を手伝い、客人の案内を行い、始終邸内を歩き回っていた。千代夫人は恐縮ばかりしていたが、動き回ることでかえって気持ちを落ち着かせていただけなのだ。

ようやく客人も途切れ、邸内が完全な静寂に戻ったのは、夜半も一時を回るころであった。

月明かりの広間には、先生の棺と、その傍らに座る千代夫人の姿だけがあった。

いや、事実はその広間の中ほどに、もうひとつ人影があった。

通夜の間中、部屋の中ほどで一言も発せず、一歩も動かなかった大狸先生であった。

喪服に身を包んだ大狸先生はまるで一個の黒々とした岩にでもなったかのように、身じろぎひとつしなかった。誰が来て誰が去っても、まるで根が生えたように微動だにしなかった。私も細君も、通夜の終わりころになって、ようやくその存在を思い出したくらいである。

青白い月光が斜めに差し込み、きめの細かな畳の広間を照らしていた。木目の美しい棺とそばに端座する夫人、そして少し離れたところで岩のように動かぬ大狸先生、その三つの影が月光にふちどられて、深い陰影を刻んでいた。

どれほど時間がすぎたであろうか。

最後の客人を見送り、私が広間に戻ってきた時のことだった。ふいに気配を感じて視線をめぐらせると、千代夫人がゆっくりと立ち上がる姿が見えた。畳の上を移動する衣擦《きぬず》れの音がかすかに聞こえた。そのまま棺の傍らから正面に回り込み、向かい合うように端座《たんざ》した。我々がただ悄然《しょうぜん》と見守る前で、やがて夫人は、ゆっくりと三つ指をついて棺に向かって頭をさげた。

「どうも、長い間お疲れ様でございました」

静かな、それでいて芯のある声が聞こえた。

たったその一声に含まれた限りない悲哀と孤独と寂寥《せきりょう》とが、わずかに遅れて我が身と心とを覆い尽くした。私は立ち続けることがかなわず、蹌踉《そうろう》として膝をついていた。

夫人の声の余韻が消えるころ、今度はふいに低い、唸《うな》り声のような低音が聞こえた。何の音かと見回す先で、大狸先生の肩が小さく一度だけふるえた。

二度目にふるえたとき、先にも増して大きな唸り声が聞こえた。深い洞窟《どうくつ》に大風が吹きこんだときの鳴動のように、低く重く鈍い声だった。

それが大狸先生の慟哭であった。

何時間もの通夜を、身じろぎひとつせず、岩のごとく柱のごとく座り続けていた先生が、今度は激しく肩をふるわせた。やがて拳を握りしめ、胸中のすべてを吐き出すように、ついには凄《すさ》まじい咆哮《ほうこう》をあげて泣き出したのである。

おおぉと喉《のど》から絞り出すように慟哭する大狸先生は、にわかにそのまま畳の上を這《は》うように進み、古狐先生の棺にしがみついて、おいおいと大声をあげて泣き始めた。何かわけのわからぬことを叫びつつ、その声さえ自らの慟哭に押し流されていった。

獣のように咆哮する大狸先生と、頭をさげたままぴくりとも動かない千代夫人。

ただ茫然《ぼうぜん》として見守るうちに、古狐先生というひとりの人間の死が、ようやく現実となって着地をしたように思われた。

人が死ぬということはそれで何かが片付くということではない。新たな何かが始まるということですらない。大切な絆《きずな》がひとつ、失われるということである。そのぽっかりと空いた空虚は何物によっても埋められない。

細君が肩を揺らして泣いていた。

私もまた、ようやく泣いたのである。


あの、半ば夢のような影絵を刻んだ南向きの広間は、今は鮮やかな陽光の下に濃厚な陰影を刻み、何事もなかったかのように整然とした静けさを保っている。一番奥の仏壇には位牌《いはい》がひとつ。写真には、見慣れた笑顔の古狐先生が見えた。

私と細君がそばに寄ると、中ほどまで燃えた線香がほのかな火を灯している。

「つい先ほど部長先生が来てくださいました」

千代夫人の声が聞こえて、私はかすかに苦笑した。

ほんの三十分ほど前、本庄病院の入口をなにやらあわただしげに出て行く大狸先生を見かけたばかりだ。「どうしましたか」と問えば、「雑用だよ」とにやりと笑ってタクシーに飛び乗って行った。大狸先生でもときには下手な嘘をつくことがあるらしい。

細君ともども手を合わせ振り返ったところで、中座していた千代夫人が、真っ白な畳紙《たとうがみ》を捧げ持って戻ってくるのが見えた。細君の目の前にそっと置いて言う。

「受け取っていただけますか?」

夫人が紙を開けば、その中は見事な織の松本紬だった。その繊細な織模様と色つやを見れば、着物に詳しくない私でも尋常な品でないことはわかる。

細君が戸惑いがちに見返すのに対し、千代夫人はあくまで端然として乱れない。

「私が結婚するとき、夫の母が下さった松本紬です。ハルさんに受け取っていただきたいのです」

「そんな大切なもの、いただけるはずがありません」

慌てて手を振る細君に、夫人の穏やかな声が続く。

「あの夢のような星空を見せてもらった夜、夫と相談した結果なんですよ、ハルさん。あんな素敵なことを思いついてくださったのがハルさんだと栗原先生から聞きました。二人で、何かお礼がしたいって一生懸命に考えて、思い浮かんだのがこの着物です。少し色が明るすぎますから、もう私が着ることはないでしょう。あの人もぜひもらってほしいと言っていました」

困り切っている細君に、夫人の笑顔はあくまでも優しい。

「ハルさんを見ていると、本当に自分の娘のような気がしてくるのです」

「でも……」

「着物は着てこそ意味がある、そう言ったのは私ですよ、ハルさん」

言ってすっと畳紙を押しだした。

細君も私も当惑するばかりだ。返答に窮して沈黙したその時、ふいに清風が吹きぬけた。

〝きっとハルさんによく似合うと思いますよ〟

風の向こうで、そんな優しい声が聞こえた気がした。

慌てて視線をめぐらせたが、むろん千代夫人の傍らに人影はない。聞こえたはずの声の主は、仏間の写真の中でにこやかに微笑むばかりだ。

私はしばし沈思してから、細君に向かって首肯した。細君は少しばかり頬を紅潮させたまま、そっと手をついて頭をさげた。

「ありがとうございます」

夫人が柔らかな微笑とともにうなずく。

「お茶を淹れますから、しばらくのんびりしていってください」

そう言って中座する夫人を見送ると、ふいに室内は静寂に帰した。

「良いのでしょうか、こんな大切なものを頂いて……」

気遣わしげに問う細君に、私としても確答があるはずもない。

「先刻、先生の声が聞こえたのだ。ハルに似合うと言っていた」

いまだ当惑を抱えながらそう言えば、細君が大きな瞳を軽く見張って驚きを示した。

「私も、聞こえたような気がしました」

今度は私の方が驚く番だ。

「ハルもか……」

うなずく細君に、私はすぐに目を細めて笑った。

「だとすれば……、間違いのない話だな」

細君も応えるように微笑み、それからそっと袖をはらって立ち上がると、庭の緑に惹かれるように縁側に降り立った。日向《ひなた》に出ると黒の和服が鮮やかな陽光を受けて、かえってまばゆいくらいだ。

広い日本庭園には、生き生きとした緑が生い茂り、闊達《かったつ》な命の気配に満ちている。邸宅が高台にあるためだろう。五葉松の向こうには、かすかに霞んだ松本平の街並みと、かなたの松本城が見渡せる。なかなかない絶景だ。

「ハルさんは、本当に緑の中にいる姿が似合いますね」

茶道具を運んできた千代夫人が、私の視線を追ってそう告げた。告げながら、夫人の白い手が手慣れた動作で茶の支度を進めていく。その挙措には無駄がなく、見ていて心持ちがよい。

盆の縁をせわしげに進む一匹のテントウムシが、なにやら不思議と艶である。

「あ……」

小さな夫人の声が聞こえて、私は我に返った。

湯呑を手に持ったままの夫人が戸惑いがちに、ほのかに笑った。

「どうかしましたか?」

「いいえ、うっかりしていました。私ったら、あの人の分までお茶を用意してしまって……」

盆の傍らには、きっちり四人分の茶が淹れてある。

「逝ってしまったはずなのに、あれ以来かえって、いつもあの人がそばに居てくれているような気がして……。しっかりしなければいけませんね」

「そばにいますよ」

私は夫人の怪訝そうな様子を頬に感じながら、あえてはっきりと続けた。

「これからもずっと、先生は千代夫人のそばにいらっしゃいます」

確信に満ちた私の声に、夫人は少しだけ目を見開いてから、やがてそっとうなずいた。

ふいに「イチさん」と名を呼ぶ明るい声が聞こえて視線をめぐらすと、細君が、池の端で小さく手を振っているのが見えた。涼やかなその声にさそわれつつ私もまた陽光の下へと降り立つ。

縁側には涼風が吹いていたが、ひとたび日の下に出ると、ずいぶんな陽気だ。

「ほら」と細君が指さした先には、茎の直立した赤い花が見えた。

「雛罌粟《ひなげし》が咲いていています。綺麗ですね」

膝をついた細君の黒の着物と足下の赤い花が好対照をなして、色彩豊かな日本画のように美しい。

虞美人草《ぐびじんそう》に手を伸ばす細君の肩に、紺碧《こんぺき》の胡蝶《こちょう》が舞い降りた。と同時に甲高い鳴き声が聞こえたのは、ホトトギスであろう。誘われるままに見上げたが、鳥の影は見えず、透きとおるような蒼《あお》が、天を一色に染めている。

季節はすでに、初夏であった。

エピローグ

木曾の山間に、神の住まう山がある。

御嶽である。

標高三〇〇〇メートルの独立峰。峻嶮《しゅんけん》の連なる山脈のさなかにおいて、標高三千をこえる独立峰はそれだけで奇異である。

かかる神の山への道のりは、街道が整備され、交通手段が発達した現代においても、けして易《やさ》しいものではない。木曾福島宿から、中山道《なかせんどう》をそれてひたすら山中に分け入ること車で一時間。連なる南アルプスの山嶺《さんれい》が突然途切れた先に、忽焉《こつえん》と視界を埋める巨山に対面することになる。

木曾節に「夏でも寒い」と歌われる御嶽は、五月の初旬までスキー場が運転しているような土地である。それでもさすがに六月ともなれば、山頂付近にわずかに薄雪が残るばかりだが、その山腹は、日中でも涼風が吹きすぎて晴天であっても頗《すこぶ》る快適な気温である。もっとも快適などとうそぶいていられるのは六合目くらいまでであって、七合目に至るとときに涼風もいささかの寒気をはらむようになる。

御嶽を訪れた客人を、その七合目まで運んでくれるのが、御嶽ロープウェイだ。

標高二〇〇〇メートルの飯森高原駅でロープウェイを降り、扉を押して外気に触れたところで私は足を止めた。思いのほかの冷気に戸惑ったからだ。そのまま視線を前方へと向けたところで、今度は眼前の眺望に目を細めた。

先んじて外に出た細君が、立ち止まった私に気づいて、そっと振り返った。空色のウィンドブレーカーが鮮やかにきらめいたが、我が視線ははるか前方の霊峰にくぎづけのままである。

「やっと来られましたね」

澄んだその声に、私はただ黙然としてうなずいた。

堂々たる絶景が、なかば立ちはだかるように広がっていた。

六合目付近の山腹からは実感できなかった威容である。

飯森高原駅から見上げる御嶽の頂上は三つの峰に分かれている。南から順に剣《けん》ヶ峰《みね》、摩利支《まりし》天《てん》山、継子《ままこ》岳。その三つの堂々たる名峰が、巨大な屏風《びょうぶ》を開いたように左右に超然と広がっていた。優美な稜線《りょうせん》ではない。むしろ無骨で、かつ荒々しい。神の山と言うよりは、鬼の山と言ってよい。凹凸の激しい稜線には、いまだそこかしこ溶け残った残雪が輝き、黒々とした大地と鮮やかなコントラストをなしている。

「六月半ばの御嶽はまだ少し雪が残っているんです」

細君の澄んだ声に耳を傾けながらなかば蹌踉《そうろう》と歩き出す。ロープウェイ乗り場の周りはなだらかな丘陵で、進めばやがて、山道を押し包むようにダケカンバの森に入る。その森の間際で、細君は立ち止まった。背負っていたリュックから水筒を取り出して、はい、と私に差し出した。

「山で飲むコーヒーは最高ですから」

そんな笑顔が陽光の下で輝いている。

うむ、とうなずいて水筒を傾けている間に、細君は地図を取り出し空を見上げて、なにやら色々と確認をしている。山道はあるし、立て看板もあるものの、かかる細君のしぐさは見ているだけで心強い。

山登りなどろくにしたこともないのが私であるから、当方ただ黙して見守るばかりだ。

「ここから頂上まで、標高差で千メートル登ります。剣ヶ峰までうまくいって三時間」

「では四時間見ておくべきだな。歩くのは、モンブランを登頂したことのあるハルの足ではない。足場のよい階段か、フローリングの床しか経験のないひ弱な内科医の足なのだ」

細君が笑ってうなずいたところで、風に乗って低いかすかな読経の声が聞こえてきた。

誘われるがままに、視線をめぐらせた先にあるのが、御嶽神社の立札である。

ロープウェイ乗り場からさほど離れていない岩場の斜面に、小さな鳥居と数段の石段、簡素な社殿をしつらえた神社が佇《たたず》んでいる。無論、ここは頂上ではないが、御嶽にはかかる小さな社《やしろ》がそこかしこに祀《まつ》られて、道行く旅人を迎えるのだ。

石段の下にうずくまり、低く読経の声を響かせているのは、初老の男女七、八人。ことごとくが白装束にひのき笠《がさ》、金剛杖《こんごうづえ》をたずさえた巡礼の一団である。

一行は、小さな祠《ほこら》に向かって朗々と読経の声を響かせている。誰もが真剣である。声には祈りがあり、情があり、かつ歌がある。私は細君ともども足を止めて、しばしその低い声に聞き入った。

「御嶽講の人たちです」

細君の声が聞こえる。

「巡礼の方たちは、はるか昔からあの飾りのない姿で、この山を登るのです。今ではこういう純粋な祈りの風景が残っている場所は、日本中でも少なくなりました。御嶽は、町から離れているために、変わらない祈りの場が今も残っているんです」

「修験者《しゆげんじや》か、行者《ぎようじや》のようだな。みな、真剣だ」

「修験者や行者と、御嶽講とは大きく違うことがひとつあります」

「違うこと？」

「修験者の目的は、自身を厳しい修行にさらし、悟りを開くことです。そのためには限界を極めるような過酷な登山もいといません。でも御嶽講の人たちの目的は、全員で無事に頂上まで登ることです。ですから、ゆっくりと確実に、みんなで登っていくんです。一人も脱落者が出ないように」

細君の優しい声が途切れるころ、読経の声が少しだけ大きくなった。

「なるほど、どこか温かい風景だな」

「はい」

ふと見渡せば、我々のほかにもロープウェイから降りてきた数人の登山客の姿がある。初老の夫婦、若いカップル、見るからにベテランの単独行。それぞれの人々が、神社の前で一礼し、御嶽講の人々にも一礼する。そのまま山林に姿を消していく風景は、不思議な厳粛さを秘めている。しばし眺めているだけで心の中を恵風が過ぎていくようだ。

視線をひるがえせば、はるか彼方《かなた》には乗鞍《のりくら》のいまだ十分に白い稜線が見渡せて、これもまた稀《まれ》に見る絶景である。連なるアルプスの山並みの多くは、すでにその黒々とした岩肌を露出しているが、かかる名峰だけは残雪をはらみ、孤高の矜持《きょうじ》を保つかのように誇らしげに輝いている。

〝季節はめぐるものです〟

ふいにそんな言葉が胸の奥に響いた。

亡くなる数日前に、古狐先生が告げた言葉だ。

病室から、早朝の静まり返った並木道を見おろすと、満開の花水木が惜しげもなくその真っ白な色彩を風に揺らしている。

〝時とともに花は移ろい変わります。人もまた同じことだと思うのです〟

力強い声ではけしてない。語調はあくまで静謐《せいひつ》であった。

〝私が逝ってもあなた方がいる。今はそんな風に思えるのですよ〟

温かな声であった。

〝あとをお願いします〟

とは、先生は言わなかった。

私もまた答えなかった。答えずとも思いは充分であった。二人しかいない病室で、先生は満足そうに微笑《ほほえ》んだのである。

あれからまだ二週間と過ぎていないのに、ずいぶん昔の思い出のように胸をよぎった。

ともに乗鞍を見つめていた細君がそっと遠慮がちに口を開いた。

「病院は大丈夫なんですか、イチさん」

「問題ない、今日と明日は辰也に任せてきた。存分に羽を伸ばせるわけだ」

この二日間の休息は辰也が自ら言いだしたことである。

古狐先生を失った病棟は明らかに活力を失って意気消沈の度合いが甚だしかった。その沈滞した空気を一掃するためにも、一度外の空気を吸ってきてくれ、というのが辰也の言い分だ。働かない辰也が働くと言っているのだから、甘えるに如《し》くはない。どうせ戻ればまた際限のない仕事が待っている。

「それに朗報がないでもない」

「朗報ですか?」

「辰也のもとに、如月からメールが返ってきたそうだ」

まあ、と細君の小さな声が聞こえた。

「内容まではわからんが、何やら浮わついた顔をしていたから、少しくらい働かせても罰《ばち》は当たるまい。夏菜も三歳になって、ずいぶんしっかりしてきた」

「帰ってくるのでしょうか、奥様は」

「そこまではわからんが、しばらくタツと離れていたことで、自分にとって何が大切であるかに改めて気付いたはずだ。如月は、幾分真面目すぎるところはあるが、元来が頭の良い奴だからな」

「イチさん、嬉《うれ》しそうですね」

いくらか声音が変わっているのに気がついて視線を向けると、細君がじっと探るように見上げている。

「どうした?」

「イチさんが、とっても好きだった人なのでしょう? きっと会えるのが楽しみなんですね」

言うなりぷいと顔をそむけてしまった。

常ならぬ展開に、いささか動転する。

「おい、ハル……」

「冗談です」

答えた細君は、すでにいつもの笑顔に戻っていた。

当惑のまま言葉も返せない私に、細君は澄ました顔で答えた。

「男爵様に、イチさんに優しくするばかりが妻のつとめではないと言われましたので」

「ずいぶんたちの悪い忠告を受けたものだな。あやしげな絵描きの忠告をあまり素直に受け止めるものではないぞ、ハル」

「いいんです。だって男爵様が心配してくれているのは、私ではなくイチさんのことですもの」

ふふっと小さな肩を揺らして笑った。

なにやら、細君と男爵の手のひらの上でからかわれているような気分になってくる。

御嶽山の七合目まで来て男爵が登場してくるのだから、当方としては、深山の古寺でにわかに俗気に当てられたような心持ちだ。

軽く額に手をあてたところで、細君の温かな声が聞こえた。

「イチさん、ありがとう」

不意の言葉に私が顔を上げると、細君は、彼方の乗鞍を見つめたまま、

「王ヶ頭での約束、覚えていてくれたって知った時すごく嬉しかったんです。あんな真冬の山奥に一緒に来るだけでも大変だったのに、今度は私の一番好きな山に登ってくれるなんて……。もしイチさんが病院の仕事で忙しくて、約束なんて全部忘れてしまっても、あの約束だけで満足しようって思っていたくらいです」

「ロープウェイを降りたばかりでそうも満足してもらっては困る。登山はこれからだろう」

鷹揚《おうよう》に応じたところで私が言葉につまったのは、こなたに戻ってきた細君の瞳が濡《ぬ》れているように見えたからだ。

「なんだか最近とっても苦しく思うことがあったんです。イチさんの周りでは毎日人が亡くなります。優しい人も大切な人も、楽しい人も素敵な人も、みんなやっぱり亡くなります。それを見守るイチさんは、少しずつ疲れているように見えて、でも私には何もできることがなくて……」

ふいに細君の声がかすかに震えて聞こえた。

その澄んだ音韻が御嶽の風に消えたとき、にわかに私は粛然とした。

私が日々逝く患者たちを見つめて感じる無力感は、細君が私に感じる感覚とけして遠いものではなかった。巨大な目に見えぬ流れの中で、どうすることもできず、ただ立ち尽くし見守るしかないというその感覚は、見つめるものこそ違えど、彼女もまた同じであったのだ。

私はまた大切なことを見過ごすところであった。

逝く人々をとどめることはできない。これは神の領分である。だが細君の声に、私は振り向くことができる。これは人の領分である。

「イチさんのために、私ができることは、何かありますか？」

真《ま》っ直《す》ぐな目が問うた。

答える言葉がない。言葉で示すことが叶《かな》うなら、かくも安易な問いもない。

「私がイチさんに……」

繰り返しかけた細君がにわかに言葉を途切らせたのは、私が突然その細い肩を引きよせたからである。引きよせた手で、その身を抱いたからである。細君が胸のうちで何事か慌てたようにつぶやいたが、構うことはない。御嶽の神も照覧あれ、だ。

寸刻をおいて胸中から解放すれば、細君は耳まで真っ赤になって、目を白黒させている。

「理屈は置いてしまうがいい」

にわかに大声で私は語を継いだ。

神社の石段で、数名の白装束が不思議そうに我々を顧みた。

陶然としたまま二度ほど瞬きをするだけの細君に、私は再び声を張り上げた。

「これからもずっと一緒に生きていくのだ、ハル！」

一瞬間をおいて、細君が上気した頰《ほお》のまま頷いた。

「はい、イチさん」

澄んだ声を背にして、私はにわかに山道を歩きだした。

すぐに細君が慌てた様子で「イチさん、そっちは方向が違います」と引きとめる。

「三の池はあっちです」

「三でも四でもかまわんが、ちゃんと私の足でもたどり着けるのか?」

「大丈夫です。万が一動けなくなったら、私が背負ってでも登ります」

「登山家の風上にもおけぬ暴言だ。動けぬ者がいたならば、真っ先に降りることを考えるべきだろう」

「いいんです。イチさんには絶対御嶽の頂上を見せてあげるんですから」

いまだ朱に染まったままの笑顔を見れば、是が非でも私は三千メートルを登らねばならぬらしい。その心意気が万全の気力と気概を私にくれるのである。

細君が先に立って登り始めた。

礫土《れきど》を踏んでいく心地の良い音が耳に響く。

私もまたそのあとを追って登り始める。

ふと気配を覚えて視線を上げれば、カラマツの林を抜けて、御嶽講の老人がひとりゆっくりと降りてくるのが見えた。白ひげの老人は、すれ違いざま編笠をはずして一言、

「お気をつけて」

深みのある声であった。

心に響くものがあって振り返れば、すでに老人は金剛杖を器用に動かして、急な山道をリズムよく下っていく。その背がなにやら粋である。

私は自然、苦笑した。

思えば人生なるものは、こんなささやかな受け渡しの繰り返しなのかもしれない。

生まれた以上、いずれ死ぬのが理《ことわり》である。人に限ったことではない。どれほど見事な桜でも、季節がめぐれば必ず散るのと一般である。

そんなせせこましい理屈の中でも、何かを受け取り、次へとつないでいくのが人だとすれば、それはそれで愉快なことであるかもしれない。

「イチさん?」と先を行く細君が、心配そうに振り返った。

「どうしましたか?」

「なんでもない」

私は再び足を踏み出した。

「行こう、ハル」

笑って答えれば、細君も多くは問わない。

ただ涼やかに、はい、と答えて再び歩き出す。

清風が吹き抜けて、細君の黒髪がさらりと舞いあがった。

見上げれば、天空には初夏の陽光がきらめき、前方には御嶽の威容が立ちはだかる。進めた歩先には、気の早い駒草《こまくさ》が一輪、夏風を受けてゆっくりと揺れ続けていた。

装画　カスヤナガト
装幀　山田満明

本書は、書き下ろしです。

夏川草介

Sosuke Natsukawa

１９７８年大阪府生まれ。信州大学医学部卒。長野県の病院にて地域医療に従事。２００９年『神様のカルテ』で第十回小学館文庫小説賞を受賞しデビュー。同作は２０１０年本屋大賞第二位。36万部を突破するベストセラーとなっている。

宣　伝　備前島幹人
販　売　小松　慎
制作企画　粕谷　裕次
制　作　後藤　直之
資　材　池田　靖
編　集　幾野　克哉

神様のカルテ　２

２０１０年　10月３日　初版第一刷発行
２０１０年　10月27日　第四刷発行

著　者　夏川　草介
発行者　飯沼　年昭
発行所　株式会社　小学館
〒１０１-８００１　東京都千代田区一ツ橋２-３-１
電話　編集０３-３２３０-５９５９
　　　販売０３-５２８１-３５５５
印刷所　大日本印刷株式会社
製本所　牧製本印刷株式会社

ISBN978-4-09-386286-8